比较文学与世界文学 研究丛书

主编 曹顺庆

初编 第 **19** 册

英语世界的清代诗词译介与研究（上）

时 光 著

花木兰文化事业有限公司

国家图书馆出版品预行编目资料

英语世界的清代诗词译介与研究（上）／时光 著 －－ 初版 －－
新北市：花木兰文化事业有限公司，2022〔民 111〕
目 4+148 面；19×26 公分
（比较文学与世界文学研究丛书 初编 第 19 册）
ISBN 978-986-518-725-5（精装）
1.CST：清代文学 2.CST：翻译
810.8   110022069

ISBN-978-986-518-725-5

比较文学与世界文学研究丛书
初编　第十九册　　　　　　　ISBN：978-986-518-725-5

英语世界的清代诗词译介与研究（上）

作　　者　时光
主　　编　曹顺庆
企　　划　四川大学双一流学科暨比较文学研究基地
总 编 辑　杜洁祥
副总编辑　杨嘉乐
编辑主任　许郁翎
编　　辑　张雅淋、潘玟静、刘子瑄　美术编辑　陈逸婷
出　　版　花木兰文化事业有限公司
发 行 人　高小娟
联络地址　台湾 235 新北市中和区中安街七二号十三楼
　　　　　电话：02-2923-1455／传真：02-2923-1452
网　　址　http://www.huamulan.tw 信箱　service@huamulans.com
印　　刷　普罗文化出版广告事业
初　　版　2022 年 3 月
定　　价　初编 28 册（精装）台币 76,000 元

英语世界的清代诗词译介与研究（上）

时光 著

作者简介

时光，河南许昌人。河南大学汉语言文学专业文学学士（2012年），北京师范大学比较文学与世界文学专业文学硕士（2015年）、文学博士（2020年）。现为北京外国语大学中国语言文学学院讲师，研究领域有中外文学／文化交流史、比较文学学科理论等。

提　　要

　　有清一代，诗词创作繁盛，具有独特的审美内涵与重大的学术价值。本书以中文世界清代诗词学界的"他者"之一——"英语世界的清代诗词译介与研究"——为主要研究对象，尝试从宏观上勾勒出清代诗词在英语世界中的百年译介史、研究史，从微观上细察清代诗词诸多英译本的翻译目的、策略及社会文化语境，以整体审视与个案研探的方式展示英语世界清代诗词的研究实绩、特色及价值，以期为中文世界的研究同行及普通读者提供客观详实的有关清代诗词英译与研究的文献信息和述评，促进中西学界在这一学术畛域的真正理解、平等对话与互相启发，并最终在多元文化背景的参照下将清代诗词研究向前整体推进。此外，书后附有附录两则，"英语世界清代诗词传播年表简编"、"英语世界清代诗词重要研究者访谈录"，前者可为读者提供一份便利可靠的资料索引，后者有助于以个人化的视角呈现英语世界的清代诗词研究近况，两者一同对正文形成必要的互证、补充。

比较文学的中国路径

曹顺庆

　　自德国作家歌德提出"世界文学"观念以来，比较文学已经走过近二百年。比较文学研究也历经欧洲阶段、美洲阶段而至亚洲阶段，并在每一阶段都形成了独具特色学科理论体系、研究方法、研究范围及研究对象。中国比较文学研究面对东西文明之间不断加深的交流和碰撞现况，立足中国之本，辩证吸纳四方之学，而有了如今欣欣向荣之景象，这套丛书可以说是应运而生。本丛书尝试以开放性、包容性分批出版中国比较文学学者研究成果，以观中国比较文学学术脉络、学术理念、学术话语、学术目标之概貌。

一、百年比较文学争讼之端——比较文学的定义

　　什么是比较文学？常识告诉我们：比较文学就是文学比较。然而当今中国比较文学教学实际情况却并非完全如此。长期以来，中国学术界对"什么是比较文学？"却一直说不清，道不明。这一最基本的问题，几乎成为学术界纠缠不清、莫衷一是的陷阱，存在着各种不同的看法。其中一些看法严重误导了广大学生！如果不辨析这些严重误导了广大学生的观点，是不负责任、问心有愧的。恰如《文心雕龙·序志》说"岂好辩哉，不得已也"，因此我不得不辩。

　　其中一个极为容易误导学生的说法，就是"比较文学不是文学比较"。目前，一些教科书郑重其事地指出：比较文学不是文学比较。认为把"比较"与"文学"联系在一起，很容易被人们理解为用比较的方法进行文学研究的意思。并进一步强调，比较文学并不等于文学比较，并非任何运用比较方法来进行的比较研究都是比较文学。这种误导学生的说法几乎成为一个定论，

一个基本常识，其实，这个看法是不完全准确的。

让我们来看看一些具体例证，请注意，我列举的例证，对事不对人，因而不提及具体的人名与书名，请大家理解。在 Y 教授主编的教材中，专门设有一节以"比较文学不是文学比较"为题的内容，其中指出"比较文学界面临的最大的困惑就是把'比较文学'误读为'文学比较'"，在高等院校进行比较文学课程教学时需要重点强调"比较文学不是文学比较"。W 教授主编的教材也称"比较文学不是文学的比较"，因为"不是所有用比较的方法来研究文学现象的都是比较文学"。L 教授在其所著教材专门谈到"比较文学不等于文学比较"，因为，"比较"已经远远超出了一般方法论的意义，而具有了跨国家与民族、跨学科的学科性质，认为将比较文学等同于文学比较是以偏概全的。"J 教授在其主编的教材中指出，"比较文学并不等于文学比较"，并以美国学派雷马克的比较文学定义为根据，论证比较文学的"比较"是有前提的，只有在地域观念上跨越打通国家的界限，在学科领域上跨越打通文学与其他学科的界限，进行的比较研究才是比较文学。在 W 教授主编的教材中，作者认为，"若把比较文学精神看作比较精神的话，就是犯了望文生义的错误，一百余年来，比较文学这个名称是名不副实的。"

从列举的以上教材我们可以看出，首先，它们在当下都仍然坚持"比较文学不是文学比较"这一并不完全符合整个比较文学学科发展事实的观点。如果认为一百余年来，比较文学这个名称是名不副实的，所有的比较文学都不是文学比较，那是大错特错！其次，值得注意的是，这些教材在相关叙述中各自的侧重点还并不相同，存在着不同程度、不同方面的分歧。这样一来，错误的观点下多样的谬误解释，加剧了学习者对比较文学学科性质的错误把握，使得学习者对比较文学的理解愈发困惑，十分不利于比较文学方法论的学习、也不利于比较文学学科的传承和发展。当今中国比较文学教材之所以普遍出现以上强作解释，不完全准确的教科书观点，根本原因还是没有仔细研究比较文学学科不同阶段之史实，甚至是根本不清楚比较文学不同阶段的学科史实的体现。

实际上，早期的比较文学"名"与"实"的确不相符合，这主要是指法国学派的学科理论，但是并不包括以后的美国学派及中国学派的学科理论，如果把所有阶段的学科理论一锅煮，是不妥当的。下面，我们就从比较文学学科发展的史实来论证这个问题。"比较文学不是文学比较""comparative literature is not literary comparison"，只是法国学派提出的比较文学口号，只是法国学派一派的主张，而不是整个比较文学学科的基本特征。我们不能够把这个阶段性的比较文学口号扩大化，甚至让其突破时空，用于描述比较文学所有的阶段和学派，更不能够使其"放之四海而皆准"。

法国学派提出"比较文学不是文学比较"，这个"比较"（comparison）是他们坚决反对的！为什么呢，因为他们要的不是文学"比较"（literary comparison），而是文学"关系"（literary relationship），具体而言，他们主张比较文学是实证的国际文学关系，是不同国家文学的影响关系，influences of different literatures，而不是文学比较。

法国学派为什么要反对"比较"（comparison），这与比较文学第一次危机密切相关。比较文学刚刚在欧洲兴起时，难免泥沙俱下，乱比的情形不断出现，暴露了多种隐患和弊端，于是，其合法性遭到了学者们的质疑：究竟比较文学的科学性何在？意大利著名美学大师克罗齐认为，"比较"（comparison）是各个学科都可以应用的方法，所以，"比较"不能成为独立学科的基石。学术界对于比较文学公然的质疑与挑战，引起了欧洲比较文学学者的震撼，到底比较文学如何"比较"才能够避免"乱比"？如何才是科学的比较？

难能可贵的是，法国学者对于比较文学学科的科学性进行了深刻的的反思和探索，并提出了具体的应对的方法：法国学派采取壮士断臂的方式，砍掉"比较"（comparison），提出比较文学不是文学比较（comparative literature is not literary comparison），或者说砍掉了没有影响关系的平行比较，总结出了只注重文学关系（literary relationship）的影响（influences）研究方法论。法国学派的创建者之一基亚指出，比较文学并不是比较。比较不过是一门名字没取好的学科所运用的一种方法……企图对它的性质下一个严格的定义可能是徒劳的。基亚认为：比较文学不是平行比较，而仅仅是文学关系史。以"文学关系"为比较文学研究的正宗。为什么法国学派要反对比较？或者说为什么法国学派要提出"比较文学不是文学比较"，因为法国学派认为"比较"（comparison）实际上是乱比的根源，或者说"比较"是没有可比性的。正如巴登斯佩哲指出："仅仅对两个不同的对象同时看上一眼就作比较，仅仅靠记忆和印象的拼凑，靠一些主观臆想把可能游移不定的东西扯在一起来找点类似点，这样的比较决不可能产生论证的明晰性"。所以必须抛弃"比较"。只承认基于科学的历史实证主义之上的文学影响关系研究（based on scientificity and positivism and literary influences.）。法国学派的代表学者卡雷指出：比较文学是实证性的关系研究："比较文学是文学史的一个分支：它研究拜伦与普希金、歌德与卡莱尔、瓦尔特·司各特与维尼之间，在属于一种以上文学背景的不同作品、不同构思以及不同作家的生平之间所曾存在过的跨国度的精神交往与实际联系。"正因为法国学者善于独辟蹊径，敢于提出"比较文学不是文学比较"，甚至完全抛弃比较（comparison），以防止"乱比"，才形成了一套建立在"科学"实证性为基础的、以影响关系为特征的"不比较"的比较文学学科理论体系，这终于挡住了克罗齐等人对比较文学"乱比"的批判，形成了以"科学"实证为特征的文学影响关系研究，确立了法国学派的学科理论和一整套方法论体系。当然，法国学派悍然砍掉比较研究，又不放弃"比较文学"这个名称，于是不可避免地出现了比较文学名不副实的尴尬现象，出现了打着比较文学名号，而又不比较的法国学派学科理论，这才是问题的关键。

当然，法国学派提出"比较文学不是文学比较"，只注重实证关系而不注重文学比较和文学审美，必然会引起比较文学的危机。这一危机终于由美国著名比较文学家韦勒克（René Wellek）在 1958 年国际比较文学协会第二次大会上明确揭示出来了。在这届年会上，韦勒克作了题为《比较文学的危机》的挑战性发言，对"不比较"的法国学派进行了猛烈批判，宣告了倡导平行比较和注重文学审美的比较文学美国学派的诞生。韦勒克作了题为《比较文学的危机》的挑战性发言，对当时一统天下的法国学派进行了猛烈批判，宣告了比较文学美国学派的诞生。韦勒克说："我认为，内容和方法之间的人为界线，渊源和影响的机械主义概念，以及尽管是十分慷慨的但仍属文化民族主义的动机，是比较文学研究中持久危机的症状。"韦勒克指出："比较也不能仅仅局限在历史上的事实联系中，正如最近语言学家的经验向文学研究者表明的那样，比较的价值既存在于事实联系的影响研究中，也存在于毫无历史关系的语言现象或类型的平等对比中。"很明显，韦勒克提出了比较文学就是要比较（comparison），就是要恢复巴登斯佩哲所讽刺和抛弃的"找点类似点"的平行比较研究。美国著名比较文学家雷马克（Henry Remak）在他的著名论文《比较文学的定义与功用》中深刻地分析了法国学派为什么放弃"比较"（comparison）的原因和本质。他分析说："法国比较文学否定'纯粹'的比较（comparison），它忠实于十九世纪实证主义学术研究的传统，即实证主义所坚持并热切期望的文学研究的'科学性'。按照这种观点，纯粹的类比不会得出任何结论，尤其是不能得出有更大意义的、系统的、概括性的结论。……既然值得尊重的科学必须致力于因果关系的探索，而比较文学必须具有科学性，因此，比较文学应该研究因果关系，即影响、交流、变更等。"雷马克进一步尖锐地指出，"比较文学"不是"影响文学"。只讲影响不要比较的"比较文学"，当然是名不副实的。显然，法国学派抛弃了"比较"（comparison），但是仍然带着一顶"比较文学"的帽子，才造成了比较文学"名"与"实"不相符合，造成比较文学不比较的尴尬，这才是问题的关键。

美国学派最大的贡献，是恢复了被法国学派所抛弃的比较文学应有的本义——"比较"（The American school went back to the original sense of comparative literature ——"comparison"），美国学派提出了标志其学派学科理论体系的平行比较和跨学科比较："比较文学是一国文学与另一国或多国文学的比较，是文学与人类其他表现领域的比较。"显然，自从美国学派倡导比较文学应当比较（comparison）以后，比较文学就不再有名与实不相符合的问题了，我们就不应当再继续笼统地说"比较文学不是文学比较"了，不应当再以"比较文学不是文学比较"来误导学生！更不可以说"一百余年来，比较文学这个名称是名不副实的。"不能够将雷马克的观点也强行解释为"比较文学不是比较"。因为在美国学派看来，比较文学就是要比较（comparison）。比较文学就是要恢复被巴登斯佩哲所讽刺和抛弃的"找点类似点"的平行比较研究。因为平行研究的可比性，正是类同性。正如韦勒克所说，"比较的价值既存在于事实联系的影响研究中，也存在于毫无历史关系的语言现象或类型的平等对比中。"恢复平行比较研究、跨学科研究，形成了以"找点类似点"的平行研究和跨学科研究为特征的比较文学美国学派学科理论和方法论体系。美国学派的学科理论以"类型学"、"比较诗学"、"跨学科比较"为主，并拓展原属于影响研究的"主题学"、"文类学"等领域，大大扩展比较文学研究领域。

二、比较文学的三个阶段

下面，我们从比较文学的三个学科理论阶段，进一步剖析比较文学不同阶段的学科理论特征。现代意义上的比较文学学科发展以"跨越"与"沟通"为目标，形成了类似"层叠"式、"涟漪"式的发展模式，经历了三个重要的学科理论阶段，即：

一、欧洲阶段，比较文学的成形期；二、美洲阶段，比较文学的转型期；三、亚洲阶段，比较文学的拓展期。我们将比较文学三个阶段的发展称之为"涟漪式"结构，实际上是揭示了比较文学学科理论的继承与创新的辩证关系：比较文学学科理论的发展，不是以新的理论否定和取代先前的理论，而是层叠式、累进式地形成"涟漪"式的包容性发展模式，逐步积累推进。比较文学学科理论发展呈现为层叠式、"涟漪"式、包容式的发展模式。我们把这个模式描绘如下：

法国学派主张比较文学是国际文学关系，是不同国家文学的影响关系。形成学科理论第一圈层：比较文学——影响研究；美国学派主张恢复平行比较，形成学科理论第二圈层：比较文学——影响研究＋平行研究＋跨学科研究；中国学派提出跨文明研究和变异研究，形成学科理论第三圈层：比较文学——影响研究＋平行研究＋跨学科研究＋跨文明研究＋变异研究。这三个圈层并不互相排斥和否定，而是继承和包容。我们将比较文学三个阶段的发展称之为层叠式、"涟漪"式、包容式结构，实际上是揭示了比较文学学科理论的继承与创新的辩证关系。

法国学派提出，可比性的第一个立足点是同源性，由关系构成的同源性。同源性主要是针对影响关系研究而言的。法国学派将同源性视作可比性的核心，认为影响研究的可比性是同源性。所谓同源性，指的是通过对不同国家、不同民族和不同语言的文学的文学关系研究，寻求一种有事实联系的同源关系，这种影响的同源关系可以通过直接、具体的材料得以证实。同源性往往建立在一条可追溯关系的三点一线的"影响路线"之上，这条路线由发送者、接受者和传递者三部分构成。如果没有相同的源流，也就不可能有影响关系，也就谈不上可比性，这就是"同源性"。以渊源学、流传学和媒介学作为研究的中心，依靠具体的事实材料在国别文学之间寻求主题、题材、文体、原型、思想渊源等方面的同源影响关系。注重事实性的关联和渊源性的影响，并采用严谨的实证方法，重视对史料的搜集和求证，具有重要的学术价值与学术意义，仍然具有广阔的研究前景。渊源学的例子：杨宪益，《西方十四行诗的渊源》。

比较文学学科理论的第二阶段在美洲，第二阶段是比较文学学科理论的转型期。从 20 世纪 60 年代以来，比较文学研究的主要阵地逐渐从法国转向美国，平行研究的可比性是什么？是类同性。类同性是指是没有文学影响关系的不同国家文学所表现出的相似和契合之处。以类同性为基本立足点的平行研究与影响研究一样都是超出国界的文学研究，但它不涉及影响关系研究的放送、流传、媒介等问题。平行研究强调不同国家的作家、作品、文学现象的类同比较，比较结果是总结出于文学作品的美学价值及文学发展具有规律性的东西。其比较必须具有可比性，这个可比性就是类同性。研究文学中类同的：风格、结构、内容、形式、流派、情节、技巧、手法、情调、形象、主题、文类、文学思潮、文学理论、文学规律。例如钱钟书《通感》认为，中国诗文有一种描写手法，古代批评家和修辞学家似乎都没有拈出。宋祁《玉楼春》词有句名句："红杏枝头春意闹。"这与西方的通感描写手法可以比较。

比较文学的又一次危机：比较文学的死亡

九十年代，欧美学者提出，比较文学作为一门学科已经死亡！最早是英国学者苏珊·巴斯奈特 1993 年她在《比较文学》一书中提出了比较文学的死亡论，认为比较文学作为一门学科，在某种意义上已经死亡。尔后，美国学者斯皮瓦克写了一部比较文学专著，书名就叫《一个学科的死亡》。为什么比较文学会死亡，斯皮瓦克的书中并没有明确回答！为什么西方学者会提出比较文学死亡论？全世界比较文学界都十分困惑。我们认为，20 世纪 90 年代以来，欧美比较文学继"理论热"之后，又出现了大规模的"文化转向"。脱离了比较文学的基本立场。首先是不比较，即不讲比较文学的可比性问题。西方比较文学研究充斥大量的 Culture Studies（文化研究），已经不考虑比较的合理性，不考虑比较文学的可比性问题。第二是不文学，即不关心文学问题。西方学者热衷于文化研究，关注的已经不是文学性，而是精神分析、政治、性别、阶级、结构等等。最根本的原因，是比较文学学科长期囿于西方中心论，有意无意地回避东西方不同文明文学的比较问题，基本上忽略了学科理论的新生长点，比较文学学科理论缺乏创新，严重忽略了比较文学的差异性和变异性。

要克服比较文学的又一次危机，就必须打破西方中心论，克服比较文学学科理论一味求同的比较文学学科理论模式，提出适应当今全球化比较文学研究的新话语。中国学派，正是在此次危机中，提出了比较文学变异学研究，总结出了新的学科理论话语和一套新的方法论。

中国大陆第一部比较文学概论性著作是卢康华、孙景尧所著《比较文学导论》，该书指出："什么是比较文学？现在我们可以借用我国学者季羡林先生的解释来回答了：'顾名思义，比较文学就是把不同国家的文学拿出来比较，这可以说是狭义的比较文学。广义的比较文学是把文学同其他学科来比较，包括人文科学和社会科学'。"[1]这个定义可以说是美国雷马克定义的翻版。不过，该书又接着指出："我们认为最精炼易记的还是我国学者钱钟书先生的说法：'比较文学作为一门专门学科，则专指跨越国界和语言界限的文学比较'。更具体地说，就是把不同国家不同语言的文学现象放在一起进行比较，研究他们在文艺理论、文学思潮，具体作家、作品之间的互相影响。"[2]这个定义似乎更接近法国学派的定义，没有强调平行比较与跨学科比较。紧接该书之后的教材是陈挺的《比较文学简编》，该书仍旧以"广义"与"狭义"来解释比较文学的定义，指出："我们认为，通常说的比较文学是狭义的，即指超越国家、民族和语言界限的文学研究……广义的比较文学还可以包括文学与其他艺术（音乐、绘画等）与其他意识形态（历史、哲学、政治、宗教等）之间的相互关系的研究。"[3]中国比较文学早期对于比较文学的定义中凸显了很强的不确定性。

由乐黛云主编，高等教育出版社 1988 年的《中西比较文学教程》，则对比较文学定义有了较为深入的认识，该书在详细考查了中外不同的定义之后，该书指出："比较文学不应受到语言、民族、国家、学科等限制，而要走向一种开放性，力图寻求世界文学发展的共同规律。"[4]"世界文学"概念的纳入极大拓宽了比较文学的内涵，为"跨文化"定义特征的提出做好了铺垫。

随着时间的推移，学界的认识逐步深化。1997 年，陈惇、孙景尧、谢天振主编的《比较文学》提出了自己的定义："把比较文学看作跨民族、跨语言、跨文化、跨学科的文学研究，更符合比较文学的实质，更能反映现阶段人们对于比较文学的认识。"[5]2000 年北京师范大学出版社出版了《比较文学概论》修订本，提出："什么是比较文学呢？比较文学是一种开放式的文学研究，它具有宏观的视野和国际的角度，以跨民族、跨语言、跨文化、跨学科界限的各种文学关系为研究对象，在理论和方法上，具有比较的自觉意识和兼容并包的特色。"[6]这是我们目前所看到的国内较有特色的一个定义。

---

1 卢康华、孙景尧著《比较文学导论》，黑龙江人民出版社 1984，第 15 页。
2 卢康华、孙景尧著《比较文学导论》，黑龙江人民出版社 1984 年版。
3 陈挺《比较文学简编》，华东师范大学出版社 1986 年版。
4 乐黛云主编《中西比较文学教程》，高等教育出版社 1988 年版。
5 陈惇、孙景尧、谢天振主编《比较文学》，高等教育出版社 1997 年版。
6 陈惇、刘象愚《比较文学概论》，北京师范大学出版社 2000 年版。

　　具有代表性的比较文学定义是 2002 年出版的杨乃乔主编的《比较文学概论》一书，该书的定义如下："比较文学是以跨民族、跨语言、跨文化与跨学科为比较视域而展开的研究，在学科的成立上以研究主体的比较视域为安身立命的本体，因此强调研究主体的定位，同时比较文学把学科的研究客体定位于民族文学之间与文学及其他学科之间的三种关系：材料事实关系、美学价值关系与学科交叉关系，并在开放与多元的文学研究中追寻体系化的汇通。"[7]方汉文则认为："比较文学作为文学研究的一个分支学科，它以理解不同文化体系和不同学科间的同一性和差异性的辩证思维为主导，对那些跨越了民族、语言、文化体系和学科界限的文学现象进行比较研究，以寻求人类文学发生和发展的相似性和规律性。"[8]由此而引申出的"跨文化"成为中国比较文学学者对于比较文学定义所做出的历史性贡献。

　　我在《比较文学教程》中对比较文学定义表述如下："比较文学是以世界性眼光和胸怀来从事不同国家、不同文明和不同学科之间的跨越式文学比较研究。它主要研究各种跨越中文学的同源性、变异性、类同性、异质性和互补性，以影响研究、变异研究、平行研究、跨学科研究、总体文学研究为基本方法论，其目的在于以世界性眼光来总结文学规律和文学特性，加强世界文学的相互了解与整合，推动世界文学的发展。"[9]在这一定义中，我再次重申"跨国""跨学科""跨文明"三大特征，以"变异性""异质性"突破东西文明之间的"第三堵墙"。

　　"首在审己，亦必知人"。中国比较文学学者在前人定义的不断论争中反观自身，立足中国经验、学术传统，以中国学者之言为比较文学的危机处境贡献学科转机之道。

三、两岸共建比较文学话语——比较文学中国学派

　　中国学者对于比较文学定义的不断明确也促成了"比较文学中国学派"的生发。得益于两岸几代学者的垦拓耕耘，这一议题成为近五十年来中国比较文学发展中竖起的最鲜明、最具争议性的一杆大旗，同时也是中国比较文学学科理论研究最有创新性，最亮丽的一道风景线。

---

7 杨乃乔主编《比较文学概论》，北京大学出版社 2002 年版。
8 方汉文《比较文学基本原理》，苏州大学出版社 2002 年版。
9 曹顺庆《比较文学教程》，高等教育出版社 2006 年版。

比较文学"中国学派"这一概念所蕴含的理论的自觉意识最早出现的时间大约是 20 世纪 70 年代。当时的台湾由于派出学生留洋学习，接触到大量的比较文学学术动态，率先掀起了中外文学比较的热潮。1971 年 7 月在台湾淡江大学召开的第一届"国际比较文学会议"上，朱立元、颜元叔、叶维廉、胡辉恒等学者在会议期间提出了比较文学的"中国学派"这一学术构想。同时，李达三、陈鹏翔（陈慧桦）、古添洪等致力于比较文学中国学派早期的理论催生。如 1976 年，古添洪、陈慧桦出版了台湾比较文学论文集《比较文学的垦拓在台湾》。编者在该书的序言中明确提出："我们不妨大胆宣言说，这援用西方文学理论与方法并加以考验、调整以用之于中国文学的研究，是比较文学中的中国派"[10]。这是关于比较文学中国学派较早的说明性文字，尽管其中提到的研究方法过于强调西方理论的普世性，而遭到美国和中国大陆比较文学学者的批评和否定；但这毕竟是第一次从定义和研究方法上对中国学派的本质进行了系统论述，具有开拓和启明的作用。后来，陈鹏翔又在台湾《中外文学》杂志上连续发表相关文章，对自己提出的观点作了进一步的阐释和补充。

在"中国学派"刚刚起步之际，美国学者李达三起到了启蒙、催生的作用。李达三于 60 年代来华在台湾任教，为中国比较文学培养了一批朝气蓬勃的生力军。1977 年 10 月，李达三在《中外文学》6 卷 5 期上发表了一篇宣言式的文章《比较文学中国学派》，宣告了比较文学的中国学派的建立，并认为比较文学中国学派旨在"与比较文学中早已定于一尊的西方思想模式分庭抗礼。由于这些观念是源自对中国文学及比较文学有兴趣的学者，我们就将含有这些观念的学者统称为比较文学的'中国'学派。"并指出中国学派的三个目标：1、在自己本国的文学中，无论是理论方面或实践方面，找出特具"民族性"的东西，加以发扬光大，以充实世界文学；2、推展非西方国家"地区性"的文学运动，同时认为西方文学仅是众多文学表达方式之一而已；3、做一个非西方国家的发言人，同时并不自诩能代表所有其他非西方的国家。李达三后来又撰文对比较文学研究状况进行了分析研究，积极推动中国学派的理论建设。[11]

继中国台湾学者垦拓之功，在 20 世纪 70 年代末复苏的大陆比较文学研

---

10 古添洪、陈慧桦《比较文学的垦拓在台湾》，台湾东大图书公司 1976 年版。
11 李达三《比较文学研究之新方向》，台湾联经事业出版公司 1978 年版。

究亦积极参与了"比较文学中国学派"的理论建设和学科建设。

季羡林先生 1982 年在《比较文学译文集》的序言中指出："以我们东方文学基础之雄厚，历史之悠久，我们中国文学在其中更占有独特的地位，只要我们肯努力学习，认真钻研，比较文学中国学派必然能建立起来，而且日益发扬光大"[12]。1983 年 6 月，在天津召开的新中国第一次比较文学学术会议上，朱维之先生作了题为《比较文学中国学派的回顾与展望》的报告，在报告中他旗帜鲜明地说："比较文学中国学派的形成（不是建立）已经有了长远的源流，前人已经做出了很多成绩，颇具特色，而且兼有法、美、苏学派的特点。因此，中国学派绝不是欧美学派的尾巴或补充"[13]。1984 年，卢康华、孙景尧在《比较文学导论》中对如何建立比较文学中国学派提出了自己的看法，认为应当以马克思主义作为自己的理论基础，以我国的优秀传统与民族特色为立足点与出发点，汲取古今中外一切有用的营养，去努力发展中国的比较文学研究。同年在《中国比较文学》创刊号上，朱维之、方重、唐弢、杨周翰等人认为中国的比较文学研究应该保持不同于西方的民族特点和独立风貌。1985 年，黄宝生发表《建立比较文学的中国学派：读〈中国比较文学〉创刊号》，认为《中国比较文学》创刊号上多篇讨论比较文学中国学派的论文标志着大陆对比较文学中国学派的探讨进入了实际操作阶段。[14]1988 年，远浩一提出"比较文学是跨文化的文学研究"（载《中国比较文学》1988 年第 3 期）。这是对比较文学中国学派在理论特征和方法论体系上的一次前瞻。同年，杨周翰先生发表题为"比较文学：界定'中国学派'，危机与前提"（载《中国比较文学通讯》1988 年第 2 期），认为东方文学之间的比较研究应当成为"中国学派"的特色。这不仅打破比较文学中的欧洲中心论，而且也是东方比较学者责无旁贷的任务。此外，国内少数民族文学的比较研究，也应该成为"中国学派"的一个组成部分。所以，杨先生认为比较文学中的大量问题和学派问题并不矛盾，相反有助于理论的讨论。1990 年，远浩一发表"关于'中国学派'"（载《中国比较文学》1990 年第 1 期），进一步推进了"中国学派"的研究。此后直到 20 世纪 90 年代末，中国学者就比较文学中国学派的建立、理论与方法以及相应的学科理论等诸多问题进行了积极而富有成效的探讨。

---

12 张隆溪《比较文学译文集》，北京大学出版社 1984 年版。
13 朱维之《比较文学论文集》，南开大学出版社 1984 年版。
14 参见《世界文学》1985 年第 5 期。

刘介民、远浩一、孙景尧、谢天振、陈淳、刘象愚、杜卫等人都对这些问题付出过不少努力。《暨南学报》1991 年第 3 期发表了一组笔谈，大家就这个问题提出了意见，认为必须打破比较文学研究中长期存在的法美研究模式，建立比较文学中国学派的任务已经迫在眉睫。王富仁在《学术月刊》1991 年第 4 期上发表"论比较文学的中国学派问题"，论述中国学派兴起的必然性。而后，以谢天振等学者为代表的比较文学研究界展开了对"X+Y"模式的批判。比较文学在大陆复兴之后，一些研究者采取了"X+Y"式的比附研究的模式，在发现了"惊人的相似"之后便万事大吉，而不注意中西巨大的文化差异性，成为了浅度的比附性研究。这种情况的出现，不仅是中国学者对比较文学的理解上出了问题，也是由于法美学派研究理论中长期存在的研究模式的影响，一些学者并没有深思中国与西方文学背后巨大的文明差异性，因而形成"X+Y"的研究模式，这更促使一些学者思考比较文学中国学派的问题。

经过学者们的共同努力，比较文学中国学派一些初步的特征和方法论体系逐渐凸显出来。1995 年，我在《中国比较文学》第 1 期上发表《比较文学中国学派基本理论特征及其方法论体系初探》一文，对比较文学在中国复兴十余年来的发展成果作了总结，并在此基础上总结出中国学派的理论特征和方法论体系，对比较文学中国学派作了全方位的阐述。继该文之后，我又发表了《跨越第三堵'墙'创建比较文学中国学派理论体系》等系列论文，论述了以跨文化研究为核心的"中国学派"的基本理论特征及其方法论体系。这些学术论文发表之后在国内外比较文学界引起了较大的反响。台湾著名比较文学学者古添洪认为该文"体大思精，可谓已综合了台湾与大陆两地比较文学中国学派的策略与指归，实可作为'中国学派'在大陆再出发与实践的蓝图"[15]。

在我撰文提出比较文学中国学派的基本特征及方法论体系之后，关于中国学派的论争热潮日益高涨。反对者如前国际比较文学学会会长佛克马（Douwe Fokkema）1987 年在中国比较文学学会第二届学术讨论会上就从所谓的国际观点出发对比较文学中国学派的合法性提出了质疑，并坚定地反对建立比较文学中国学派。来自国际的观点并没有让中国学者失去建立比较文学中国学派的热忱。很快中国学者智量先生就在《文艺理论研究》1988 年第

---

15 古添洪《中国学派与台湾比较文学界的当前走向》，参见黄维梁编《中国比较文学理论的垦拓》167 页，北京大学出版社 1998 年版。

1 期上发表题为《比较文学在中国》一文，文中援引中国比较文学研究取得的成就，为中国学派辩护，认为中国比较文学研究成绩和特色显著，尤其在研究方法上足以与比较文学研究历史上的其他学派相提并论，建立中国学派只会是一个有益的举动。1991 年，孙景尧先生在《文学评论》第 2 期上发表《为"中国学派"一辩》，孙先生认为佛克马所谓的国际主义观点实质上是"欧洲中心主义"的观点，而"中国学派"的提出，正是为了清除东西方文学与比较文学学科史中形成的"欧洲中心主义"。在 1993 年美国印第安纳大学举行的全美比较文学会议上，李达三仍然坚定地认为建立中国学派是有益的。二十年之后，佛克马教授修正了自己的看法，在 2007 年 4 月的"跨文明对话——国际学术研讨会（成都）"上，佛克马教授公开表示欣赏建立比较文学中国学派的想法[16]。即使学派争议一派繁荣景象，但最终仍旧需要落点于学术创见与成果之上。

比较文学变异学便是中国学派的一个重要理论创获。2005 年，我正式在《比较文学学》[17]中提出比较文学变异学，提出比较文学研究应该从"求同"思维中走出来，从"变异"的角度出发，拓宽比较文学的研究。通过前述的法、美学派学科理论的梳理，我们也可以发现前期比较文学学科是缺乏"变异性"研究的。我便从建构中国比较文学学科理论话语体系入手，立足《周易》的"变异"思想，建构起"比较文学变异学"新话语，力图以中国学者的视角为全世界比较文学学科理论提供一个新视角、新方法和新理论。

比较文学变异学的提出根植于中国哲学的深层内涵，如《周易》之"易之三名"所构建的"变易、简易、不易"三位一体的思辨意蕴与意义生成系统。具体而言，"变易"乃四时更替、五行运转、气象畅通、生生不息；"不易"乃天上地下、君南臣北、纲举目张、尊卑有位；"简易"则是乾以易知、坤以简能、易则易知、简则易从。显然，在这个意义结构系统中，变易强调"变"，不易强调"不变"，简易强调变与不变之间的基本关联。万物有所变，有所不变，且变与不变之间存在简单易从之规律，这是一种思辨式的变异模式，这种变异思维的理论特征就是：天人合一、物我不分、对立转化、整体关联。这是中国古代哲学最重要的认识论，也是与西方哲学所不同的"变异"思想。

---

16 见《比较文学报》2007 年 5 月 30 日，总第 43 期。

17 曹顺庆《比较文学学》，四川大学出版社 2005 年版。

由哲学思想衍生于学科理论，比较文学变异学是"指对不同国家、不同文明的文学现象在影响交流中呈现出的变异状态的研究，以及对不同国家、不同文明的文学相互阐发中出现的变异状态的研究。通过研究文学现象在影响交流以及相互阐发中呈现的变异，探究比较文学变异的规律。"[18]变异学理论的重点在求"异"的可比性，研究范围包含跨国变异研究、跨语际变异研究、跨文化变异研究、跨文明变异研究、文学的他国化研究等方面。比较文学变异学所发现的文化创新规律、文学创新路径是基于中国所特有的术语、概念和言说体系之上探索出的"中国话语"，作为比较文学第三阶段中国学派的代表性理论已经受到了国际学界的广泛关注与高度评价，中国学术话语产生了世界性影响。

四、国际视野中的中国比较文学

文明之墙让中国比较文学学者所提出的标识性概念获得国际视野的接纳、理解、认同以及运用，经历了跨语言、跨文化、跨文明的多重关卡，国际视野下的中国比较文学书写亦经历了一个从"遍寻无迹""只言片语"而"专篇专论"，从最初的"话语乌托邦"至"阶段性贡献"的过程。

二十世纪六十年代以来港台学者致力于从课程教学、学术平台、人才培养，国内外学术合作等方面巩固比较文学这一新兴学科的建立基石，如淡江文理学院英文系开设的"比较文学"（1966），香港大学开设的"中西文学关系"（1966）等课程；台湾大学外文系主编出版之《中外文学》月刊、淡江大学出版之《淡江评论》季刊等比较文学研究专刊；后又有台湾比较文学学会（1973 年）、香港比较文学学会（1978）的成立。在这一系列的学术环境构建下，学者前贤以"中国学派"为中国比较文学话语核心在国际比较文学学科理论、方法论中持续探讨，率先启声。例如李达三在 1980 年香港举办的东西方比较文学学术研讨会成果中选取了七篇代表性文章，以 *Chinese-Western Comparative Literature: Theory and Strategy* 为题集结出版，[19]并在其结语中附上那篇"中国学派"宣言文章以申明中国比较文学建立之必要。

学科开山之际，艰难险阻之巨难以想象，但从国际学者相关言论中可见西方对于中国比较文学学科的发展抱有的希望渺小。厄尔·迈纳（Earl Miner）

---

18 曹顺庆主编《比较文学概论》，高等教育出版社 2015 年版。

19 *Chinese-Western Comparative Literature：Theory & Strategy*, Chinese Univ Pr.1980-6

在 1987 年发表的 *Some Theoretical and Methodological Topics for Comparative Literature* 一文中谈到当时西方的比较文学鲜有学者试图将非西方材料纳入西方的比较文学研究中。（until recently there has been little effort to incorporate non-Western evidence into Western com- parative study.）1992 年，斯坦福大学教授 David Palumbo-Liu 直接以《话语的乌托邦：论中国比较文学的不可能性》为题（*The Utopias of Discourse: On the Impossibility of Chinese Comparative Literature*）直言中国比较文学本质上是一项"乌托邦"工程。（My main goal will be to show how and why the task of Chinese comparative literature, particularly of pre-modern literature, is essentially a *utopian* project.）这些对于中国比较文学的诘难与质疑，今美国加州大学圣地亚哥分校文学系主任张英进教授在其 1998 编著的 *China in a polycentric world: essays in Chinese comparative literature* 前言中也不得不承认中国比较文学研究在国际学术界中仍然处于边缘地位（The fact is, however, that Chinese comparative literature remained marginal in academia, even though it has developed closely with the rest of literary studies in the United Stated and even though China has gained increasing importance in the geopolitical world order over the past decades.）。[20]但张英进教授也展望了下一个千年中国比较文学研究的蓝景。

新的千年新的气象，"世界文学""全球化"等概念的冲击下，让西方学者开始注意到东方，注意到中国。如普渡大学教授斯蒂文·托托西（Tötösy de Zepetnek, Steven）1999 年发长文 *From Comparative Literature Today Toward Comparative Cultural Studies* 阐明比较文学研究更应该注重文化的全球性、多元性、平等性而杜绝等级划分的参与。托托西教授注意到了在法德美所谓传统的比较文学研究重镇之外，例如中国、日本、巴西、阿根廷、墨西哥、西班牙、葡萄牙、意大利、希腊等地区，比较文学学科得到了出乎意料的发展（emerging and developing strongly）。在这篇文章中，托托西教授列举了世界各地比较文学研究成果的著作，其中国地区便是北京大学乐黛云先生出版的代表作品。托托西教授精通多国语言，研究视野也常具跨越性，新世纪以来也致力于以跨越性的视野关注世界各地比较文学研究的动向。[21]

---

20 Moran T . Yingjin Zhang, Ed. China in a Polycentric World: Essays in Chinese Comparative Literature[J].现代中文文学学报,2000,4(1):161-165.

21 Tötösy de Zepetnek, Steven. "From Comparative Literature Today Toward Comparative Cultural Studies." CLCWeb: Comparative Literature and Culture 1.3 (1999):

　　以上这些国际上不同学者的声音一则质疑中国比较文学建设的可能性，一则观望着这一学科在非西方国家的复兴样态。争议的声音不仅在国际学界，国内学界对于这一新兴学科的全局框架中涉及的理论、方法以及学科本身的立足点，例如前文所说的比较文学的定义，中国学派等等都处于持久论辩的漩涡。我们也通晓如果一直处于争议的漩涡中，便会被漩涡所吞噬，只有将论辩化为成果，才能转漩涡为涟漪，一圈一圈向外辐射，国际学人也在等待中国学者自己的声音。

　　上海交通大学王宁教授作为中国比较文学学者的国际发声者自 20 世纪末至今已撰文百余篇，他直言，全球化给西方学者带来了学科死亡论，但是中国比较文学必将在这全球化语境中更为兴盛，中国的比较文学学者一定会对国际文学研究做出更大的贡献。新世纪以来中国学者也不断地将自身的学科思考成果呈现在世界之前。2000 年，北京大学周小仪教授发文（*Comparative Literature in China*）[22]率先从学科史角度构建了中国比较文学在两个时期（20 世纪 20 年代至 50 年代，70 年代至 90 年代）的发展概貌，此文关于中国比较文学的复兴崛起是源自中国文学现代性的产生这一观点对美国芝加哥大学教授苏源熙（Haun Saussy）影响较深。苏源熙在 2006 年的专著 *Comparative Literature in an Age of Globalization* 中对于中国比较文学的讨论篇幅极少，其中心便是重申比较文学与中国文学现代性的联系。这篇文章也被哈佛大学教授大卫·达姆罗什（David Damrosch）收录于《普林斯顿比较文学资料手册》（*The Princeton Sourcebook in Comparative Literature*，2009[23]）。类似的学科史介绍在英语世界与法语世界都接续出现，以上大致反映了中国学者对于中国比较文学研究的大概描述在西学界的接受情况。学科史的构架对于国际学术对中国比较文学发展脉络的把握很有必要，但是在此基础上的学科理论实践才是关系于中国比较文学学科国际性发展的根本方向。

　　我在 20 世纪 80 年代以来 40 余年间便一直思考比较文学研究的理论构建问题，从以西方理论阐释中国文学而造成的中国文艺理论"失语症"思考

22　Zhou, Xiaoyi and Q.S. Tong, "Comparative Literature in China", Comparative Literature and Comparative Cultural Studies, ed., Totosy de Zepetnek, West Lafayette, Indiana: Purdue University Press, 2003, 268-283.

23　Damrosch, David (EDT)*The Princeton Sourcebook in Comparative Literature*: Princeton University Press

属于中国比较文学自身的学科方法论，从跨异质文化中产生的"文学误读""文化过滤""文学他国化"提出"比较文学变异学"理论。历经 10 年的不断思考，2013 年，我的英文著作：*The Variation Theory of Comparative Literature*（《比较文学变异学》），由全球著名的出版社之一斯普林格（Springer）出版社出版，并在美国纽约、英国伦敦、德国海德堡出版同时发行。*The Variation Theory of Comparative Literature*（《比较文学变异学》）系统地梳理了比较文学法国学派与美国学派研究范式的特点及局限，首次以全球通用的英语语言提出了中国比较文学学科理论新话语："比较文学变异学"。这一新概念、新范畴和新表述，引导国际学术界展开了对变异学的专刊研究（如普渡大学创办刊物《比较文学与文化》2017 年 19 期）和讨论。

欧洲科学院院士、西班牙圣地亚哥联合大学让·莫内讲席教授、比较文学系教授塞萨尔·多明戈斯教授（Cesar Dominguez），及美国科学院院士、芝加哥大学比较文学教授苏源熙（Haun Saussy）等学者合著的比较文学专著（Introducing Comparative literature: New Trends and Applications[24]）高度评价了比较文学变异学。苏源熙引用了《比较文学变异学》（英文版）中的部分内容，阐明比较文学变异学是十分重要的成果。与比较文学法国学派和美国学派形成对比，曹顺庆教授倡导第三阶段理论，即，新奇的、科学的中国学派的模式，以及具有中国学派本身的研究方法的理论创新与中国学派"（《比较文学变异学》（英文版）第 43 页）。通过对"中西文化异质性的"跨文明研究"，曹顺庆教授的看法会更进一步的发展与进步（《比较文学变异学》（英文版）第 43 页），这对于中国文学理论的转化和西方文学理论的意义具有十分重要的价值。（"Another important contribution in the direction of an imparative comparative literature-at least as procedure-is Cao Shunqing's 2013 *The Variation Theory of Comparative Literature*. In contrast to the "French School" and "American School" of comparative Literature, Cao advocates a "third-phrase theory", namely, "a novel and scientific mode of the Chinese school," a "theoretical innovation and systematization of the Chinese school by relying on our *own* methods" (*Variation Theory* 43; emphasis added). From this etic beginning, his proposal moves forward emically by developing a "cross-civilizaional study on the heterogeneity between

---

24 Cesar Dominguez, Haun Saussy, Dario Villanueva Introducing Comparative literature: New Trends and Applications，Routledge, 2015

Chinese and Western culture" (43), which results in both the foreignization of Chinese literary theories and the Signification of Western literary theories.）

法国索邦大学（Sorbonne University）比较文学系主任伯纳德·弗朗科（Bernard Franco）教授在他出版的专著（《比较文学：历史、范畴与方法》）*La littératurecomparée: Histoire, domaines, méthodes* 中以专节引述变异学理论，他认为曹顺庆教授提出了区别于影响研究与平行研究的"第三条路"，即"变异理论"，这对应于观点的转变，从"跨文化研究"到"跨文明研究"。变异理论基于不同文明的文学体系相互碰撞为形式的交流过程中以产生新的文学元素，曹顺庆将其定义为"研究不同国家的文学现象所经历的变化"。因此曹顺庆教授提出的变异学理论概述了一个新的方向，并展示了比较文学在不同语言和文化领域之间建立多种可能的桥梁。（Il évoque l'hypothèse d'une troisième voie, la « théorie de la variation », qui correspond à un déplacement du point de vue, de celui des « études interculturelles » vers celui des « études transcivilisationnelles . » Cao Shunqing la définit comme « l'étude des variations subies par des phénomènes littéraires issus de différents pays, avec ou sans contact factuel, en même temps que l'étude comparative de l'hétérogénéité et de la variabilité de différentes expressions littéraires dans le même domaine ».Cette hypothèse esquisse une nouvelle orientation et montre la multiplicité des passerelles possibles que la littérature comparée établit entre domaines linguistiques et culturels différents.）[25]。

美国哈佛大学（Harvard University）厄内斯特·伯恩鲍姆讲席教授、比较文学教授大卫·达姆罗什（David Damrosch）对该专著尤为关注。他认为《比较文学变异学》（英文版）以中国视角呈现了比较文学学科话语的全球传播的有益尝试。曹顺庆教授对变异的关注提供了较为适用的视角，一方面超越了亨廷顿式简单的文化冲突模式，另一方面也跨越了同质性的普遍化。[26]国际学界对于变异学理论的关注已经逐渐从其创新性价值探讨延伸至文学研究，例如斯蒂文·托托西近日在 *Cultura* 发表的（Peripheralities: "Minor" Literatures, Women's Literature, and Adrienne Orosz de Csicser's Novels）一文中便成功地将变异学理论运用于阿德里安·奥罗兹的小说研究中。

---

25 Bernard Franco La littératurecomparée: Histoire, domaines, méthodes，Armand Colin 2016.
26 David Damrosch Comparing the Literatures,Literary Studies in a Global Age,Princeton University Press,2020.

国际学界对于比较文学变异学的认可也证实了变异学作为一种普遍性理论提出的初衷，其合法性与适用性将在不同文化的学者实践中巩固、拓展与深化。它不仅仅是跨文明研究的方法，而是一种具有超越影响研究和平行研究、超越西方视角或东方视角的宏大视野、一种建立在文化异质性和变异性基础之上的融汇创生、一种追求世界文学和总体问题最终理想的哲学关怀。

以如此篇幅展现中国比较文学之况，是因为中国比较文学研究本就是在各种危机论、唱衰论的压力下，各种质疑论、概念论中艰难前行，不探源溯流难以体察今日中国比较文学研究成果之不易。文明的多样性发展离不开文明之间的交流互鉴。最具"跨文明"特征的比较文学学科更需要文明之间成果的共享、共识、共析与共赏，这是我们致力于比较文学研究领域的学术理想。

千里之行，不积跬步无以至，江海之阔，不积细流无以成！如此宏大的一套比较文学研究丛书得承花木兰总编辑杜洁祥先生之宏志，以及该公司同仁之辛劳，中国比较文学学者之鼎力相助，才可顺利集结出版，在此我要衷心向诸君表达感谢！中国比较文学研究仍有一条长远之途需跋涉，期以系列丛书一展全貌，愿读者诸君敬赐高见！

曹顺庆

二零二一年十月二十三日于成都锦丽园

目

次

上　册

绪　论 ……………………………………………… 1

　一、选题背景 ……………………………………… 1

　二、研究现状 ……………………………………… 8

　三、研究范围、对象及材料 …………………… 12

　四、研究方法、内容及意义 …………………… 18

第一章　鸦片战争前英语世界中的清代诗词……23

　一、英语世界早期汉学中清代诗词的传播

　　　踪迹………………………………………… 23

　二、《好逑传》：第一批英译清诗与清代小说

　　　的西传……………………………………… 27

　三、"诗歌王子"：乾隆诗歌在英语世界的

　　　早期传播和翻译…………………………… 34

　四、《汉文诗解》：德庇时的中西诗学比较与

　　　清代诗词译介实践………………………… 49

第二章　1840 年至 1912 年英语世界中的清代

　　　　　诗词…………………………………… 61

　一、"侨居地汉学"视域下清代诗词的传播

　　　状况………………………………………… 61

　二、近代在华英文报刊与清代诗词的译介 …… 65

　三、近代涉华英文书籍与清代诗词的译介 …… 80

四、翟理斯汉学研究中的清代诗词译介实践‥97

第三章　20世纪上半叶英语世界中的清代诗词‥‥107

一、动荡时代中清代诗词传播态势的承续与
新变‥‥‥‥‥‥‥‥‥‥‥‥‥‥‥‥107

二、现代在华英文期刊与清代诗词的译介‥‥110

三、现代涉华英文书籍与清代诗词的译介‥‥125

中　册

第四章　20世纪下半叶以来英语世界中的清代
诗词‥‥‥‥‥‥‥‥‥‥‥‥‥‥‥‥149

一、西方汉学中心的转移与清代诗词译、
研繁荣格局的形成‥‥‥‥‥‥‥‥‥149

二、20世纪50-60年代英语世界的清代诗词
译介‥‥‥‥‥‥‥‥‥‥‥‥‥‥‥154

三、20世纪70-80年代英语世界的清代诗词
译介‥‥‥‥‥‥‥‥‥‥‥‥‥‥‥164

四、20世纪90年代以来英语世界的清代
诗词译介‥‥‥‥‥‥‥‥‥‥‥‥‥178

第五章　英语世界中国文学史的清代诗词研究‥‥187

一、英语世界第一部《中国文学史》的清代
诗词研究‥‥‥‥‥‥‥‥‥‥‥‥‥187

二、20世纪中叶英语世界中国文学史的清代
诗词研究‥‥‥‥‥‥‥‥‥‥‥‥‥196

三、新世纪以来英语世界中国文学史的清代
诗词研究‥‥‥‥‥‥‥‥‥‥‥‥‥202

四、英语世界清代诗词史的书写特征与流变
轨迹‥‥‥‥‥‥‥‥‥‥‥‥‥‥‥226

第六章　英语世界的清代诗词作家作品及理论
研究‥‥‥‥‥‥‥‥‥‥‥‥‥‥‥229

一、英语世界的清代诗人诗作研究‥‥‥‥229

二、英语世界的词人词作研究——以麦大伟
为重点‥‥‥‥‥‥‥‥‥‥‥‥‥286

三、英语世界的清代诗词理论研究——
以刘渭平、刘若愚、宇文所安、叶嘉莹
为重点‥‥‥‥‥‥‥‥‥‥‥‥‥295

下　册

结　语　英语世界的清代诗词译介与研究之整体
　　　　审视 …………………………………………… 327

参考文献 ……………………………………………… 369

附　录 ………………………………………………… 419

致　谢 ………………………………………………… 503

表目次

　表 1-1：《好逑传》1761 年版英译本中的清代诗歌
　　　　　篇目信息 ……………………………………… 30

　表 1-2：《汉文诗解》1829 年版中的清代诗词篇目
　　　　　信息 …………………………………………… 53

　表 2-1：近代在华英文报刊所见清代诗词重点篇目
　　　　　信息 …………………………………………… 69

　表 2-2：近代译介、传播清代诗词的重点英文书目
　　　　　信息 …………………………………………… 81

　表 2-3：翟理斯所译清代诗歌之篇目信息 ……… 103
　表 3-1：现代英文期刊中的清代诗词篇目信息 … 113
　表 3-2：现代英文书籍中的清代诗词篇目信息 … 126
　表 4-1：香港《译丛》杂志中的清代诗词篇目信息
　　　　　…………………………………………………… 172

　表 7-1：英语世界中诗英译集的译者及译文概况
　　　　　统计 ………………………………………… 331

　表 7-2：英语世界清代诗词研究的发展轨迹 ……… 346

　表 7-3：英语世界清代诗词研究的关注重点及分布
　　　　　情况 ………………………………………… 355

图目次

　图 1-1：清乾隆洋彩胭脂紫地轧道花卉御题"三清
　　　　　茶诗"茶盅（法国吉美博物馆藏）……… 36

　图 1-2：《李唐：乾隆御制诗》扉页及献词 ……… 43

　图 1-3：清乾隆粉彩鸡缸杯（台北故宫博物院藏）
　　　　　…………………………………………………… 44

　图 2-1：曾纪泽赠丁韪良中英诗扇 ………………… 89

绪　论

一、选题背景

本书以"英语世界的清代诗词译介与研究"作为主要研究对象，由于涉及材料较多、涵盖范围较广，为避免论述的空泛无当，笔者接下来拟从论题所包含的两个核心术语——"英语世界"、"清代诗词"——的阐述入手，兼而谈及本书的选题背景、研究动机等问题。

（一）英语世界

择取"英语世界"作为论题的核心术语之一，有必要先在此对下述问题作出明确回应："英语世界"何以成为一个学术问题？

笔者认为，这主要与数世纪以来英语在世界范围内强势地位的取得有关。曾任晚清出使英法意比四国二等参赞的宋育仁（1857-1931）在《泰西各国采风记》中就敏锐地意识到语言影响力与国家权势之间的紧密关联，指出"环球大势，以某国商业盛，即通行某国文，为便用而易牟利"[1]。由于众所周知的历史原因，英语随着英国、美国在接连几个世纪中在世界舞台上所占据的强势地位而一跃成为当今国际交流中最通用的语言，已然在事实上扮演着"世界语"角色——"英语"与"世界"一词被并置、组合在一起的这一事实，非常具有象征意味地凸显了英语作为一门语言越来越具有的"世界性"特征。越来越多的中国学者已经意识到，通过对这一语种的学术成果进行考察以及双向互动式的阐发、交流，实际上就抓住了国际学术的"主体"，有助于我们

1　[清]宋育仁，泰西各国采风记[M]，长沙：岳麓书社，2016年，第64页。

拓展学术视野、更新学术方法、推动学术进步。正是在这一背景和意义上，"英语世界"才成为了一个学术问题，并且由于其天然的跨语言、跨文化的特性，它特别地成为了归属于比较文学这一学科的学术问题。

近年来，曹顺庆教授指导了多篇以"英语世界的中国文学"为主题的博、硕士学位论文，内容涉及范围极广，中国古代乃至现当代的许多具有深远影响的作家、作品都被纳入到了研究视域之内；与此同时，曹教授牵头主持的"英语世界中国文学的译介与研究"项目于 2012 年申获教育部哲学社会科学重大课题攻关项目，也已卓有成效地展开了不少工作。这些举措正代表了中国比较文学学者在新形势下整合现有学科资源、促进国际间学术的平等对话与交流的努力，亦是本书写作的重要背景之一。

（二）清代诗词

将"清代诗词"作为研究对象，源于我们对其独特价值的体认以及对其研究现状的了解。

需要指出，在数位精明强干的满族统治者的励精图治之下，有清一代不但在经济发展上达到了封建时代的顶峰，在文化事业上也实现了空前的进步。作为传统文学的正宗，诗歌在这一时代呈现出了超出以往任何时期的繁盛态势，这主要体现在以下三个方面：

第一，诗人、诗作数量众多。以徐世昌主持编纂的《晚晴簃诗汇》为例，此书在收录不完整的情况下就已辑存了 6100 余位清代诗人，这个数字几乎是《全唐诗》的三倍；随之而来，庞大的诗歌创作群体为后世留下了浩似烟海、至今仍无法准确统计数量的诗歌作品。

第二，清诗具有独立自足的审美内涵和不可替代的诗史价值。关于这点，敏泽先生指出清诗"远绍《诗》、《骚》，中继唐、宋诗的优良传统，超越元、明而有新的开拓与建树"，并将"诗人之诗与学人之诗"视为是清诗最为鲜明的特色；他还认为"清代晚期，即近代古典诗歌的发展，又直接间接影响着我国现代文学中诗歌的发展"[2]。换言之，清诗不但"承上"占据了中国古代诗史的"集大成"地位，而且还"启下"孕育了若干刺激现代新诗生发的质素。

第三，清诗创作的繁荣刺激了这一时期诗学的高度发达。这一时期的诗

2　刘世南，清诗流派史[M]，北京：人民文学出版社，2004 年，第 1 页。

学文献远超历代文献的总和,《新订清人诗学书目》的作者张寅彭不无感慨:
"有清一代,谈艺说诗之风特盛,且时代距今不远,已刊未刊之诗学著作,
藏量几数倍于前代。近年搜采,虽云稍备,然每过一地,仍必有一二心得,令
人生不胜搜集之叹。"[3]根据学界最新成果,目前清代仅严格意义上的诗话已
知的即有1470余种,除去亡佚部分,至今仍存世的尚有九百余种。这一时期
的诗学在数量丰富之外,还拥有卓越的品格,蒋寅认为:"清代诗学虽不以原
创性为突出特征,但力求突破前人藩篱的创新意识与实证的学风相结合,却
带来理论阐释、诗人评论及作品分析上空前的深刻和细致,对学术史研究的
重视更赋予它善于总结前代理论遗产、推源溯流、包容古今的集大成色彩。"
[4]信哉此言。

作为中国古典抒情诗体之一的词,经历了晚唐五代到两宋的发展和繁荣
之后,在元明两代却衰颓萎靡起来,直至清代才再次兴盛起来;总体上形成
了"马鞍形"[5]的演进轨迹。清人对此有着清晰的认识和表述,如陈廷焯在《云
韶集》中概括到:"词创于六朝,成于三唐,光于五代,盛于两宋,衰于元,
亡于明,而复盛于我国朝也。"[6]又如,吴衡照在《莲子居词话》中还试图探析
其成因:"金元工于小令套数而词亡,论词于明,并不逮金元,遑言两宋哉!
盖明词无专门名家,一二才人如杨用修、王元美、汤义仍辈,皆以传奇手为
之,宜乎词之不振也。"[7]当然了,除了吴衡照总结的原因外,这一现象背后还
有着更为复杂的时代、社会变迁等原因;另外,它还与词为"艳科"、"小道"
的传统观念的束缚脱不开干系。

正如元明两代词体的衰颓是多种因素共同作用的结果一样,清词"中兴"
的出现也是由多重的因素互相触碰、撞击而生发出的产物。周绚隆先生曾将
其归之于五个原因:"明代词坛的长期沉寂与明末江浙词坛的开始崛起"、"明
季的历史现实"、"清初的社会现实和词体特有的抒情功能相契合"、"清代学
术风气发生彻底变化"以及"清初词坛上作家群体的形成和壮大"[8]。而"老

3　张寅彭,新订清人诗学书目[M],上海:上海古籍出版社,2003年,第5页。

4　蒋寅,清代诗学史(第一卷)[M],北京:中国社会科学院出版社,2012年,第
　　12页。

5　严迪昌,清词史[M],北京:人民文学出版社,2011年,第1页。

6　[清]陈廷焯撰,孙克强、杨传庆点校,《云韶集》辑评(之三)[J],中国韵文学刊,
　　2011,25(1):27-57。

7　唐圭璋编,词话丛编[M],北京:中华书局,1986年,第2461页。

8　周绚隆,论清词中兴的原因[J],东岳论丛,1997(06):86-92。

树春深更著花"的清词，其"中兴"之势主要体现在以下三点：（一）词人、词作数量巨大。由程千帆先生主编的《全清词》，仅顺康卷[9]就收入 2100 余家，得词 5 万余首，在数量上已是《全宋词》的三倍，清词之鼎盛，于此可窥一斑。（二）流派众多。"在词的发展史上还不曾有过如清代诗词所表现出来的如此鲜明、如此成熟以及有着很强自觉意识的众多流派和群体"[10]，这构成了清代词体繁盛的又一表征。（三）词学理论的勃兴。空前丰富的创作实践必然带来对词体抒情功能认识上的深化，而纷呈的诸词派，为了确立自身的定位和价值，在词学理论上的研探、在词集编选上的用心以及在词律方面的总结等手段的采取，就自然成了势在必行的事情。

　　然而，长久以来，中国的文学研究者并未对清代诗词以及诗词理论的繁盛态势和独特价值予以充分的重视。这种现象的出现有着客观原因，例如，基础性整理的工作量令人生畏。正如严迪昌先生所言："……数以万计的诗人的行年、心迹以至他们具体创作实践的氛围背景，由于陌生伴随缺略俱来，于是讹误和舛乱丛生。面对浩似烟海的研探领域，诚非少数有心人在有限岁月里得能窥见全豹、把握整体的。"[11]又如，清代距今未远，对其诗词的研探尚有待于拉开充分的时空距离以拨云祛翳、披沙拣金，从而获得一种更为客观的态度和超然的立场。然而，导致这一现象出现的本质原因，莫过于"一代有一代之文学"[12]观念的消极影响，所谓"唐诗宋词元曲明清小说"，这种达尔文进化论式的表述"简单化地从纵向发展上割断某一文体沿革因变的持续性，又在横向网络中无视同一时代各类文体样式之间的不可替代性"[13]，清代诗词研究长期遭到忽视与这一观念的广泛流布有密不可分的关系。

　　在清代诗词价值逐渐为人承认并重视之后，数十年来学界对于这一领域的研究已有很大的推进。

　　在清诗领域，如吴宏一《清代诗学初探》（台湾牧童出版社 1977 年）、王英志《清人诗论研究》（江苏古籍出版社 1986 年）、王镇远、邬国平《清代文学批评史》（上海古籍出版社 1995 年）、张健《清代诗学研究》（北京大学出版社 1999 年）、刘世南《清诗流派史》（人民文学出版社 2004 年）、严迪昌《清

9　程千帆，全清词，顺康卷[M]，北京：中华书局，2002 年。

10　严迪昌，清词史[M]，第 4 页。

11　严迪昌，清诗史[M]，第 1 页。

12　王国维，宋元戏曲史[M]，北京：中国和平出版社，2014 年。

13　严迪昌，清诗史[M]，第 2 页。

诗史》（人民文学出版社 2011 年）、蒋寅《清代诗学史（第一卷）》（中国社会科学出版社 2012 年）等著作高屋建瓴式地搭建了清诗研究的基本框架，奠定了今后很长一段时间内清诗研究的基本走势。又如，袁行云《清人诗集叙录》（文化艺术出版社 1994 年）、蔡镇楚《清代诗话考略》（载其《石竹山房诗话论稿》，湖南文艺出版社 1995 年）、蒋寅《清代诗学著作简目》（载《中国诗学》杂志总第四辑，南京大学出版社 1995 年 12 月）、张寅彭《新订清人诗学书目》（上海古籍出版社 2003 年）、柯愈春《清人诗文集总目提要》（北京古籍出版社 2004 年版）等参考工具性质的书籍的出版，为清诗研究者提供了可供扪摸前进的具体路径，避免了"盲人摸象"式的治学弊病的出现。再如，黄景进《王渔洋诗论之研究》（文史哲出版社 1980 年）、邓潭洲《谭嗣同传论》（上海人民出版社 1981 年）、裴世俊《钱谦益诗歌研究》（宁夏人民出版社 1991 年）、张堂錡《黄遵宪及其诗研究》（文史哲出版社 1991 年）、陈铭《龚自珍评传》（南京大学出版社 1998 年）、叶君远《吴伟业评传》（首都师范大学出版社 1999 年）、萧驰《抒情传统与中国思想：王夫之诗学发微》（上海古籍出版社 2003 年）、石玲《袁枚诗论》（齐鲁书社 2003 年）等清代诗人专论类的著述，以细致入微的研究工作从多方位展示了清代诗歌丰富多彩的内蕴。

　　在清词领域，以《全清词》为代表的文献整理工作正在有条不紊地进行中，其中《全清词·顺康卷》二十册于 2002 年出版，《全清词·顺康卷补编》四册于 2008 年出版，《全清词·雍乾卷》十六册于 2012 年出版，这项国家古籍整理出版重点规划项目的实施，必定将为清词研究的推进提供坚实的文献基础；除《全清词》外，叶恭绰《全清词钞》（中华书局香港分局 1975 年）、陈乃乾《清名家词》（上海书店 1982 年）、钱仲联《清八大名家词》（岳麓书社 1992 年）等都是各具特色、极富影响的清词选本。在研究方面，黄天骥《纳兰性德和他的词》（广东人民出版社 1983 年）、严迪昌《清词史》（江苏古籍出版社 1990 年）和《阳羡词派研究》（齐鲁书社 1993 年）、孙维城等《况周颐与蕙风词话研究》（黄山书社 1995 年）、叶嘉莹《清词丛论》（河北教育出版社 1997 年）、张宏生《清代词学的建构》（江苏古籍出版社 1998 年）、谭佛雏《王国维诗学研究》（北京大学出版社 1999 年）、孙克强《清代词学》（中国社会科学出版社 2004 年）以及 2008 年上海古籍出版社推出的"清词研究丛书"八种，即，张宏生《清词探微》、沙先一和张晖《清词的传承与开拓》、江合友《明清词谱史》、闵丰《清初清词选本考论》、周焕卿《清初遗民词人群体研究》、李丹《顺康之际广陵词坛研究》、巨传友《清代临桂词派研究》、谢永芳《广东近世词坛研究》，都从不同的侧面填补了清词研究领域的空白。

然而，必须正视，相较于整个清代诗词巨大体量而言，我们当前对这一领域研究无论是从广度还是深度来看，都只能算是初具规模，尚难与其他朝代（尤其是唐、宋）的诗词研究相提并论；且因为种种主客因素掣肘，清代诗词研究领域在学术团队的培养、学科体制的建设以及研究策略的谋划等方面，仍处于较为滞缓的不利境地中。若想推动清代诗词研究的进一步发展，就必须充分整合现有资源，拓宽学术视野，更新研究思路，寻找本领域新的学术生长点和发展方向。在这样的大背景下，清代诗词领域中的"他者"——"英语世界的清代诗词"——的意义就逐渐凸显了出来。

英语世界的汉学研究已有数百年的历史，自有其特殊的生发背景和展开逻辑；诚然，囿于语言的界限，这些学术成果在规模上远无法与中国学界相比，但是它们往往以其新颖独到的研究理路和突破界域的参照视野，对中国学者的研究产生"意料之外"的激活、启发作用。根据笔者目前掌握的资料来看，英语世界在清代诗词领域所取得的成果，至少在以下两点对中国的清代诗词研究者有着不容忽视的积极意义：

其一，文献整理。自 1792 年马戛尔尼使团访华后，英语世界开始更为密切地关注中国语言、文学及文化。随着活跃在各个通商口岸的英国传教士、外交人员越来越多，或是出于实际需要，或是出于个人兴趣，他们翻译了不少清代中晚期的山歌、民谣以及底层文人诗词作品，保留了十分丰富的中英交流初期的文化、历史信息，对它们进行深入研究，无疑有助于完善、补足我们对于清代诗词史的整体认知。英国汉学家德庇时（John Francis Davis）在 1829 年所作的《汉文诗解》（"One the Poetry of the Chinese"）[14]一文完整收录、翻译的清代广东佚名文人所作的《兰墅十咏》（"London in Ten Stanzas"）组诗，就是一个典型的例子。与之类似的文本在英语世界早期的汉学研究中还有很多，而国内治清诗、清词者对此却少有关注。另外，英语世界近年来在数字人文上的建设也对于国内清代诗词的研究有着积极意义。其中，加拿大麦吉尔大学的方秀洁教授（Grace S. Fong）在 2003 年牵头发起的"明清妇

---

14 Davis, John Francis. "On the Poetry of the Chinese." *Transactions of the Royal Asiatic Society of Great Britain and Ireland*, vol.2, No.1, 1829, pp. 393-461.

女著作数字化项目"（Ming Qing Women's Writing）[15]就是这方面的杰出代表。这一项目以哈佛大学燕京图书馆丰富的明清女性文学馆藏为基础，并与国家图书馆、北京大学图书馆等国内图书馆展开合作，将明清妇女诗词及著作进行电子化处理，并以公开获取（Open Access）的免费形式为所有使用者提供服务。这一项目大大便利了学者对稀见文献的查阅和使用，同时为英语世界和国内学界的明清女性诗词研究的蓬勃发展提供了必要的文献基础。

其二，研究方法。例如，刘若愚（James J.Y. Liu）的《中国的文学理论》（*Chinese Theories of Literature*）[16]在修正了艾布拉姆斯（M. H. Abrams）《镜与灯：浪漫主义文论及批评传统》[17]中的艺术四要素说的基础上，试图将中国诗学系统地分为"形而上的理论"（metaphysical theories）、"决定的理论"（deterministic theories）、"表现的理论"（expressive theories）、"技巧的理论"（technical theories）、"审美的理论"（aesthetic theories）、"实用的理论"（pragmatic theories）六类，"通过中西结合的方式，形成自己新的诗学观念及其评诗方法，然后用西方读者易于接受的术语介绍和阐释中国传统诗学，即让西方读者感觉通俗易懂，又以其包含西方学术素养的系统批评方法为习惯于中国传统文论术语和思维方法的东方读者拓展了视野"[18]；需要格外注意的是，清代诗学是刘若愚在建立自己的诗学体系时所参照的最重要的理论资源[19]。对英语世界这类研究的整理，有助于拓展国内清代诗词研究的文化视野，并启发学界探寻中西对话可能的路径和方法。又如，在"女性写作"与"女性阅读"等西方女性主义文学批评及性别理论的指导下，上世纪 90 年代以来，英语世界的许多研究者自觉地以全新的姿态对待妇女作家及其写作，尝试"重新发现中国女性在文学史及文化史上所扮演的重要角色"[20]，并围绕

---

15 详情可访问该项目的网站 http://digital.library.mcgill.ca/mingqing/。

16 Liu, James J. Y. *The Art of Chinese Poetry*. Chicago & London: The University of Chicago Press, 1962.

17 Abrams, M. H. *The Mirror and the Lamp: Romantic Theory and the Critical Tradition*. Oxford: Oxford University Press, 1953.

18 詹杭伦，刘若愚及其比较诗学体系[J]，文艺研究，2005（02）：57-63+159。

19 1961 年，刘若愚在为纪念香港大学建校五十周年而作的《清代诗说论要》一文中，将清代诗论分为"道学主义"、"个人主义"、"技巧主义"、"妙悟主义"四类加以阐释，并表示"历代说诗之较具系统者，当推清代诸家，矧其说各有渊源，吾人研究清代诗说不啻研究历代诗说不同流派之大成也"。此文后被收入《香港大学五十周年纪念论文集（第一册）》（香港大学中文系 1964 年）。

20 孙康宜，改写文学史：妇女诗歌的经典化[J]，读书，1997（2）：111-115。

着这一目标进行了大量细致而卓有新意的研究工作。孙康宜（Kang-i Sun Chang）、方秀洁等人对于中国古代——尤其明清两代——妇女作家的各类创作的重新发掘与深入解读均令人感到振奋，刺激了国内清代诗词研究界的新的增长点的出现。

　　基于上述背景，笔者将"英语世界"的"清代诗词"作为研究对象，认为对这一领域的垦拓不仅必要，而且亟需。

二、研究现状

　　目前国内学界在本书将要论及的领域已有一些先行研究成果的出现，虽然难以称得上系统和全面，但它们在许多层面上对本书均有启发和影响。兹择要分述如下。

　　专著方面，大致可分为三种类型：

　　（一）文献概述。如张弘的《中国文学在英国》（花城出版社 1992 年）、施建业的《中国文学在世界的传播与影响》（黄河出版社 1993 年）、宋柏年的《中国古典文学在国外》（北京语言学院出版社 1994 年）、黄鸣奋的《英语世界中国古典文学之传播》（学林出版社 1997 年）、马祖毅、任荣珍的《汉籍外译史》（湖北教育出版社 1997 年）、夏康达、王晓平的《二十世纪国外中国文学研究》（天津人民出版社 2000 年）、朱徽的《中国诗歌在英语世界：英美译家汉诗翻译研究》（上海外语教育出版社 2009 年）、朱海惠主编的《北美中国学：研究概述与文献资源》（中华书局 2010 年）、顾列伟的《20 世纪中国古代文学国外传播与研究》（华东师范大学出版社 2011 年）等。这类书籍旨在从宏观视角去描述中国文学（各个朝代、不同文体）走向世界的进程，虽然或多或少地涉及到了清代诗词在英语世界的传播、译介与研究情况，但相关章节大都属于粗线条式的文献罗列和简略描述，缺乏必要的细节展开和深度的研究开掘；有时，因选题过于宏大，有些重要的书目信息反被此类书籍所忽略，如宋柏年的《中国古典文学在国外》一书，虽专门列出"清代诗文"一节，但笔墨却主要集中于日本、法国的相关译介成果上，只字未提阿瑟·韦利（Authur Waley）的《袁枚：18 世纪的中国诗人》（*Yuan Mei：Eighteenth Century Chinese Poet*）[21]这一海外汉学名著。在上述论著中，较值得注意的是张弘的

21　Waley, Authur. *Yuan Mei: Eighteenth Century Chinese Poet*. London: George Allen & Unwin Ltd., 1956.

《中国文学在英国》、黄鸣奋的《英语世界中国古典文学之传播》以及朱海惠主编的《北美中国学：研究概述与文献资源》三书。《中国文学在英国》属乐黛云先生所主编的"中国文学在国外丛书"的其中一种，是国内较早系统地关注这一领域的著作，第一、二两章对 17 世纪至 19 世纪英国早期汉学形态的细致研究，是该著中对本书最有参考价值的部分。《英语世界中国古典文学之传播》明确定义了"英语世界"的内涵和外延，资料搜集宏富，体例清晰完备，虽然在题名翻译、出版信息上存在不少舛讹，但仍不失为是本领域较可靠的一本参考书目。《北美中国学：研究概述与文献资料》的撰稿人皆是目前活跃在北美汉学界教学、研究一线的专家、学者以及图书馆工作人员，所使用的都是一手材料和资源，内容可靠且权威，书中所录卢苇菁的《美国中国妇女研究评述》、伊维德（Wilt Idema）的《北美明清文学研究》、陈同丽（Karen T. Wei）的《北美中国妇女研究文献资源》以及李国庆的《中国古典及当代作品翻译概述》等文章，都对本书的写作有较大启发。

另外，在此还需特别提及的是由台湾汉学研究中心出版的汪次昕女士所编撰的《英译中文诗词曲索引：五代至清末》（2000 年）一书。该书"收录 1999 年以前英语世界所出版的中文诗、词、曲之英文译本及期刊 123 种，包含作家 612 人，作品约 6700 首"，资料丰富详实，更难能可贵的是，作者还在索引后编有"首句参考表"、"作者中文姓名笔画索引"，极大地便利了研究者的查阅，是一部对本书极具参考价值的工具书。

（二）历史研探。如莫东寅《汉学发达史》（上海书店 1989 年）、何寅和许光华的《国外汉学史》（上海外语教育出版社 2002 年）、葛桂录的《中英文学关系编年史》（上海三联书店 2004 年）、熊文华的《英国汉学史》（学苑出版社 2007 年）和《美国汉学史》（学苑出版社 2015 年）、胡优静的《英国 19 世纪的汉学史研究》（学苑出版社 2009 年）等。这类书籍注重在史实的搜集、辨析及整合在基础上，从历时性的角度去描述、把握"汉学"这一特殊的知识形态在不同国度或特定年代的发展状况及特征；鉴于文学译介只是众多汉学成果之一端，兼之此类论著的通论性质，这部分书籍对英语世界的清代诗词译介和研究情况大多寥寥数语、一笔带过。虽然如此，它们仍能为清代诗词的传播和研究提供有关历史背景和文化语境的框架性认知，对本论题的意义重大。其中，本书参考较多的是莫东寅的《汉学发达史》、葛桂录的《中英文学编年史》两书。《汉学发达史》是国内较早系统论述国外汉学史的著作，也是"唯一一种中文的国际汉学通史"（李学勤语）[22]，虽然由于成书时间较早的原因，在史实方面有所纰漏，但其在材料和观点上都有值得称道的地方，首创之功不容抹煞；《中英文学关系编年史》逐年罗列了自 1218 年至 1967 年的中英文学交流的史实和文献信息，叙述简洁准确，具有不可多得的史料价值。

（三）主题专论。目前学界并无专门论述清代诗词在英语世界传播和译介情况的著作出现，因此，这里所说的"主题专论"是指那些有特定研究对象、但其行文间或涉及清代诗词在英语世界的相关情况的书籍。有以中国文论的西传为研究对象的，如王晓路的《中西诗学对话：北美汉学界的中国文论研究》（巴蜀书社 2000 年）和《西方汉学界的中国文论研究》（巴蜀书社 2008 年）两书。有以海外特定汉学家为论述中心的，如徐志啸的《华裔汉学家叶嘉莹与中西诗学》（学苑出版社 2009 年）、邱霞的《中西比较视域下的刘若愚及其研究》（知识产权出版社 2012 年）、詹杭伦《刘若愚：融合中西诗学之路》（文津出版社 2005 年）等书。还有以在中国近现代出现的英文报刊为关注重点的，如段怀清《〈中国评论〉与晚清中英文学交流》（广东人民出版社 2007 年）、王国强《〈中国评论〉（1872-1901）与西方汉学》（上海书店出版社 2010 年）、吴义雄的《在华英文报刊与近代早期的中西关系》（社会科学文献出版社 2012 年）、孙轶旻的《近代上海英文出版与中国古典文学的跨文化传播（1867-1941）》（上海古籍出版社 2014 年）、彭发胜《向西方诠释中国：〈天下月刊〉研究》（清华大学出版社 2016 年）等书；由于报刊对于时效性的重视，这类出现在晚清或民国的英文文献往往译有不少清代文学作品，保存了丰富的历史资料和文化信息，过去常为学界所忽略，近年来学界对其的研究逐渐升温，这类材料无疑能帮我们更为全面地认识 19 世纪中后期英语世界对中国古典文学的译介和研究情况。受此启发，本书对这方面内容在资料搜集和分析上都会予以格外注意。

期刊和学位论文方面，与本论题直接相关的先行研究成果的数量十分有限。

---

22 莫东寅，汉学发达史[M]，郑州：大象出版社，2006 年，第 1 页。莫东寅的《汉学发达史》在 1949 年由北平的文化出版社印行，上海书店在 1989 年出版了此书的影印版，大象出版社在 2006 年出版了此书的简体横排版，并收入其"海外汉学研究丛书"之中。

早先专治唐诗英译的江岚[23]女士，近几年来开始关注英语世界的清代诗词这一领域，并发表了两篇研究成果：《蔡晔·待麟：罗郁正与清诗英译》（苏州大学学报，2014 年第 5 期）、《苏曼殊·采茶词·茶文化的西行》（中华读书报，2014 年 5 月 21 日）。前者在细致评述《蔡晔集：中国诗歌三千年》（*Sunflower Splendor：Three Thousand Years of Chinese Poetry*）、《待麟集：清代诗词选》（*Waiting for the Unicorn：Poems and Lyrics of China's Last Dynasty, 1644-1911*）这两部重要的英语世界中国古典诗歌选集的同时，还依时间顺序大致勾勒出了清代诗词在英语世界译介的轨迹，应是国内最早系统描述、分析清代诗词在英语世界传播情况的论文；后者以苏曼殊辑入《文学因缘》一书中的《采茶词三十首》这则学界罕有人注意的材料为切入点，梳理了这组清代诗歌随茶文化的西行而进入英语世界的完整历程，独辟蹊径，发人之所未发，极大地开拓了本书的写作思路。任教于河北民族师范学院的常亮先生近年来对纳兰词的英译关注较多，先后发表了《纳兰词在英语世界的传播》（河北民族师范学院学报，2017 年第 3 期）、《纳兰词〈金缕曲·慰西溟〉三英译文之比较》（河北民族师范学院学报，2017 年第 3 期）等文章，资料搜罗较为全面。除上述几篇文章外，笔者在自己的硕士论文基础上，先后发表有《英语世界王士禛的译介与研究》（西南民族大学学报，2016 年第 8 期）、《移植与采撷：王士禛诗歌进入英语世界之路径》（燕山大学学报，2016 年第 2 期）、《简洁与含蓄：中国古典诗歌译介的"双刃剑"——以英语世界的王士禛诗歌为例》（新疆财经大学学报，2018 年第 1 期）三篇文章，分别从传播概貌、翻译途径和翻译策略这三个角度展示了王士禛诗歌在英语世界的传播和接受情况。另外，还有不少期刊论文零星涉及清代诗词在英语世界的状况，但大多不将其作为论述的中心，在此不一一赘述。涉及本论题的学位论文亦不多。如涂慧在博士论文《如何译介，怎样研究：中国古典词在英语世界》（北京师范大学，2011 年）中梳理了英语世界纳兰词的译介情况，笔者的硕士论文《英语世界王士禛诗歌译介之研究》（北京师范大学，2015 年）整理了王士禛诗歌在英语世界的译介情况，陈鑫在硕士论文《袁枚在英语世界的译介与研究》（北京师范大学，2017 年）总结了袁枚诗歌在英语世界的译介和研究情况，

---

23 江岚，苏州大学中国古典文学博士，现任教于威廉·帕特森大学（William Paterson University），曾出版《唐诗西传史论：以唐诗在英美的传播为中心》（学苑出版社 2009 年）一书。

张浩然在硕士论文《英语世界的梁启超文学研究》（北京师范大学，2018 年）关注了梁启超诗词在英语世界的译介情况，王郦玉在硕士论文《美国汉学家对明晚期至清中叶妇女诗词创作的研究初探》（华东师范大学，2006 年）初步概述了明清女性诗词在美国的研究情况，上述成果皆对本书有文献和方法上双重帮助。

通过以上稍显繁琐的回顾，我们能很清楚地看到，国内学界目前对本论题涉及领域的研究难称充分，有关英语世界清代诗词译介与研究的专门性论述较为少见，大部分相关成果都被置于对英语世界中国古代文学传播的整体框架之中论述。这显然与英语世界自 20 世纪 80 年代中后期以来在译介、研究清代诗词上所取得的成就是极不相称的。

三、研究范围、对象及材料

为确保本研究具有实践上的可操作性，我们接下来还有必要对本选题所涉研究对象的时空范围及具体范畴作出清晰的界定和说明，并在此基础上确立本书所要使用的文献来源及类型。

（一）空间范围

作为论题的关键词之一，"英语世界"勾勒出了本研究的大致空间范围。一般而言，国内学界使用"英语世界"时，大都将其定义为"以英语作为第一语言的国家集合体（英、美、澳、加、新等）"，因此，"英语世界"的译介与研究通常被限定在这一"国家集合体"的地理空间范围之内。这种界定"英语世界"的方式在学理上是大致成立的，也是目前学界的主流做法。本书在遵循这一界定方式的同时，还主张将以下三方面的译介和研究成果纳入至"英语世界"的考察范围之中。

其一，"侨居地汉学"所产生的学术成果。王国强先生是这样定义"侨居地汉学"的："在十九世纪到二十世纪中期这段时间内，由于殖民扩张等原因，英国和法国等国家的汉学研究在地理上分裂成了不同的部分：'本土'有汉学研究，在中国也有此类活动；甚至在'本土'和中国之外还有'第三方'汉学（如英国在东南亚和法国在越南的汉学研究），而英国在这方面尤为典型。与'本土'的汉学研究相比，后两种类型的汉学研究者有更接近或直接生活在中国的便利条件，故而在研究的内容、材料甚至方法上均与'本土'的汉学研究有所不同；并且这些研究工作基本上都是由那些远离'本土'，因在中国及其周边国家和地区从事传教、外交和商贸等活动而暂时或长期侨居在远东或者中国的西方侨民来完成的。鉴于此，我们把后两种汉学形态统称为'侨居地汉学'。这是西方汉学研究在中国和中国周边地区的扩散、延伸和发展。"[24]这一概念的提出，引导学界关注那些时常被忽略、然而却蕴含丰富文史信息的材料——如晚清在上海、港澳等地区印制、出版、发行的英文报纸、期刊、书籍等——的关注，有助于细化、深化我们对于汉学这一知识形态的认识。

其二，以英语为通用语的地区的译介和研究成果。在以英语为通用语的"英语世界"中，香港自近代以来就因其特殊的地理及政治地位扮演着沟通中西的"媒介"角色，香港学人利用自己杂糅中西的文化优势，在中国文学对外译介与国际化研究方面发挥着不可替代的重要作用。例如，1973年由香港中文大学创办并持续发行至今的《译丛》（Renditions）杂志，现在实际上已经发展成为西方世界了解中国文学及文化的重要门户，以此刊为平台，一大批优秀的中西译者、作家和学者进行了卓有成效的文化沟通、交流活动；除此之外，《译丛》编辑部还先后在1976年和1986年推出了"《译丛》丛书"（Renditions Books）和"《译丛》文库"（Renditions Paperbacks）系列，出版有实体书近50部，在海外拥有相当可观的发行、订购量，已成为英语世界较具口碑与知名度的出版品牌。有鉴于此，把以英语为通用语的地区的这类译介和研究成果纳入到研究视野中，将会是对作为空间概念的"英语世界"的有益补充。

其三，中国国内学者的英语译介与研究成果。例如，20世纪30年代中国学者以《天下》月刊（T'ien Hsia Monthly）这份民国时期全英文杂志为依托，向西方系统地传播、译介了多种中国文化典籍，在中国文学西传的进程中发挥着不可忽视的重要作用。其中，由吴经熊在该刊上发表的11首纳兰词的英译作品[25]，在英语世界中多次被全部或部分地转载，流布广泛，影响较大，是纳兰词的经典英译本。又如，建国后以及改革开放后，或为了意识形态的政治宣传，或为了塑造自身良好的国际形象，中国政府主导了一批对外译介与传播中国文学的项目，如《中国文学》（Chinese Literature）杂志、"熊猫丛书"

---

24 王国强，"侨居地汉学"与十九世纪末英国汉学之发展——以《中国评论》为中心的讨论[J]，清史研究，2007（04）：51-62。

25 吴经熊最初在《天下月刊》发表这组词的译作时，用的是自己的笔名李德兰（Teresa Li）。

（Panda Books）以及"大中华文库"等，虽然在整体传播效果上不尽人意，但毕竟也为中国文学的海外传播做出了不可磨灭的贡献。

笔者认为，唯有以这样的方式界定和处理作为空间概念的"英语世界"，"世界"一词所具有的包容性和开放性方有落实之处；也唯有以这样的方式处理，我们的研究才能由单向的学术成果展示转为双向互动式的考查交流，由单纯的文本研究转为多元的文化研究（物质交流、出版史、社会思潮等），由本土研究与"他山之石"的二元对立转为"水乳交融"、和谐共生的学术共同体的构建。

（二）时间范围

王朝起讫兴衰大都是左右时势的军事、政治事件所使然，有清一代也不例外，史家通常将 1644 年和 1912 年分别作为清代定鼎和移祚的节点，其命意正在于此。诚然，"文变染乎世情，兴废系乎时序"（见《文心雕龙·时序》），政治、军事事件往往会以一种突然、偶发的方式深深影响着一定时期之内的社会文化，然而，文学/文化作为上层建筑的一部分，却不一定精确地与政治、军事史呈现着严格对应的关系——诗词领域更是如此。关于这一点，中外论者都有所注意。例如，蒋寅在其《清代诗学史》中坦然承认，"清代文学的历史分期较以往任何一个时代都要复杂，我要做的诗学史分期的尝试，几乎没有一个成功的结论可以依凭"，进而结合他本人对于诗学史的理解而判断，"从更大的范围看，诗学史的阶段性又和政治史和学术史有各种直接的或间接的关联"[26]。又如，罗郁正（Irving Yucheng Lo）、舒威霖（William Schultz）在为《待麟集》撰写的长篇序文里曾表示"历史分期其实并不棘手，然而，当准备纂辑一部中国末世王朝的诗歌译文集时，我们必须要意识到，正如制度史、思想史一样，文学史并不与政治史的轨迹完全吻合"[27]。再如，哈佛大学教授李惠仪（Wai-yee Li）在《剑桥中国文学史》（*The Cambridge of Chinese History*）中指出"历史分期，难免武断，一个时代的上下限自有伸缩性，乃不争之事。……比起晚明断代的复杂，清初文学的起点似乎不容置疑。但是细心考察下，则不难发现斟酌余地"，认为"作家的进退出处，又决定了他们在文学

---

26 蒋寅，清代诗学史（第一卷）[M]，第 47-49 页。

27 Lo, Irving Yucheng, William Schultz. "Introduction." *Waiting for the Unicorn: Poems and Lyrics of China's Last Dynasty, 1644-1911.* Bloomington & Indianapolis: Indiana University Press, 1986, pp. 3.

史的断代及定位"，接着她以陈子龙（1608-1647）最杰出的诗作虽作于清朝，但文学史家一般视其为明季诗人，而钱谦益（1582-1664）、吴伟业（1609-1672）在明代已卓然成家，但却常被归为清代诗家行列之中为例，一针见血地点明了决定清代文学范围的关键[28]。

随着认识的深入，英语世界的学者近年来在具体的研究实践中也试图超越政治史的框架，而更多地从文学、文化出发去叙述清代诗词的发展轨迹。例如，林理彰（Richard John Lynn）在《哥伦比亚中国文学史》（*The Columbia History of Chinese Literature*）中并未依照断代法把这一时期的诗词人为地划分为晚明与清初，而是将其整体性地纳入到十七世纪的时代框架中进行叙述。又如，王德威在《剑桥中国文学史》中在"现代性"视域的观照下，将晚清与民国时期的文学勾连、合并在一起叙述，改变了过往我们对于古典文学与现代文学之间界限分明的固有认知。再如，著名汉学家寇志明（Jon Eugene von Kowallis）在其专著《微妙的革命：清末民初的"旧派"诗人》（*The Subtle Revolution: Poets of the "Old Schools" during Late Qing and Early Republican China*）中，就将研究视野集中于处在"旧"与"新"过渡期间的古典诗坛，关注清代诗歌乃至中国古典诗歌在走向终结的进程中内部存在着的复杂态势与巨大张力。

因此，观念上的变化以及上述英语世界相关学术成果的出现，使得我们在界定清代诗词的时间上下限时，必须要充分考虑诗词本身在彼时历史语境中的迁徙流变，而不能生硬地以朝代起始时间去粗暴地切割有清一代的诗史、诗心轨迹；在必要的情况下，为准确说明诗词的源流、发展，我们将对清代诗词所涉时间范围的划分保持足够的灵活性，有时或会对其作出适当的上调或下移。

（三）对象范畴

本书所研究对象——"清代诗词"之"诗词"——的具体范畴，可以概括为以下两点：（1）诗词并论；（2）旁及诗学、词学。

本书将诗、词并论，主要出于以下两点考虑：其一，诗、词这两种诗体，虽在文体形式上不同，但在抒情言志的功能上是相近或互补的。清人朱彝尊有言，"词虽小技，昔之通儒钜公往往为之。盖有诗所难言者，委曲倚之于声，

---

28 Chang, Kang-i Sun, Stephen Owen. *The Cambridge History of Chinese Literature*. Cambridge: Cambridge University Press, 2010, pp. 152-155.

虽辞愈微，而其旨益远。善言词者假闺房儿女之言，通之于《离骚》变雅之义，此尤不得志于时者所宜寄情焉耳"[29]，因此，诗词并置才能完整反映清代在古典诗体上所取得的文学成就。其二，英语世界常将诗、词并入诗体（Poetry）一端呈现。较有代表性的文学选集，如《葵晔集》、《待麟集》、《诺顿中国文选：从初始到1911》（*An Anthology of Chinese Literature：Beginnings to 1911*）等，皆是如此；《待麟集》还专门提及，"词在清季勃然复兴，故本书对此种形式之诗大量收入"。研究材料如此，倘强行将二者剥离开来论述，显然是脱离实际的。

另外，本书还将诗学、词学纳入到了自己的考量范围之中，这也与英语世界清代诗词研究成果的特征有关——英语世界的清代诗词研究往往是熔诗人传记、诗歌翻译、诗学阐述为一炉的。例如，林理彰在斯坦福大学完成的博士论文《传统与综合：作为诗人和诗论家的王士禛》（*Tradition and Synthesis：Wang Shih-chen as a Poet and Critic*）中，既追溯了王士禛一生的行迹，又系统翻译了王士禛诗歌的代表作，还深入研究了王士禛的"神韵说"理论。这是林理彰的有意为之，他在这篇博士论文的序言中指出："一般来说很少有学者去关注中国的诗歌批评与诗歌创作之间的关系。……理解此关系恰恰是透彻理解诗歌全貌的关键。如果这一关系能够得以充分阐释，那么我们对于诗歌的感觉以及认知就有可能被更清晰地表达出来。"这样的做法在英语世界并非个案，如黄秀魂（Shirleen S. Wong）的《龚自珍》（*Kung Tzu-chen*）、施吉瑞（Jerry Schmidt）的《随园：袁枚的生平、文学批评及诗歌》（*Harmony Garden：The Life, Literature Criticism, and Poetry of Yuan Mei, 1716-1789*）、《诗人郑珍与中国现代性的崛起》（*The Poet of Zheng Zhen (1806-1864) and the Rise of Chinese Modernity*）等都是按照这样的规程撰写的。因此，我们在以诗词文本为观照重点的同时，还必须兼及英语世界中清代诗人、词人的传记和清代诗词理论的研究等成果。

（四）材料择取

在明确了本书所研究对象的时空范围以及具体范畴之后，为更清晰地展示本选题的研究思路和操作规程，我们接下来对本书所使用的研究材料类型予以简单说明。

---

29 见朱彝尊《陈纬云红盐词·序》。

首先，本书使用、征引最频繁的英语世界的文献材料，是通常意义上所言的文学及文学研究类著述。这包括：（1）大型的中国古典文学英译集，如柳无忌、罗郁正二人主编的《葵晔集》、上文已提及的罗郁正、舒威霖主编的《待麟集》、梅维恒（Victor Mair）主编的《哥伦比亚中国古典文学选集》（The Columbia Anthology of Traditional Chinese Literature）以及宇文所安（Stephen Owen）主编的《诺顿中国文选：从初始至 1911》等；（2）英文的中国文学史著作，如翟理斯（Herbert A. Giles）的《中国文学史》（A History of Chinese Literature）、陈受颐（Shou-yi Chen）的《中国文学史导论》（Chinese Literature：A Historical Introduction）、梅维恒的《哥伦比亚中国文学史》（The Columbia History of Chinese Literature）、孙康宜和宇文所安主编的《剑桥中国文学史》等；（3）英文的中国文学理论研究著述（期刊论文、学位论文、论文集和专著等），如叶嘉莹（Chia-ying Yeh Chao）发表在《哈佛亚洲学报》（Harvard Journal of Asiatic Studies）上的《常州词派的词学批评》（"The Ch'ang-Chou School of Tz'u Criticism"）、刘若愚的《中国诗学》（The Art of Chinese Poetry）和《中国文学理论》、王靖宇（John C.Y. Wang）主编的《清代文学批评》（Chinese Literary Criticism of the Ch'ing period）、刘渭平（Wei-ping Liu）在悉尼大学的博士论文《清代诗学之发展》（A Study of the Development of Chinese Poetic Theories in the Ch'ing Dynasty, 1644-1911）、林理彰的《传统与综合：作为诗人和诗论家的王士祯》以及宇文所安的《中国文论：英译与评论》（Reading in Chinese Literary Thought）等。

其次，本书还将英语世界为研究中国文学所纂辑的工具书列入论文使用材料的范围之中。例如，伟烈亚力（Alexander Wylie）所编纂的《中国文献纪略》（Notes on Chinese Literature）一书在刊行后对于西方汉学研究影响很大，英国著名的科学史家李约瑟（J. Needham）就称此书"迄今仍是研究中国文献的最好英文入门书"[30]。又如，由恒慕义（Arthur W. Hummel）主编、中美学者联合参与完成的《清代名人传略》（Eminent Chinese of Ch'ing Period, 1644-1912）一书，被费正清称之为是"美国汉学研究的胜利"[31]，至今仍被英语世纪的中国文学——尤其是清代文学——研究者频繁征引。再如，倪豪士

---

30 汪晓勤，中西科学交流的功臣——伟烈亚力[M]，北京：科学出版社，2000 年，第 120 页。

31 费振清，费振清对华回忆录[M]，上海：知识出版社，1991 年，第 115 页。

（William H. Nienhauser Jr.）主编的《印第安纳中国传统文学指南》（*The Indiana Companion to Traditional Chinese Literature*）、普林斯顿大学出版社出版的《新编普林斯顿诗歌与诗学百科全书》（*The New Princeton Encyclopedia of Poetry and Poetics*）等，都有不少有关中国文学的精辟论述。对于这些基础材料的分析，有助于我们更加深入地了解英语世界清代诗词研究者内在的论述逻辑及其知识背景。

再次，本书也会适当关注一些在英语世界中具有独特地位及影响力的报刊。例如，19 世纪至 20 世纪初期，随着英美在华殖民势力的不断扩大，为满足侨民、商人、传教士及外交人员等的阅读需求，一些英语报刊相继在东南亚以及中国的广州、上海等地发行，其中有许多直接以中国为主题，像《印中搜闻》（*The Indo-Chinese Gleaner*, 1817-1822）、《中国丛报》（*Chinese Repository*, 1832-1851）、《中日释疑》（*Notes and Queries on China and Japan*, 1867-1870）、《中国评论》（*The China Review*, 1872-1901）、《新中国评论》（*The New China Review*, 1919-1922）、《中国科学美术杂志》（*China Journal of Science and Arts*, 1923-1941）、《皇家亚洲文会北中国支会会报》（*Journal of the North-China Branch of the Royal Asiatic Society*, 1858-1949）、《华裔学志》（*Monumenta Serica*, 1935 年至今）等，都包蕴了驳杂而丰富的有关中国的各个层面的知识，其中有不少译介、研究清代诗词的内容，它们与还正处在发生中的清代诗词形成了一种有趣的"互文"关系，不但能揭示当时英语世界的学者与清代主流诗坛、词坛关注点的差异，还可提供不少那一时期中西文化交流的鲜活案例。此外，像我们在上文已提及的由中国本土学者创办、发行于民国期间的英语文化期刊《天下》月刊、由香港学人创办于上世纪 70 年代并持续发行至今的《译丛》杂志以及建国后中国官方主持发行的《中国文学》杂志等，也都会成为本书征引的重要文献来源。

四、研究方法、内容及意义

在明确界定了本书的时空范围、研究对象以及材料择取的类型后，笔者通过广泛而细致地文献搜罗工作，一共整理出了 400 余则英语世界中直接与清代诗词有关的译介与研究条目。面对如此众多的文献资料，为服务于本书的总体研究目标，我们不但需要采取务实合理的研究方法去"消化"它们，同时还需要以妥当恰切的章节结构去"安置"它们。

具体而言，本书采用的研究方法主要有以下几种：

（一）文献梳理法。本书尝试对 17 世纪以来英语世界译介、研究清代诗词的成果进行历时性的梳理和考察，并在此过程中始终注重将其与西方汉学数百年来的发展史关联起来，力图通过结合整体描述、个案分析以及专题研探等多种形式，清晰明了地呈现出目前笔者所掌握的这批资料的整体风貌和基本特征。

（二）数据统计法。鉴于牵涉范围较广、材料较多，为客观了解英语世界译介、研究清代诗词的侧重点及其在不同阶段的发展变化，本书有意识地运用了数据统计法，对重点清代诗人/词人的译介情况、译者与研究者的身份构成、研究对象与主题的频次等问题着重进行定量分析，并在此基础上，进一步指出这些数据背后所反映的文化动因及学术态势。

（三）影响研究法。影响研究重点关注不同国家、民族、地区的文学之间的事实性关联和渊源性影响，强调实证主义的研究态度。本书力求在行文中准确勾勒出特定清代诗词作家及作品传播至英语世界的具体路线与途径，评估不同媒介（报纸、杂志及著作）下的清代诗词传播效果，以及考察清代诗词在何种意义上对英语世界产生了事实性的影响等。

（四）平行研究法。英语世界的学者在研究实践中大都有意地使用西方文论对清代诗词进行阐释，如 20 世纪 90 年代以来清代女性诗词研究在英语世界的繁荣，实际上正是社会性别理论渗入中国文学研究领域的自然结果；有英语世界的学者——如刘若愚——甚至还基于清代丰富的诗学遗产，运用西方文论完成了对中国传统文论的系统化建构。本书会对这类以西格中式的研究成果进行重点关注，从而进一步对比、评述、反思中西在清代诗词研究领域的范式差异。

（五）变异学研究法。比较文学变异学"通过研究文学现象在影响交流以及相互阐发中呈现的变异，探究比较文学变异的规律"[32]，其研究范围包括跨国变异研究、跨语际变异研究、跨文化变异研究、跨文明变异研究、文学的他国化研究等方面，它"以'变异性'、'异质性'弥补法、美学派研究中的可比性的漏洞，并将'异'提升到了学科理论的高度，从而较合理得解决了比较文学学科理论中固有的一些问题"[33]。英语世界的清代诗词译介与

32　《比较文学概论》编写组，比较文学概论[M]，北京：高等教育出版社，第 161 页。

33　时光，比较文学变异学十年（2005-2015）：回顾与反思[J]，燕山大学学报（哲学社会科学版），2018，19（01）：50-58。

研究领域中存在着大量的文学变异现象。例如,受到英语语法结构、用语习惯乃至英语世界的思维文化的影响,清代诗词在翻译过程中不可避免地出现了错漏、扭曲乃至误读、变异等情况;又如,在西方的学科体制以及理论话语下发展起来的汉学研究,其研究对象、目的以及视野与中国本土的研究皆有着本质的差异和区别。本书以变异学为核心研究方法,在研究过程中既"求同"亦"辨异",并在此基础上初步探讨中西在这一领域交流与对话的可能性。

总体来讲,本书分为绪论、正文、结语和附录四大部分。

绪论部分简要说明了本书的选题背景,梳理了目前国内学界对本论题的研究现状,界定了本书研究的时空范围、对象范畴,确立了相关研究材料的择取类型,并对本书所使用的研究方法、对篇章结构的安排以及本研究的价值和意义进行了概要介绍。

正文部分共包括六章内容,根据论述重点的不同,在整体上又可细分为两小部分。其中,第一章到第四章主要关注"清代诗词在英语世界中的译介与传播"情况,第五、六两章则重点分析"清代诗词在英语世界的研究状况及态势"。分述如下。本书在前四章中,从历时性角度依次梳理、评述了清代诗词在英语世界的"鸦片战争前"、"1840 年至 1912 年"、"20 世纪上半叶"、"20 世纪下半叶以来"这四个阶段中的传播/译介情况。其中,第一章择取了《好逑传》的清诗英译、乾隆诗歌的早期英译以及德庇时《汉文诗解》中的清代诗词英译这三个典型案例进行分析,提醒学界注意清代诗词在早期中诗英译史中所具有的特殊地位与功能;第二章在引入"侨居地汉学"这一概念的基础上,系统梳理了晚清时期的英语报刊书籍中的清代诗词译介情况,还集中评述了侨居地汉学的"集大成者"翟理斯(H. A. Giles)汉学实践中涉及清代诗词的部分;沿着第二章的思路,第三章继续依据传播媒介的不同,梳理了民国时期的英文报刊书籍中的清代诗词译介情况,特别点明了 20 世纪上半叶中国学者开始在清代诗词西传中发挥作用这一重要史实;第四章在西方汉学中心转移至北美这样的大背景下,分三个阶段对 20 世纪下半叶以来清代诗词繁荣的译介情况进行了概述。在以上四章中,笔者始终注意在比较文学变异学的视角下、以个案分析的方式,对清代诗词在英语世界的英译策略及出现的语言、文化变异现象进行述评、探因。第五章和第六章以代表性的研究个体或群体为主要评述对象,按照"文学史—文学批评—文学理论"这样的逻辑框架，力求多层次、完整地呈现英语世界的清代诗词研究实绩，并在此过程中时刻注意将其与国内相关研究成果的对比、参照。

结语部分试图在量化统计的基础上，去审视英语世界的清代诗词译介、研究重点，并在整体上阐述清代诗词西传之于国内学界的研究价值和学术启示，从而为本书做了提振性的总结升华。

此外，本书的附录一"英语世界清代诗词传播年表简编"，按照时间顺序扼要介绍了 17 世纪以来英语世界译介和研究清代诗词的重点文献，尝试为后来的研究者提供了便利可靠的资料索引目录；附录二"英语世界清代诗词重要研究者访谈录"，由笔者对林理彰（Richard John Lynn）、施吉瑞（Jerry Schmidt）两位教授的访谈记录组成，意在以个人化的视角展示这两位学者进入清代诗词领域的心路历程以及他们对英语世界目前的清代诗词译介与研究状况的认识和思考，从而与正文形成互证、补充。

笔者相信，通过对相关文献进行全面整理和系统研究，本书对于国内清代诗词研究领域的发展至少具有以下三方面的意义与价值：

（一）从宏观上勾勒了清代诗词在英语世界中的译介和研究情况，从而为国内学术界对清代诗词的进一步研究提供可资借鉴的材料。囿于客观研究条件和英语语言障碍的限制，处于中国诗史承上启下地位的清代诗词在英语世界中译介和研究的路径和轨迹，国内除了有少数研究人员作过概述性质的评介外，少有论者能专章将这一进程完备而清晰地呈现出来。本书在大量搜集、整理材料的基础上，第一次为国内学界还原了有清一代诗词在英语世界流布、传播的具体路径与整体风貌，从而改善学界对清代诗词在英语世界传播状况认识不足的研究现状，为未来的清代诗词研究提供较为可靠的资料索引与评述。

（二）细致考察清代诗词及诗学诸多英译本的翻译目的和策略，从而在扎实的实证分析的基础上，为中国古典诗词的英译提供具体的、可资参考的经验与教训。英语世界中清代诗词翻译风格的千差万别，恰恰反映出了译者翻译策略和翻译目的的不同。本书以若干重要的译本为基础，逐一考察、对比清代诗词不同英译本间的种种契合与差异之处，揭示不同译者不同的理论倾向和现实诉求，并在此基础上指出在清代诗词的跨文化翻译过程中出现的误译与误读现象，从而反思如何在最大程度上葆有文本原有内涵的前提下，应以怎样的途径和方式让中国古典诗词进入到异质文明当中去。

（三）以整体研究和个案分析相结合的方法展示了英语世界的清代诗词研究特色，刺激国内清代诗词界研究方法的更新和研究视野的拓展。"他山之石，可以攻玉"（见《诗经·小雅·鹤鸣》）。随着科学技术的飞速进步和全球化时代的到来，人文社科领域的学术研究格局必定将随之变得日益开放与包容。在这样的时代背景下，通过深入了解和研究中国古典诗词及诗论在异域的接受情况，审视他国研究者研究中国文学时所采用的独到视角和方法，从而对异域的研究成果有选择性地加以吸收借鉴，我们最终将在不同语境的参照下把清代诗词的研究向前推进。

第一章　鸦片战争前英语世界中的清代诗词

一、英语世界早期汉学中清代诗词的传播踪迹

1643 年，出生于意大利的耶稣会士卫匡国（Martino Martini）途经印度来到了中国。当时正值明清易鼎之际，身处其间的他亲眼见证了满清迅速入主中原的历史进程。"鞑靼人在七年时间里，征服了如此辽阔的地域，"他在《鞑靼战纪》[1]中不无感慨，"比一支军队七年内所能走的路程还要多，这是值得钦佩的。"这本《鞑靼战纪》最初由拉丁文写成，于 1654 年在比利时的安特卫普出版；同年位于伦敦的约翰·克鲁克公司（John Crook）就出版了此书的英文译本。卫匡国对"这场惊人巨变"简洁洗练的叙述，使得英语世界的读者清楚地意识到：在遥远的东方，一个由游牧民族所统治的新帝国已然崛起。

在《鞑靼战纪》出版二十余年后，由埃尔卡纳·塞特尔（Elkanah Settle）创作的《中国之征服》（*The Conquest of China by the Tartars*, 1674）在伦敦公爵剧院（Duke's Theatre）上演。该剧虽然取材于卫匡国等人提供的清兵入关、明朝覆亡的史实，但在本质上却仍是一部标准的英国王政复辟时期的"英雄剧"：勇武的鞑靼王子（Zungteus）背负着国仇家恨，不惜挥剑发动战争，不料却爱上了美丽的敌方女将（Amavanga），在个人情感与国家责任之间备受煎

---

[1] Martini, Martino. *Bellum Tartaricumor the Conquest of the Great and Most Renowned Empire of China*. London: John Crook, 1654. 笔者在本段所引译文皆出自杜文凯所编的《清代西人见闻录》（中国人民大学出版社，1985 年）一书。

熬的他，最终完成了复仇大业，也赢得了爱人的归顺与尊重[2]。凭借着浓郁的异国情调、恢弘的战争背景以及工整华丽的语言，《中国之征服》为英语世界的观众提供了最初的有关清代的朦胧的文学想象。

从这时起，一直到 1792 年马戛尔尼使团（Macartney Embassy）访华为止，逐渐完成了资产阶级革命的英国虽然国力急剧上升，开始在全球范围内与欧陆诸强四处争夺殖民地，但以其为中心的英语世界与中国的直接接触其实非常有限。故而，这一时期英语世界的学者很少通过第一手材料来了解中国语言和文学。如果说英语世界此时大致还处在"游记汉学时期"的话，那么法国、意大利等欧洲大陆国家早已进入到了"传教士汉学时期"[3]。以耶稣会士为主要代表的传教士团体从 16 世纪起就陆续来到中国，他们在传教之余，开始系统研究中国社会文化的方方面面，并通过信件的方式将自己在中国实地观察、研究所得不断寄回欧洲——这几乎是当时西方了解中国最重要的"窗口"和"桥梁"。所谓"从来欧人关于东方知识，多得于旅行之见闻，或事业之报告，至十六世纪，东印度航路发现，耶稣会士东来，于东方文物，始进于研究之域"[4]，形容的就是这一历史现象。这些由法语或拉丁语写成的汉学成果很快地就被译为英语，成为了英语世界早期汉学界最重要的知识来源之一。换言之，英语世界的早期汉学是在利用第二手材料的基础上形成的，基本上处在对欧洲——尤其是法国——汉学的亦步亦趋的附庸地位；英国汉学家对于包括清代文学在内的中国文学的知识，大都来自于欧洲其他国家的汉学研究成果。直到以马礼逊（Robert Morrison）、小斯当东（George Thomas Staunton）、德庇时（John Francis Davis）三人为代表的英国早期汉学家群体的出现，英语世界的汉学界才逐渐走出了只能转译由其他语言撰写的汉学成果

---

2 范存忠在《中国文化在启蒙时期的英国》（译林出版社，2010 年）一书中，将本剧的情节概括为"复仇"和"爱情"两条线，这大致是准确的；然而，他却将剧中的鞑靼王子 Zungteus 当成了顺治帝。葛桂录在《中英文学关系编年史》（上海三联书店，2004 年）中亦沿用了这种说法。倘比对《鞑靼战纪》原文的话，Zungteus其实是爱新觉罗·皇太极的第二个年号"崇德"，所指的绝非是顺治。另外，Zungteus的恋人 Amavanga 的原型应是卫匡国笔下的"中国的亚马逊"、明末著名女将秦良玉（1574-1648），而 Amavanga 的这个名字在《鞑靼战纪》中本是用来指代"阿玛王"（Amavangus）爱新觉罗·多尔衮的。如此"移花接木"，令人啼笑皆非。

3 张西平先生在《传教士汉学研究》（大象出版社，2005 年）一书中，将西方汉学分为"游记汉学时期"、"传教士汉学时期"和"专业汉学时期"三个阶段，并认为汉学"作为一门学科真正创立"，是在"传教士汉学时期"。

4 莫东寅，汉学发达史[M]，郑州：大象出版社，2006 年，第 1-2 页。

来进行研究的尴尬境地。

　　国内学界在论及这一时期的欧洲汉学时，常津津乐道于传教士对中国经典文本以及戏剧小说的译介成果，如"四书五经"、《赵氏孤儿》、《好逑传》等，却疏于考察他们对中国诗歌的认知和了解情况；即使在这一方面做了工作，也大都将主要的精力放在西方对于诗经以及唐诗的译介上，而忽略了清代诗词在这些材料中的存在。事实上，除了《诗经》这一经典文本外，西方了解中国诗歌的另外一个重要资源就是出现在对彼时的传教士和汉学家而言的"当代"——明末以及清代——的小说中所穿插的诗歌作品[5]。例如，在《中华帝国全志》（*Description géographique, historique, chronologique, politique, et physique de l'Empire de La Chine et de la Tartarie chinoise*）一书中，杜赫德（Jean-Baptiste Du Halde）用以说明中国诗歌的材料就是选自《今古奇观》的三篇小说中所穿插的诗词。又如，在 1761 年出版的《好逑传》（*Hau Kiou Choaan, or the Pleasing History. A Translation from the Chinese Language*）一书的第三个附录《中国诗歌片段》（"Fragments of Chinese Poetry"）中，用以阐述中国诗歌的重点篇目《咏柳》（"An elogium on the willow tree"）一诗，其实是清代小说《玉娇梨》第六回"丑郎君强作词赋人"里的几首《新柳诗》中的一首。类似的例子，在这一时期的欧洲汉学成果中还能找到很多，透过这些材料，我们能发现不少有趣的文化信息。比如，西方早期汉学认识中国诗歌的来源和途径问题；又如，西方早期汉学在翻译中国诗歌时的篇目选择策略及动机问题；再如，西方早期汉学家与中国传统文人对诗歌这一文体在定义和理解上的差异问题，等等。这些信息的获得，对中国文化海外传播研究的进一步推进是十分有益的。

　　然而，目前国内学界罕有人能意识到这部分材料所独具的学术价值。较早关注清诗英译的江岚女士虽意识到"这一批早期汉学家旅华的时间段里，清诗对于他们而言是'现当代'的文学作品"，同时也清楚"二十世纪中叶以前出版的各类有关中国的英文书籍里，零散可见一些清代的'诗歌'英译"，但是却认为这些清诗翻译"都是笔记小说、民歌戏曲、传奇故事里的内容，

5　英语世界对词这一文体的独立性有明确的认识要迟至 20 世纪上半叶了，在这之前英语世界对词的译介和研究基本上处于缺位状态；即使有若干翻译，也多被冠以 Poetry 或 Verse 之名。有鉴于此，笔者在本章的行文中多使用"清诗"或"清代诗歌"，而非"清代诗词"。

离中国传统严肃文学的'诗歌'定义距离太远，……译介的目的也大多不在于介绍清诗，而是介绍中国当时的社会情况或民俗民情之时顺带提及"，并基于这一认识，将清诗英译的逻辑起点定为翟理斯（Herbert A. Giles）《古今诗选》（*Chinese Poetry in English Verse*）出版的 1898 年[6]。她的这一说法极具代表性，学者们在论及这些材料时，或因其琐碎，或以其无足轻重，大都对此寥寥数语、一笔带过。许多有价值的中西文学、文化交流中的信息都因此被遮蔽掉了，倘不改善当下的这种研究状况，我们对中国诗歌在西方早期汉学中的具体形态的深入认识就无从谈起。

另外，在这一时期，西方还对乾隆这位统治中国达六十年之久的皇帝所创作的诗文作品很感兴趣。乾隆"圣学高深，才思敏赡，为古今所未有"，拥有惊人的文学创作速度，"御制诗文如神龙行空，瞬息万里"；诸种文体里，他于诗歌创作最为热衷，"诗尤为常课，日必数首"[7]，一生留下了四万余首作品，是中国历史上当之无愧的写诗最多的一个人。乾隆的诗名不但为当时的清朝人所知，同时代的欧洲对此亦有所耳闻。曾担任马戛尔尼使团副使的乔治·伦纳德·斯当东（Sir George Staunton）在他那本著名的《英使谒见乾隆纪实》（*An Authentic Account of an Embassy from the King of Great Britain to the Emperor of China*）中曾提到，"皇帝陛下虽日理万机，但还可以腾出工夫致力于各项文艺的研究。他喜欢作诗，在意境和表达技术上有很高的水平。他的诗大半是有关哲学和伦理内容的，近似伏尔泰的咏史诗，不同于密尔顿"[8]。事实上，在这一时期，有多首乾隆的诗歌都被译入到了英语世界之中，如《三清茶》、《成窑鸡缸歌》、《平定两金川凯歌三十章》等。这些作品有的是由法语转译而来，有的是英国学者直接从中文翻译而来，拥有种种不同的译介动机，译本中也充满了误译、误读和文化过滤等现象，从中透露了中西交流初始阶段在文化碰撞、乃至物质交流层面上的丰富信息。然而，由于国内清诗研究的弱势以及早期英语资料搜集的难度，学界目前几乎无人注意过乾隆诗歌在这一时期英译的情况。为弥补这一缺憾，本章节拟对此进行初步的

---

6 江岚，蔡晔. 待麟：罗郁正与清诗英译[J]，苏州大学学报（哲学社会科学版），2014，35（05）：133-140+192。

7 [清]赵翼撰，曹光甫校点，赵翼全集（卷三）. 檐曝杂记[M]，南京：凤凰出版社，2009 年，第 6 页。

8 [英]斯当东著，叶笃义译，英使谒见乾隆纪实[M]，北京：商务印书馆，1963 年，第 381 页。

垦拓。

　　除上述材料外，在中国国门尚未向西方洞开的鸦片战争之前，清诗的踪迹还能在著名英国汉学家德庇时的多种著作中被找到。其中，他的《汉文诗解》（"On the Poetry of the Chinese"）可以说是这一时期英语世界研究中国诗歌的最重要的文本之一，近几年国内学人开始对其逐渐关注起来，笔者亦将从清代诗词这个角度出发，对这一文本进行尝试性的研探、分析。

二、《好逑传》：第一批英译清诗与清代小说的西传

　　鉴于 17、18 世纪欧洲有关中国的叙述中存在的"或不加分辨以讹传讹，或随心所欲任意杜撰，或一时兴起编造的故事造成思想混乱"的现象，法国著名汉学家杜赫德在整理众多赴华耶稣会士信件的基础上，于 1735 年编辑出版了《中华帝国及其所属鞑靼地区的地理、历史、纪年、政治和博物全志》（简称《中华帝国全志》）一书。相较于本时期的其他著作，《中华帝国全志》由于所使用材料的特殊性，无疑拥有更高的可信度和准确性，"无论成见如何，人们都无法否认我们从传教士渠道获得的关于中国的知识是最可靠的，他们在这伟大帝国的首都和各省度过大半生，他们比任何人都更加具备向我们提供忠实可靠报告的能力"。除此之外，编者杜赫德还自信于此书在内容涵盖上的全面与广泛，"尽管工程浩大，但我不仅完成，而且超额完成承诺的计划。至少我没有忽略这个庞大帝国任何值得注意的地方"[9]。由于上述优点，此书一问世就轰动了整个欧洲，在短短几年内就数次再版，并很快被翻译到了英语世界：1736 年，由英国人理查德·布鲁克斯（Richard Brookes）翻译、约翰·瓦茨（John Watts）主持出版的《中华帝国全志》的节译本在伦敦发行；紧随其后，英国著名出版商爱德华·凯夫（Edward Cave）组织编译了《中华帝国全志》的英文全译本，并在 1738-1742 年之间将其陆续出齐。1736 年节译本在翻译上显得较为仓促，对原书的内容也有大幅删削，因此，其参考价值远不如 1742 年的凯夫全译本。

　　杜赫德在《中华帝国全志》中论及中国诗歌的文字，集中见于"中国人的诗歌、历史及戏剧的品味"（"Taste of the Chinese for Poetry, History, Plays"）一节，虽然只有寥寥数行，但是却能代表当时西方对于中国诗歌的一般性认

9　本段使用引文皆来自杨保筠、刘雪红合译的《中华帝国全志》的"前言"一文，详见《杜赫德〈中华帝国全志〉的编撰缘由和原则》（国际汉学，2015 年第 3 期）。

识。他在这里先对中国诗歌的形式、韵律和内容作了简要介绍，并指出西人理解中国诗歌之难，"必先娴熟于汉语，方可了解中国诗歌之精妙，然而这绝非易事"；接着，他在为殷弘绪（Père Francois Xavier Dentrecolles）选译自《今古奇观》的三篇小说[10]所撰写的导言中指出，"为使叙述更生动，这些故事中经常会穿插四、五首诗……相较于我上文所讲的，诸君在读完以下这些文字后，定能对中国诗有更精准的认识"[11]，杜赫德在这里是想将这些散布在明清小说中的诗作为例证，以引导读者通过它们去感受和理解中国诗歌的特性，也就是说这些小说中的诗词与杜赫德对中国诗歌的讨论之间存在着相互印证的关系。《今古奇观》是明末抱瓮老人在"三言二拍"的基础上择选而成的短篇小说集，其中所穿插的诗词作品，虽然不在"清代诗词"的时间范围之内，但这一文本背后所蕴含的"中国古典小说—小说中的诗词—中国古典诗歌"的认知路径，却对本研究产生了如下重大启示：在这一时期，除了《诗经》这一经典化文本以外，中国古典小说中出现的诗词作品是西方早期汉学感知、了解中国诗歌的另一重要文本资源。带着这样的认识，我们不难将目光锁定在英语世界所译介的第一部清代小说、也是整个西方所译介的第一部中国长篇小说《好逑传》上，并且顺利地在其中找到了第一批英译清诗的身影。

《好逑传》，又名《侠义风月传》、《第二才子书》，大致成书于明末清初，主要讲述了大名府好侠仗义的才子铁中玉与山东历城兵部侍郎水居一之女水冰心之间一波三折的爱情故事，是中国才子佳人小说的代表作之一。1719 年，曾长期居住在广东的英国东印度公司的职员詹姆斯·威尔金森（James Wilkinson）将《好逑传》部分章节翻译成英语（前 3 册）、部分章节翻译成葡萄牙语（第 4 册）[12]，从手稿上用铅笔、墨笔涂抹修改的多处痕迹来看，威尔金森对《好逑传》的翻译应是他在中国本地人指导下的汉语练习之作。这部手稿后来被英国圣公会的主教托马斯·珀西（Thomas Percy）发现，经由他的润色、修改和调整，终于在 1761 年以四卷本的形式在伦敦公开出版。《好逑

---

10 即《庄子休鼓盆成大道》、《吕大郎还金完骨肉》、《怀私怨狠仆告主》。

11 此处引文译自 1742 年由英国人爱德华·凯夫（Edward Cave）主持翻译的全本《中华帝国全志》（*A Description of the Empire of China and Chinese-Tartary, together with the Korea and Tibet*），具体内容详见该书第二卷的 146-147 页。

12 珀西在前言中提及，该手稿第四册的笔迹与前边三册的有明显不同，或许另有作者，而非出于威尔金森之手。

传》的作者自署为"名教中人",旨在通过小说来敦伦明理、宣扬名教,所谓"宁失闺阁之佳偶,不敢做名教之罪人"。这一主旨无意中暗合了当时欧洲强调理性、节制的启蒙主义思潮,或是《好逑传》能率先进入英语世界的重要契机之一。珀西在给苏塞克斯伯爵夫人(The Countess of Sussex)的献词中,就明确表示:"正当诲淫诲盗的小说故事充斥国内市场的时候,这部来自中国的小说,作为一本讲究道德的书,有着劝善惩恶的作用。"[13]另外,珀西还在前言中提到,"有理由断定中国人将其视为杰作,因为通常只有那些在本国人中享有盛誉的书,才会被拿给外国人看"[14],从这则信息中,我们不但能了解《好逑传》在当时中国一般文人和普通百姓的声名之盛,还能发现《好逑传》得以进入英语世界的又一历史动因。

　　珀西虽然只是威尔金森手稿的编者,但是他在此书的出版中所扮演角色的重要性,是丝毫不亚于威尔金森的。如前所述,威尔金森的手稿只能算是初具雏形,远未达到公开出版的标准。为了它的面世,珀西主要从以下几方面展开了自己的编辑工作:翻译,即珀西将手稿中用葡萄牙语写成的第4册译为英语;润色,即珀西将原译中措辞粗俗、不符合英语表达规范的地方重新润饰;删削,即珀西对有些章节中冗长啰嗦的细节进行了相应的缩减;调整,即珀西认为原译稿各回篇幅过长,不适宜阅读,因此将原译稿十六章调整为四十章;增添,即珀西还参照多种当时欧洲权威的汉学著述,为小说做了不少详实的注释,更为重要的是,他还在书后附上了三则内容丰富的附录,分别是"中国戏提要"("The Augment or Story of a Chinese Play")、"中国谚语集"("A Collection of Chinese Proverbs")、"中国诗片段"("Fragments of Chinese Poetry")。经过珀西这一系列卓有成效的工作,《好逑传》才最终能以较为完善的形态出现在英语世界之中。

　　或是因为中国诗歌英译的巨大难度,或是出于对译文叙事流畅度的考虑,威尔金森在翻译《好逑传》时对小说中出现的诗词作品进行了大幅度的删减。该译本在前三卷只保留了1首诗,在第四卷则保留了5首诗。严格来讲,这删削之后存下的6首诗,就成为了出现在英语世界中的第一批清代诗歌作品。有关这6首诗的详细信息可参见表1-1。

---

13 Percy, Thomas. "To the Right Honourable the Countess of Sussex", *Hau Kiou Choaan or The Pleasing History (vol.4)*. London: R. & J. Dodsley, 1761.

14 Percy, Thomas. *Hau Kiou Choaan or The Pleasing History(vol.4)*. "Preface".

表 1-1　《好逑传》1761 年版英译本中的清代诗歌篇目信息[15]

诗歌原文	文本位置	译文首句	译文位置
白骨已沉魂结草，黄花含得雀酬恩。从来侠义奇男女，静夜良心敢不扪。	第六回·冒嫌疑移下榻知恩报恩	The lucid dew falleth to the ground; but is not lost;	Vol. II, Chapter I, pp. 36-37.
珠面官披宫样妆，朱唇海阔额山长。阎王见惯浑闲事，吓杀刘郎与阮郎。	第十六回·美人局歪厮缠实难领教	I have seen her figure, it is finely trick'd out with ornaments;	Vol. IV, Chapter VI, pp. 78.
刚到无加柔至矣，柔而不屈是真刚。若思何物刚柔并，唯有人间流水当。	第十六回·美人局歪厮缠实难领教	Hard substances become soft, Soft substances turn to hard;	Vol. IV, Chapter VI, pp. 86-87.
名花不放不生芳，美玉不磨不生光。不是一番寒彻骨，怎得梅花扑鼻香？	第十八回·验明完璧始成名教痴好逑	The roses till they are open'd, yield no fragrance;	Vol. IV, Chapter X, pp. 161-162.
奸人空自用机心，到底仇深祸亦深。何不回心做君子，自然人敬鬼神钦。	第十八回·验明完璧始成名教痴好逑	The wicked man doth evil, not regarding how the end may turn out;	Vol. IV, Chapter X, pp. 164-165.
三番花烛始于归，表正人伦是与非。坐破贞怀惟自信，牢闭心户许谁依。义将足系红丝美，礼作车迎金赎肥。慢到一时风化正，千秋名教有光辉。	第十八回·验明完璧始成名教痴好逑	The new married couple go to their house with great splendor and fragrance;	Vol. IV, Chapter X, pp. 166-167.

　　由于珀西本人并不懂中文，而威尔金森翻译《好逑传》的情况又少有人知，所以我们无从得知这 6 首诗被特意挑出翻译的具体原因。至于这 6 首诗歌的译文质量，倘比对原诗的话，我们不难看出译者的中文水平极其有限：他并未逐字逐行去翻译，而只译出了诗歌的大意；也有意或无意地回避了诗中的许多典故和文化专有项。试看"三番花烛始于归"一诗的译文：

---

15 本表中的"诗歌原文"、"文本位置"两栏所使用的文字，皆以《好逑传》同治二年独处轩刊本为底本。

The new married couple go to their house

with great splendor and fragrance;

It is in order that their good deeds and

example maybe spread abroad;

While their worth lay hid within the heart

it was not perceived;

Now the time is arrived that it is pub-

lished through all the world.

"三番花烛始于归"一诗是首七言律诗，其中包含的内容还是比较丰富的，而这里的译文却只有短短的四句，只能算是对原诗大意的概括，难以称得上是合格的翻译。另外，译文完全没有体现出本诗的颈联"义将足系红丝美/礼作车迎金赎肥"一句，这大概是由于这行诗里中国特有的文化义项较多，译者的语言能力有限，无从下手处理，所以干脆选择不译。

有时，译者还在译文中增添了许多原诗没有的元素，使得译文与原文相差甚远。例如，由于"白骨已沉魂结草"一诗前三行的译文在手稿中模糊难辨，珀西只得根据上下文语境，通过自己的创作补足了这首诗的译文，他添加的"lucid dew"、"tender grass"、"golden flowers" 等意象都不存于原文之中——如此得来的译文，与其说是翻译，倒不如说是珀西的个人创作了。

除了上表所列的 6 首诗外，在本书的"中国诗片段"这则附录中，也能发现清诗的踪迹。珀西在为这则附录所专门撰写的"广告"（"Advertisement"）中表示，"通过《好逑传》这一罗曼史，我们已对中国人的散文创作有所了解，很自然地，我们接下来会将目光转向他们的诗歌"，他应是在有意识地补救译本大幅删削原作诗词这一缺憾的。从结构上来看，附录"中国诗片段"主要由两部分构成：第一部分是一篇题为《论中国诗》（"A Dissertation on the Poetry of the Chinese"）的专题论文，系珀西从法国汉学家尼古拉·弗雷莱（Nicolas Fréret）的著述[16]中节译而来；在第二部分中，珀西则为英语世界的读者择出了 20 首中国诗歌的代表作，除了有几首转译自耶稣会士柏应理（Philippe Couplet）的《诗经》译文外，剩下的大部分诗作都取自于殷弘绪选译的《今

---

16 根据内容，此文应该是弗雷莱 1714 年 9 月 7 日在法兰西铭文与美文学院（Académie des Inscriptions et Belles-Lettres）宣读、1720 年在该院学报上发表的《关于中国诗歌》（De la poésie chinoise）一文。

古奇观》中的那三篇小说。

其中，在《论中国诗》一文中，有两首诗被拿来作为讲解中国诗歌的例证，根据弗雷莱的说法，第一首诗是译自《诗经》的，而实际上，此诗是清代小说《玉娇梨》第二回"老御史为儿谋妇"中的一句俗谚，其辞曰："稳口善面，龙蛇难辨。只做一声，丑态尽显。"第二首诗题为《咏柳》（"An elogium on the willow tree"），有关这首诗的情况，范存忠先生曾这样论述到："诗里说，嫩黄的枝子抽芽了，又穿上了绿色袍子。同时桃花羞答答地开了，又懒洋洋地凋谢了。春天已经来了，真是容光焕发，有什么东西可以配上这种柔和媚态……诗共八行，每行抑扬格，五音步，第一行和第四行押韵，第二行和第三行押韵，是典型的十八世纪英文诗，描述的是桃红柳绿的早春景色。珀西往往把自己的创作当作翻译，他编《英国古诗残存》就是这样。我不知道这几行诗在中国有没有根据。"[17]对比这首诗的英语译文，范先生对于这首诗所渲染春天的情景的把握大致是准确的；然而，他对这首诗是珀西自己的创作的推断却无疑是错误的。很显然，范先生并未细致阅读过《好逑传》的这则附录，否则他肯定能注意到珀西在《论中国诗》一文的标题下，清楚明白地写着"此文节译自尼古拉·弗雷莱的著述"，换言之，珀西没有任何理由将自己的诗作掺入到译文当中。另外，在这首诗的脚注里，珀西提到这首诗的翻译是弗雷莱在一名叫黄嘉略（Sieur Arcadio Hoangh）的中国人的指导下完成的。倘能循此信息查阅相关资料，则不难发现此诗的原文出自于《玉娇梨》第六回"丑郎君强作词赋人"里出现的几首《新柳诗》中的一首，其诗曰：

> 绿里黄衣得去时，天淫羞杀杏桃枝。
>
> 已添深恨犹闲挂，拼断柔魂不乱垂。
>
> 嫩色陌头应有悔，画眉窗下岂无思？
>
> 如何不待春蚕死，叶叶枝枝自吐丝。[18]

可以说，这首《新柳诗》与前述的 6 首诗一起，共同构成了英语世界中最早的一批英译清诗。由于缺少对文本细节的必要考察，范先生不但未能注意到黄嘉略与弗雷莱的交游这一中西文化交流史上的重大事件，还很可惜地

---

17 范存忠，中国文化在启蒙时期的英国[M]，南京：译林出版社，2010，第 179-180 页。

18 此处所引文字以哈佛大学燕京图书馆所藏的《新镌批评绣像玉娇梨小传》为底本。

忽略了清代诗歌在欧洲早期汉学的中国诗歌研究中曾发挥有重要作用的潜在事实。

这一批出现在《好逑传》之中的最早的英译清诗，后来还影响到了英语世界这一时期其他的汉学著述。例如，英国著名的东方学家斯蒂芬·韦斯顿（Stephen Weston）在 1814 年出版了《范希周》（*Fan-Hy-Cheu : A Tale, in Chinese and English*）一书[19]，他不但完整翻译了冯梦龙的《情史》中的一则故事，还在书前附了一篇题为《中文语法简论》（"A short grammar of the Chinese language"）的专题论文；在这篇论文中，他特别指出珀西翻译的"名花不放不生芳"一诗是不准确的，接着还给出了自己的译文：

The unblown rose has no fragrance;

The unpolished diamond has no lustre;

The peach, whose stone is not harden'd, has no colour;

The flower that the cold wind scatters cannot be double.[20]

而珀西对此诗的完整翻译如下：

The roses till they are open'd, yield no

fragrance,

The precious stone till they are ground,

cast no lustre,

Time of great cold occasions [speed: So doth

Adversity, diligence in virtue.][21]

倘对比二人的译文，我们就可以发现，韦斯顿的译文并不见得比珀西高明多少，甚至在有些地方还不如珀西的译文。例如，珀西将"美玉"翻译为"precious stone"，而韦斯顿则将其想当然地译为"diamond"，这就不及珀西对于中国文化语境的忠实度。又如，由于珀西本人不认识中文，而葡萄牙语手稿中对此诗最后一句的翻译又难以理解，所以他在翻译是只能做些"猜测性补充"（conjectural supplement），但他的补充是很谨慎的，大致未违背原诗主旨；而韦斯顿虽然懂些中文，但他对此诗后两句的解读，不仅出现了较

19 Weston, Stephen. *Fan-Hy-Cheu: A Tale, in Chinese and English, with Notes and A Short Grammar of the Chinese Language*. London: Robert Baldwin, 1814.

20 Weston, Stephen. *Fan-Hy-Cheu: A Tale, in Chinese and English, with Notes and A Short Grammar of the Chinese Language*. pp. 7-8.

21 Percy, Thomas. *Hau Kiou Choaan or The Pleasing History (vol.4)*. pp. 161-162.

大的偏差，还无中生有地添入了"the peach"、"cannot be double"等元素，这显然要比珀西的译文更具"猜测性"。即便如此，这种围绕着中国诗歌翻译而进行的论争的出现，仍是一个十分积极的信号：它不但侧面证实了清代诗词对英语世界早期汉学界认识中国诗歌的重要性，还清晰揭示了英语世界的中国诗歌翻译在方法论上逐渐走向自觉的历史动态。

这一批最早的英译清诗的身影，还出现在了这一时期英语世界的一些非文学类著作中。例如，英国 18 世纪最负盛名的建筑师、英王乔治三世（George III）的御用园林师、留存至今的"邱园"（the Royal Botanic Gardens, Kew）的设计者威廉·钱伯斯（William Chambers）1773 年在伦敦再版了他的《东方造园论》（*A Dissertation on Oriental Gardening*）一书[22]。在这一版本里，钱伯斯为了说明中国人在布置园林时对于垂柳的喜爱，完整地在脚注中引用了上述那首《好逑传》附录中的《新柳诗》的英语译文，并指出这是中国人用来"称颂垂柳之美"的作品。不过，细究这首《新柳诗》，作者虽以新柳、春色起兴，但重点却在传递对佳人的渴慕思恋之情，钱伯斯的理解显然与原诗意旨是相去甚远的。这种近乎"饥不择食"式的引用，很能反映出英语世界在这一时期缺乏中国诗歌译本的严重程度。

随着对中国小说"诗文相间"这一独特文体特征的认识越来越清晰，英语世界的译者群体逐渐认识到中国小说中的这些诗词在气氛营造、故事铺垫以及情节串联上的重要作用，并慢慢改变了将这类诗词径直删去不译的做法。由此，伴随着清代小说的不断西传，清代诗词也随之大量涌入到了英语世界之中。这些诗词及其译文是我们审视中国古典诗词早期海外传播概况的重要资源之一，然而，囿于种种偏见和误解，很少有学者能对其予以关注和分析。虽无力对如此浩繁的材料进行全面研究[23]，但是笔者却衷心希望能通过上述对第一批英译清诗情况的讨论，推动国内学界开始对这部分材料重视起来。

三、"诗歌王子"：乾隆诗歌在英语世界的早期传播和翻译

1735 年，爱新觉罗·弘历在雍正帝驾崩后即皇帝位，并于次年改元"乾

---

22 Chambers, William. *A Dissertationon Oriental Gardening*.London: W. Griffin, 1773.

23 国内学者何敏在《英语世界清小说研究》（西南交通大学出版社，2017 年）一书中，对这些材料有较多的关注和论述。

隆"，开始了他长达六十年的统治生涯。在位期间，他励精图治、勤勉有为，为"康乾盛世"的形成做出了重要贡献。在文治武功之外，这位精力充沛的"十全老人"还好以风雅自矜，痴迷于诗歌创作，绘画、书法、音乐等文艺诸端无所不通；另外，他在茶道上亦颇有修为，后人常称其为"茶皇"。在登基之后不久，乾隆就创制了一种新茶，"尝以雪水烹茶，沃梅花、佛手、松实啜之，名曰'三清茶'"[24]；所谓"三清"，即指的是上述三种入茶之物，依据乾隆的见解，"这三种物品均品格芳洁、清正，而茶则可致清导和"[25]。我们不难发现乾隆在其中所寄寓的"倡清廉"、"讲德政"的政治内涵，事实上，此茶在创制之初就主要被用在乾隆君臣之间的政治实践活动中：自乾隆八年（1743年）起，乾隆每年都会在他登基前的潜邸"重华宫"举办"三清茶宴"，以诗文唱和、品评新茗的形式，实现其"示惠联情"的政治诉求。

乾隆十一年（1746年）秋，乾隆巡游五台山，在归京途中偶遇大雪，遂命人取雪，在毡帐中烹煮"三清茶"，触景生情，以《三清茶》为题赋诗如下：

> 梅花色不妖，佛手香且洁。松实味芳腴，三品殊清绝。
>
> 烹以折脚铛，沃之承筐雪。火候辩鱼蟹，鼎烟迭生灭。
>
> 越瓯泼仙乳，毡庐适禅悦。五蕴净大半，可悟不可说。
>
> 馥馥兜罗递，活活云浆激。偓佺遗可餐，林逋赏时别。
>
> 懒举赵州案，颇笑玉川谲。寒宵听行漏，古月看悬玦。
>
> 软饱趁几余，敲吟兴无竭。[26]

乾隆对于"三清茶"的喜爱程度，从此诗中可窥一斑。随后，乾隆"命两江陶工作茶瓯，环系御制诗于瓯外，即以贮茶"，认为这样制作而成的茶碗"致为精雅，不让宣德、成化旧瓷也"[27]，并在之后举办的"三清茶宴"上将其作为专门的茶具使用。这就是著名的乾隆三清茶盅（见图1-1）的由来。

---

24 见《御制诗四集·卷七十八》中《咏嘉靖雕漆茶盘》一诗的作者自注。

25 林治，古今茶情[M]，西安：世界图书出版西安有限公司，2013年，第186-186页。

26 见《御制诗初集·卷三十六》。

27 见《御制诗四集·卷七十八》中《咏嘉靖雕漆茶盘》一诗的作者自注。

图 1-1　清乾隆洋彩胭脂紫地轧道花卉御题"三清茶诗"茶盅
（法国吉美博物馆藏）

　　乾隆围绕着"三清茶"所建构起的风雅的内廷政治仪式，在当时的官民口中被广泛传颂，不特如此，这一"升平韵事"[28]还引起了久居北京、经常出入宫禁的法国耶稣会士钱德明（Joseph-Marie Amiot）的极大兴趣。钱德明曾将茶盅上的这首《三清茶》一诗完整译成法语，还在译文前附上了一则小序，对此诗的相关情况做了简要说明，这份译文随即被寄回法国。1770 年，法国东方学家德经（Joseph de Guignes）在编校钱德明所翻译的乾隆的《御制盛京赋》时，注意到了这份《三清茶》的译文，认为"应该将其置于《盛京赋》之后"，理由是"它可以让我们更好地了解中国诗歌，尤其是乾隆皇帝对于诗歌这种文学体裁的雅好"[29]，最终此译文附在《御制盛京赋》的译文之后，一起在巴黎获得了出版[30]。自此，乾隆的"三清茶"以及《三清茶》一诗正式进入到西方人的视野当中。

　　钱德明法译的《御制盛京赋》与《三清茶》在欧洲为乾隆赢得了巨大的声誉。18 世纪法国启蒙运动的旗手、"法兰西思想之王"、"法兰西最优秀的诗

28　[清]陆以湉，冷庐杂识[M]，上海：上海古籍出版社，2012 年，第 226 页。

29　[清]乾隆著；[法]钱德明，龙云译注，御制盛京赋：法汉对照[M]，北京：外语教学与研究出版社，2015 年，第 12 页。

30　Amiot, Joseph Marie. *Éloge de la ville de Moukden et de ses environs; poeme composé par Kien-Long, empereur de la Chine & de la Tartarie, actuellement régnant.* Paris, 1770.

人"伏尔泰（Voltaire）在读过此书后，激动不已，亲自创作了一首长诗来歌颂乾隆及其诗才："伟大的国王，你的诗句与思想如此美好，／请相信我，留在北京吧，永远别来吾邦，／黄河岸边有整整一个民族把你敬仰；／在帝国之中，你的诗句总是如此美妙，／但要担心巴黎会使你的月桂枯黄……／宫廷会想法设法加害于你，／以法令诋毁你的诗句与上帝。"[31]伏尔泰对乾隆的这种热情赞美，代表了当时欧洲人对乾隆这位爱好诗歌创作的东方君主的印象。整个欧洲对于乾隆的好奇，很快就使得《三清茶》一诗被转译到了英语世界之中。

钱锺书在《十七、十八世纪英国文学中的中国》一文指出，在托马斯·珀西《好逑传》的附录《中国诗选》（"Fragments of Chinese Poetry"）之后的二十余年间，英语世界一直未有新译的中国诗出现[32]。其实，钱先生漏掉了发表在 1770 年 7 月 14 日《公众广告》（The Public Advertiser）上的《<茶颂>散文体翻译》（"A Prose-Translation of an Ode on Tea"）[33]。这则材料与钱德明的《御制盛京赋》在同一年出现，是《三清茶》"名副其实"的首个英译本。

发表此译文的《公众广告》，是英国新闻出版史上的一份重要报纸。它的前身是《伦敦每日邮报》（London Daily Post and General Advertiser, 1734-1744）和《综合广告》（The General Advertiser, 1744-1752），主要刊载的是船舶货运、戏剧公演、财产拍卖、新书发售等商业信息，以及犯罪报告、公众集会等社会资讯。1752 年改为此刊名后，开始添入时事新闻、政治评论等内容，风格辛辣尖刻，极富争议性，在当时拥有广泛受众，每一期的销售量都能达三、四千份以上。本杰明·富兰克林（Benjamin Franklin）旅居英国期间，就将《公众广告》作为重要的舆论造势平台之一，在此报上发表有多篇抨击英国殖民政策、宣扬独立主张的文章[34]。在商业、政治气息如此浓厚的报纸上，出现《三清茶》这样一首描绘遥远东方帝王悠然品茗遐思情景的诗歌的译文，着实令

---

31 转引自，[法]艾田蒲著，许钧、钱林森译，中国之欧洲（下卷）[M]，郑州：河南人民出版社，1994 年，第 275 页。

32 钱锺书，钱锺书英文文集[M]，北京：外语教学与研究出版社，2005 年，第 248-249 页。

33 Publicola. "A Prose-Translation of an Ode on Tea." *The Public Advertiser*, July 14, 1770.

34 如"A Conversion on Slavery"（1770/01/30）、"On Claims to the Soil of America"（1773/03/16）、"An Open Letter to Lord Buckinghamshire"（1774/03/09）等。

人感到突兀。署名为"Publicola"[35]的译者或也察觉了这点，在译文前致编辑的信中辩解到："即使贵报的读者对东方的文艺作品或许不大感兴趣，下附的这则译文也肯定会（让他们）原谅您将其刊发于此，它出于一位非凡人物之手，无疑能满足（我们这方面的）好奇心（curiosity）。"接着，他还就《三清茶》的相关背景做了简要说明："（乾隆）皇帝创作有多卷诗文，似乎并不认为文学特长会丝毫有损于其帝王尊严的光辉。（他的）有些诗印于特别的瓷质茶杯上，法国国务大臣兼秘书贝尔坦先生就藏有两只这样的杯子。"[36]贝尔坦（Henri Bertin）藏有两只"三清茶诗"茶盅的信息首见于德经所作的《御制盛京赋》的序言中，这一细节更加确证了《三清茶》的首个英译本转译自法语的事实。

不过，在上述说明中，最可注意的地方是译者对于"curiosity"一词的使用。孟德卫（D. E. Mungello）教授曾观察到，在 17 世纪的欧洲文献中，"curious"是一个到处可见的词，并指出："对于当时的欧洲人来说，'curious'这个词几乎没有 20 世纪的用法，即仅用来表示'引人注意的'或'好奇的'这样的词义。这个词在当时的意思更接近于拉丁语中的形容词 curiosus，指通过奇细的准确性、对细节的注重和有技巧的调查才能得到的'不同寻常'的事物。对 17 世纪的学者来说，中国是一个遥远的国度，要了解它就需要最细致的调查，即有技巧、准确、重细节的调查。"[37]倘从这一角度出发，《三清茶》的首次英译出现在《公众广告》上的原因，也就不难理解了：随着中英贸易规模的不断扩大，作为大宗进口商品的茶叶、瓷器等，在十八世纪中后期逐渐有机地参与了到英国社会生活中，这时"中国"已不仅仅是一个物质交流层面的问题，而实际上成为了社会各个阶层都普遍关注着的经济、政治问题，因此，带有极强功利性的对于中国知识与文献——尤其是《三清茶》这样一个将东方帝王、茶叶与瓷器等多种元素糅合在一起的文本——的渴求、搜罗与调查，就成为了这种关注自然延伸而出的产物；放在这里的《三清茶》译文，更像是一则带有帝王权威的商业广告，至于这一文本的文学审美价值，在如此语境下，反而变得相对不那么重要了。

---

35 意即"人民之友"。

36 Publicola. "A Prose-Translation of an Ode on Tea." *The Public Advertiser*, July 14, 1770.

37 [美]孟德卫著，陈怡译，奇异的国度：耶稣会适应政策及汉学的起源[M]，郑州：大象出版社，2010 年，第 1-2 页。

如果说《公众广告》译本呈现了《三清茶》与彼时中英茶叶、瓷器贸易之间的关联的话，那么此诗的第二个英译者威廉·钱伯斯则将其引至欧洲中国热的另一重要领域——园林艺术。

1772 年，威廉·钱伯斯的《东方造园论》一书的初版在伦敦正式发行。在此之前，他已凭借着对"邱园"的改造工程（1757-1761）以及 1757 年出版的《中国建筑、家具、服饰、机械和器皿设计》（*Designs of Chinese Buildings, Furniture, Dress, Machines, and Utensils*）一书，成为了英国 18 世纪"中国热"（Chinoiseire）风潮下中国园林理论的权威阐述者。《东方造园论》的出版，进一步巩固了钱伯斯的声名，在欧洲风行一时，其受欢迎程度大大超出了作者本人的预料，"……小著的成功多少远超乎预期：它在此的首次出现，遇到不仅有耐性而且纵容的接受度，而且此后它在法国和其他部分的欧洲也一直同样地幸运"[38]。为了更清晰地表述自己的观点，钱伯斯对此书的初版进行了大量的修订、增补，并在 1773 年出版了此书的增订版[39]。增订版添加了不少新的注释，上节论及的《新柳诗》（"绿里黄衣得去时"）的译文就是在此版中被加入的；除此之外，此版书后新附有一篇题为《广州府陈哲卦绅士的解释性论述》（"An Explanatory Discourse, by Tan Chet-qua of Quang-Chew-fu, Gent."）的附录。需要指出，这位陈哲卦[40]确有其人，他曾在英国旅居过一段时间，是一名技艺高超的肖像师（face-maker），当时不少英国媒体都报道过他的事迹；然而，钱伯斯的这篇谈话录不过是他假借陈哲卦之口阐述自己有关中国园林的观点而已，他本人在这则附录的前言中也坦然承认，"这些说明他在稍早之前即看到必要性，并且将它们架构成一个论述，假定由此刻人在英格兰的陈哲卦所说出来；判定于其时在一位中国人的口中放入关于他的国家的必要讯息是一种合宜的做法"[41]。就这样，钱伯斯假托陈哲卦之口，在这一"解释性论述"（explanatory discourse）的开篇，就引用了四句中国诗："Tan

---

38　[英]威廉·钱伯斯著，邱博舜译注，东方造园论[M]，台北：联经出版社，2012 年，第 76 页。

39　Chambers, William. *A Dissertation on Oriental Gardening*. London: W. Griffin, 1773.

40　在《中国文化在启蒙时期的英国》一书中，范存忠将 Tan Chet-qua 音译为"谭纪华"，邱博舜在翻译《东方造园论》时则将其音译为"陈哲卦"；鉴于此人来自广州府，使用"陈哲卦"这一音译名，似更为妥当。

41　[英]威廉·钱伯斯著，邱博舜译注，东方造园论[M]，台北：联经出版社，2012 年，第 77 页。

lou ty tchan yué/ Ou yunking tai pan/ Ko ou, pou ko choué/ Fou fou teou lo ty。"
根据注音，我们不难辨读出，这四句诗应是乾隆《三清茶》中的"毡庐适禅悦
/五蕴净大半/可悟不可说/馥馥兜罗递"。在钱伯斯为这四句诗所作的脚注中，
他指出这首诗是他从钱德明的著作中看来的，并将钱德明的法译全部转译成
了英语[42]。

由于钱伯斯并不懂中文，而他对《三清茶》的英译又转译自法语，其中
出现有误译、误读现象，其实都继承自钱德明的译文，因此，与其在这里讨
论这一译文的质量，我们倒不如去分析钱伯斯使用这一文本的动机和目的。
倘若和原文做对比的话，我们很容易看出，钱伯斯在这里引用的四句诗是
支离破碎的，"毡庐适禅悦"、"馥馥兜罗递"分别是另外两句诗的后半截和
前半截；另外，细究乾隆诗意，他的这首《三清茶》无论如何都与"中国园
林"是没有任何关联的。对这一"没头没脑"式的引用的唯一合理解释就是，
它们实际上是钱伯斯为了使自己的"中国伪饰"（Chinese garb）显得更加真
实而使用的"中国元素"；比起文本自身的实际意义，钱伯斯更加重视的是
它们在书中所发挥的"装饰性"功能：《三清茶》的能指与所指，以及它背
后包蕴的文化意义和政治功能，在这里统统被忽略掉了，它之于《东方造园
论》的意义，也许并不会超出书中的纹饰或插图太多。然而，我们也必须承
认，尽管乾隆的《三清茶》在此处亮相是如此的"尴尬"，但这次英译实践
背后所串联起的茶叶贸易、瓷器制作、传教士汉学等多重因素，都使得它成
为了 18 世纪中西文化交流史上一个不容错过的典型案例。

除了钱伯斯外，乾隆的《御制盛京赋》、《三清茶》还引起了一名叫彼得·
品达（Peter Pindar）[43]的英国诗人的关注。1792 年，在读完乾隆的这两个作
品后，他的兴奋之情丝毫不亚于伏尔泰，随即挥毫给乾隆写了封信，谦称自
己是乾隆"卑微的仆人和诗弟（brother poet）"，在信里表示："汝之盛京
颂（praises of Moukden），汝之美妙茶诗，为吾提供了无尽欢愉。"[44]接着，
他还提到了当时正整装待发、准备前往中国的马戛尔尼使团，"为两国之利
益，马戛尔尼勋爵及其扈从，正准备前往中国与汝进行贸易谈判"，受此启

---

42 Chambers, William. *A Dissertation on Oriental Gardening*. London: W. Griffin, 1773,
　　pp. 118-121.

43 彼得·品达，原名约翰·沃尔科特（John Wolcot），英国 18 世纪著名诗人，以写
　　针砭政治、社会的讽刺诗而出名。

44 Pindar, Peter. *Odes to Kien Long*. Dublin: William Potter, 1792, pp. 1.

发，他建议："何不在乾隆大帝与声名卓著的彼得·品达之间来场文学贸易（literary commerce）呢？"并认为，进行这一文学贸易的基础，正是他与乾隆之间所拥有的共同点，"汝乃作诗之人，吾亦如此；汝乃多才多艺之罕见天才，吾亦如此；汝信奉缪斯，吾亦如此；汝热衷创新，吾亦如此；汝崇尚皇权，吾亦如此"；鉴于已"领受了皇帝陛下的货物"——《御制盛京赋》、《三清茶》，为证明自己不是"文学骗子"（literary swindler），他还根据有来有往的贸易原则，在信后附上了一首献给乾隆的长诗《乾隆颂》（*Odes to Kien Long*）[45]，诗中写到："尊敬的陛下，诗歌的王子，高贵的诗人 / 彼得，汝之幼弟，借此芜笺/称颂汝为时代之荣光。"[46]彼得·品达对乾隆诗才的钦慕和崇敬之情，在他的信件和《乾隆颂》中得到了淋漓尽致的展示。

其后，意犹未尽的他，还以诗体的形式将《三清茶》一诗完整译为英语[47]；而在此之前，受钱德明的影响，钱伯斯是采用散文的形式将此诗大意译出的——这显然不如彼得·品达的处理方式。虽然彼得·品达并未就自己的翻译方式进行说明，但是通过阅读其译文，兼之考虑到没有确切证据表明他懂得中文的事实，我们不难发现，彼得·品达的这一译本其实只是以诗体的形式对钱伯斯译本的一种改写，理由是钱伯斯所沿袭的钱德明法译本中误读、误译之处，在彼得·品达这里又几乎原封不动地出现了。例如，彼得·品达将"火候辩鱼蟹 / 鼎烟迭生灭 / 越瓯泼仙乳"翻译为：

> Heart in this kettle, to your wish,
>
> The water, fit to boil a fish,
>
> Or turn the blackest lobster red:
>
> Pour then the water on the Tea;

而钱伯斯的译文则将这一句处理为，"and if, when the water is heated to a degree that will boil a fish, or redden a lobster, you pour it directly into a cup made of the earth of *yué*"[48]。他们都将"辩鱼蟹"理解为"水温到了可以煮鱼或使龙虾变红的地步"，其实乾隆这里所说的"鱼蟹"，并非所谓的"鱼"或"龙

45　Pindar, Peter. *Odes to Kien Long*. pp. 3.

46　Pindar, Peter. *Odes to Kien Long*. pp. 5.

47　Pindar, Peter. *The Works of Peter Pindar, ESQ., to which are prefixed memoirs of the author's life. Vol. IV*. London: J. Walker, 1812, pp. 36-39.

48　Chambers, William. *A Dissertation on Oriental Gardening*. London: W. Griffin, 1773, pp. 120.

虾"，而是茶道术语"鱼眼"、"蟹眼"，用来形容水沸腾之时的气泡大小，宋代庞元英《谈薮》对此曾解释到："俗以汤之未滚者为盲汤，初滚者曰蟹眼，渐大者曰鱼眼，其未滚者无眼，所语盲也。"即使博学如钱德明，也未能在译文中准确地理解这一典故，更遑论毫无中文释读能力的钱伯斯和彼得·品达了。因此，从这种误读、误译的承继脉络来看，《三清茶》的这个诗体新译本仍只是法国汉学的一个"副产品"而已。

英语世界的这种匮乏中文人才的情况，一直到马戛尔尼使团访华时都未得到实质改善，使团的副使乔治·伦纳德·斯当东后来回忆到，"有一个绝对必要的，但是难于物色人选的职务，那就是中文翻译。在英国全国找不到一个懂中文的人"，最后使团不得不在在由马国贤（Matteo Ripa）创建于意大利那不勒斯的专门用以培养华人司铎的中国书院中，找到了两名在此学习的中国学生，"他们能讲纯熟的意大利文和拉丁文，特使也懂得这两种文字。使节团秘书在 1792 年 5 月携带这两个中国人回到英国，准备一同启程访华"，这才解决了使团迫在眉睫的翻译紧缺问题。即便如此，使团在 1793 年抵达承德避暑山庄觐见乾隆时，每次谈话还是需要辗转通过几种语言的转译（英语-拉丁语／意大利语-汉语）才能实现，这点当时使乾隆觉得十分不便，"皇帝有鉴于此，向和中堂询问使节团中有无能直接讲中国话的人"，使团中恰好有一个十二、三岁的见习童子，在从英国来中国的漫长旅途中，向使团中的两位中国翻译学习了汉语，具有初步的听说和读写能力，因此被召唤至乾隆面前用中文讲了几句场面话，"或者是由于这个童子的讲话使皇帝满意，或者见他活泼可爱，皇帝欣然从自己腰带上解下一个槟榔荷包亲自赐与该童"[49]。这个见习童子就是使团副使斯当东的儿子乔治·托马斯·斯当东（George Thomas Staunton），习称小斯当东。他后来在广州工作了近 18 年，还曾担任 1816 年阿美士德使团（Amherst Embassy）副使，固因翻译《大清律例》而成为西方最负盛名的汉学家；他同时还是英国皇家亚洲学会（Royal Asiatic Society）最初的创始人之一，并在伦敦国王学院捐资设立了中文教授职位，为英国早期的汉学发展做出了巨大贡献。十分有趣的是，当年这位曾得乾隆格外亲睐的少年，还亲自促成了乾隆的诗作第一次从中文直接译入英语世界中。

---

49 [英]斯当东著，叶笃义译，英使谒见乾隆纪实[M]，北京：商务印书馆，1963 年，第 35；36-37；368 页。

1809 年，与小斯当东交往甚密的英国东方学家斯蒂芬·韦斯顿在伦敦出版了《李唐：乾隆御制诗》（*Ly Tang：an Imperial Poem in Chinese by Kien Lung, with a Translation and Notes*）一书[50]，完整翻译了乾隆的《成窑鸡缸歌》一诗。在扉页上，韦斯顿注明将此书献给小斯当东，还在献词中特意提及，小斯当东曾在翻译此诗的过程中予以了他不少协助。韦斯顿是位极具语言天赋的学者，在此书之前，他的译介兴趣主要集中在古希腊以及波斯、阿拉伯等中东地区的诗歌；关于翻译《成窑鸡缸歌》的缘由，他在此书的前言中说得很清楚："我在一个中国杯子上看到了它，一旁还配有图画；主要因为作者的声名，我希望去了解这首诗的意思。"根据韦斯顿置入书中的插图（见图 1-2）来看，这件引起韦斯顿强烈好奇心的"中国杯子"，应确定是"清乾隆粉彩鸡缸杯"（见图 1-3）无疑；而他当时所看到的杯子，或有可能是乾隆在 1793 年赏赐给斯当东父子的物件之一[51]。

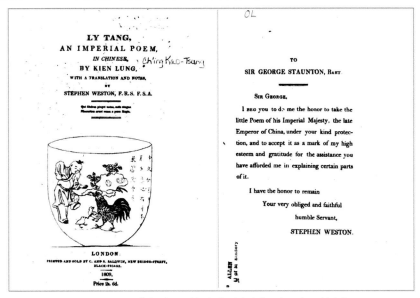

图 1-2　《李唐：乾隆御制诗》扉页及献词

50　Weston, Stephen. *Ly Tang: An Imperial Poem in Chinese by Kien Lung, with a Translation and Notes*. London: C. & Baldwin, 1809.

51　根据乾隆五十八年七月十二日的"军机处进拟赏物件单"，或是由于喜爱小斯当东的缘故，乾隆对斯当东父子的赏赐格外优厚，他们两人获得的赠品要远超出使团的其他成员，这其中就有多件瓷器。粉彩鸡缸杯，在外壁上铭有乾隆御制诗文，被用为皇家赠品的可能性极大。倘若此推断成立，那么韦斯顿的这次译介活动就可被视为是中西物质文化交流史上的一个精彩个案。

图 1-3 清乾隆粉彩鸡缸杯（台北故宫博物院藏）

由于韦斯顿是"半路出家"自学的汉语，并未像小斯当东或稍晚的德庇时那样受过系统训练，他本人也从未亲身到过中国，因此，他更像是萨义德（Edward Said）笔下那类典型的"东方学家"，而非我们通常意义上所理解的"汉学家"。韦斯顿对于中国语言的认识，时常带有"东方主义"（Orientalism）式的傲慢和武断，错舛之处甚多。例如，刚接触汉语不久的他就以不容置疑的口吻对汉语评价到，"公允而论，汉语是一种原始语言，自被创制以来，它的样子就再没变过"[52]，"毋庸置疑，汉语既不合格也不完美，和其他所有原始语言一样，它彻头彻尾是有缺陷的"[53]，理由是汉语只能靠音调来区分意义以及富有弹性的词性变化——这显然是站不住脚的。带着这种莫名其妙的优越感，韦斯顿十分自信地认为，只需要靠一部字典、"辨识汉字的好视力"、"解码汉字的诀窍"和"通过剖析发现线索的能力"，自己就能"如孩子学习地理一样"驾驭汉语了[54]。具体到操作层面，他的翻译实践与其说是"翻译"，倒不如说是"拼字游戏"：他依据当时藏在英国图书馆的几部中国字典，为诗中的每个字逐一注音、释义，然后靠着想象力将这些字词拼接在一起，并猜出每句诗的大概意思。

---

52 Weston, Stephen. *Ly Tang: An Imperial Poem in Chinese by Kien Lung, with a Translation and Notes.* London: C. & Baldwin, 1809, pp. 3-4.

53 Weston, Stephen. *Fan-Hy-Cheu: A Tale, in Chinese and English, with Notes and A Short Grammar of the Chinese Language.* London: Robert Baldwin, 1814, pp. 9.

54 Weston, Stephen. *The Conquest of the Miao-tse: An Imperial Poems by Kien-Lung, entitled a Choral Song of Harmony for the First Part of the Spring.* London: C. & R. Baldwin, 1810, pp. 17.

然而，事实证明，韦斯顿先生"辨识汉字的视力"并不怎么出色，根据他在《李唐：乾隆御制诗》中的注音和解释来看，有几个字他都因字形相似而认错了，如将"间"（間）识别为"闲"（閑），将"赵"（趙）识别为"道"（道）；此外，他也并未掌握"解码汉字的诀窍"，甚至缺乏有关中国诗的基本常识，如《成窑鸡缸歌》七字一句，而窑工出于装饰和美观的考虑，将其排版为八字一列，韦斯顿竟以此为准，强行八字一句地进行翻译，可以说是因"无知"而"无畏"了。在如此误解的基础上所进行的翻译，其译文内容有多么的异想天开、荒诞离奇就可想而知了。我们试着将韦斯顿的译文直译如下：

《李唐之沉思》

李唐，无所事事，游手好闲，百无聊赖之际如是说：

看哪，太阳，这清晨之星，于我炉边升起，照亮我的厅堂，又是圣朝崭新的一天。

神圣的瓷瓶，古老而精美，形制简洁却不失细腻。求之须耗时，得之要靠运。将它有序摆放，要花不少日子，一如你想追求美德、实践善行一样，都是需要时间的。

身体健康，气色清爽，你应去运动、嬉戏，万不可去纵饮酒水这一耽溺之源。

正直之士的完美之处在于，他们在被人远观时保持愉悦和杰出，在当下则保持头脑的清醒。

采花无数，探海寻珠，只会落得又累又冷。

看看在如树一般的牡丹花下的碗旁的家禽是如何被饲养的吧。

一个美好的春日清晨，阳光明亮，微风和缓，雄鸡们等着母鸡的到来，以向它们展示自己金灿灿的尾巴，在鸡群中炫耀自己的铁爪。

但是，人，骄傲的狂热者，超越一切的主人，应该跋涉至异域，持着神圣的权杖，去寻找地球上未知的宝藏，以及那些从未有人听闻过的动物。他被唤为出色的、一切象征善的事物的创造者，他永不消逝、永不腐朽，他匆匆离开自己美丽的故土，只一心追逐流转的季节。

我，孤单而无助，惴惴不安地将诗行呈于世人。我不敢回顾我已获得的声名，亦不敢心安理得地陶醉于自己的工作。[55]

---

55 Weston, Stephen. *Ly Tang: An Imperial Poem in Chinese by Kien Lung, with a Translation and Notes*. London: C. & Baldwin, 1809, pp. 21-22.

而乾隆的《成窑鸡缸歌》的原文如下：

李唐越器人间无，赵宋官窑晨星看。

殷周鼎彝世颇多，坚脆之质于焉辨。

坚朴脆巧久暂分，立德践行义可玩。

朱明去此弗甚遥，宣成雅具时犹见。

寒芒秀采总称珍，就中鸡缸最为冠。

牡丹丽日春风和，牝鸡逐队雄鸡绚。

金尾铁距首昂蔵，怒势如听贾昌唤。

良工物态肖无遗，趋华风气随时变。

我独警心在齐诗，不敢耽安兴以晏。[56]

两相对照，不难发现韦斯顿的译文对乾隆原诗的扭曲之剧、变异之深：乾隆在诗中先以"殷周鼎彝"存世较多、而唐宋之瓷寥若晨星起兴，联想到了"立德践行"的重要性，接着以形象的笔触描摹了瓷器珍品"成窑鸡缸杯"的样态，最终以"心在齐诗"收束，警醒作为帝王的自己，不能玩物丧志、"耽安兴晏"；而到了韦斯顿这里，这首诗变成了一名叫做"李唐"的失业人士在面对春日清晨景色时的喃喃独语，他希求克制坚忍以完善道德、探索异域以建功立业，具有十分典型的帝国殖民心态。这种令人瞠目结舌的诗意上的转变，不禁使我们对韦斯顿"通过剖析发现线索的能力"产生深深的怀疑；而他"如孩子学习地理一样"的翻译实践，现今看来则更像是一种令人哭笑不得的创作活动了。据美国学者罗伊·厄尔·提尔（Roy Earl Teele）的考证，韦斯顿翻译的这首《成窑鸡缸歌》，应是严格意义上的第一首由英人直接从中文译为英语的中国诗歌[57]，但不得不说，从上述分析来看，中诗英译史以此作为开端，着实是无比尴尬的——这也难怪同时代的马礼逊、德庇时在他们的著作中都有意或无意地忽略了韦斯顿对中国诗的译介活动[58]。

---

56 见《御制诗四集·卷三十四》。

57 Teele, Roy Earl. "Through A Glass Darkly: A Study of English Translations of Chinese Poetry". Diss. Columbia University, 1949, pp. 46.

58 Morrison, Robert. "Notices of European Intercourse with China, and of Books Concerning it, Arranged in Chronological Order", *Chinese Miscellany*. London: S. Medowall, 1825, pp. 44-51.; Davis, John Francis. "The Rise and Progress of Chinese Literature in England, during the First Half of the Present Century", *Chinese Miscellanies: A Collection of Essays and Notes*. London: John Murray, 1865, pp. 50-75.

1816 年，韦斯顿在伦敦出版了《瓷杯上的中国诗歌》（*A Chinese Poem, Inscribed on Porcelain, In the Thirty-Third Year of the Cycle, A.D. 1776, with a double translation and notes*）一书，这本书其实是《李唐：乾隆御制诗》的修订版[59]。在此书的前言中，韦斯顿花了大量篇幅解释自己 1809 年误译的原因，"此诗共 18 行，每 7 字一行；但出于杯面空间和装饰的考虑，它被缩减至 17 行，每 8 字一行，这严重影响了原诗的韵律和意义，使它变得不可解读"，并表示他在修订译文的过程中，还专门向一位旅居在英国的中国学者进行了咨询。即使是这样，韦斯特的此版译文还是存在着不少问题。比如，汉字辨认错误问题依旧存在，"间/闲"之误仍未改正，又将"晨星看"之"看"误读为"盾"（Tùn, *fly, hide themselves*），"朱明"之"朱"误读为"Chào"；又如，新出现了添字、漏字的情况，不但将"趋华风气随时变"之"趋"字略去，又将"不敢耽安兴以晏"写为"不敢耽时安兴以晏"；再如，有些句子的释读仍值得商榷，如"寒芒秀采总称珍"一句被译为"它冰爽而柔软的花浆果就像海中珍珠一般"（"whose cool subdued flower-berries resemble precious pearls in the ocean"）。但是，平心而论，相较于前一版，这一版的译文在质量上确实有了较大提升，至少它对原诗主旨的把握在大方向上是基本准确的。

除了《成窑鸡缸歌》以外，韦斯特还将乾隆在 1776 年为庆祝平定大小金川战役胜利而作的《平定两金川凯歌三十章》[60]全部译为英文，此书于 1810 年在伦敦以《平苗子：乾隆御制诗》（*The Conquest of the Miao-tse: an Imperial Poems by Kien-Lung*）为名出版[61]。韦斯顿依然将这本书题赠给了小斯当东，

59　Weston, Stephen. *A Chinese Poem, Inscribed on Porcelain, In the Thirty-Third Year of the Cycle, A. D. 1776, with a double translation and notes*. London: C. & Baldwin, 1816.

60　《清史稿·卷一百·志七十五·乐志七·乐章五》："乾隆四十一年，平定金川，高宗御制《凯歌》三十章。"实际上，所谓《凯歌》三十章乃由乾隆的三组诗作合并而成，分别是《将军阿桂奏攻克勒乌围贼巢红旗报捷喜成七言十首以当凯歌》（御制诗四集·卷三十二）、《将军阿桂奏攻克噶喇依贼巢红旗报捷喜成凯歌十首》（御制诗四集·卷三十五）、《于郊台迎劳将军阿桂凯旋将士等成凯歌十首》（御制诗四集·卷三十七）。

61　Weston, Stephen. *The Conquest of the Miao-tse: An Imperial Poems by Kien-Lung, entitled a Choral Song of Harmony for the First Part of the Spring*. London: C. & R. Baldwin, 1810. 本书封面题有"喜春光前众乐和/乾隆御题/哉/苗子"，共计十四个汉字，意义难解。伟烈亚力 1867 年在《中国文献纪略》（*Notes on Chinese Literature*）书前所附的汉籍西译书目"Translations of Chinese Works into European Languages"中，即以"喜春光前众乐和"为名，将此书收录在内。

理由是《平定两金川凯歌三十章》的文本是小斯当东借阅给他看的,同时,我们在此也不能排除小斯当东在韦斯顿翻译过程中也曾提供帮助的可能性。在此书中,韦斯顿对中国诗歌的认识明显有了长足进步:在序言中,他不但介绍了汉语的"平上去入"的声调,还对中国诗五、七言的区分以及平仄规则做了大致准确的说明。这一认识上的深化,使得《平苗子:乾隆御制诗》的翻译质量[62]要远超出一年前出版的《李唐:乾隆御制诗》。试举组诗第一首("廿四中秋夜丑时,木兰营里递红旗。本来不寐问军报,孰谓今宵宛见之。")的译文为例进行说明:

> It was on the twenty-fourth of the eighth moon, between the second and third watch, in the middle of the night, in the camp of Mou-Lan, that they came to tell me of the arrival of a messenger from the army with a red flag. How could I believe that this night I should see the certain sign of victory, and have so early an occasion of proclaiming the glory and reward of my army?

这一译文中虽仍有若干人为添加的元素,但是整体上并未影响乾隆诗之大意的传达,对原文也还算是"忠实";另外,相较于《李唐》一书,韦斯顿在译文后,对诗中每个字注音、释义的准确率也大大提升了。

总之,乾隆诗歌在英语世界中的早期传播背后所涉及的政治事件、物质交流、文化碰撞以及社会心态等多重因素,都使得它成为了中西文化交流史上一个引入注目的焦点。坦诚来讲,《三清茶诗》、《成窑鸡缸歌》以及《平定两金川凯歌三十章》组诗的艺术价值较为一般,当然无法代表中国古典诗歌的整体水平,但是,有了乾隆这一东方君主身份的"光环",这些诗歌竟然不但受到了西方人的追捧和热议,而且还能先于许多中国伟大诗人的作品进入到英语世界之中,成为了中国古典诗歌英译的重要开端之一。同时,在这一传播轨迹中,我们也可以明显感受到英语世界的中国文学翻译正逐渐由转译向直译转变的趋势,马戛尔尼使团访华后,随着越来越多的英国传教士、外交官进入到中国以及以小斯当东、德庇时为代表的专业或半专业化汉学家群体的崛起,英语世界对于中国诗歌的认识开始走向深化,中诗英译活动也逐渐系统化、正规化起来。

---

62 1792 年,钱德明在巴黎出版出版了 *Hymne Tartare Mantchou* 一书,系从乾隆《平定两金川凯歌三十章》的满文版节译而来,韦斯顿在翻译时或对此有所参考。

四、《汉文诗解》：德庇时的中西诗学比较与清代诗词译介实践

德庇时，1795 年出生于伦敦，由于父亲是东印度公司广东商馆董事，他 1813 年自牛津大学毕业后，就奔赴广州，担任东印度公司书记员一职。其时，东印度公司雇佣了英国著名的来华传教士马礼逊担任广东商馆的中文教员，学员即为德庇时、小斯当东等几个年轻雇员。德庇时很快就显示出了他在语言学习上的惊人天分，1814 年，他已能较为熟练地翻译商业文书和官方文件，到了 1815 年，他就将清人李渔的短篇小说集《十二楼》中的《三与楼》一文译为英语出版[63]。以此为起点，德庇时开始了译介、研究中国古典文学的道路。

在 1890 年以 95 岁的高龄去世之前，他先后译有《老生儿》（*Laou-Seng-Urh, or An Heir in His Old Age*, 1817）、《中国小说选》（*Chinese Novels, Translated from the Originals*, 1822）、《贤文书：中国格言集》（*Hien Wun Shoo : Chinese Moral Maxims with a Free and Verbal Translation*, 1823）、《汉宫秋》（*Han Koong Tsew, or the Sorrows of Han*, 1829）、《好逑传》（*The Fortunate Union*, 1829）等中国文学作品，出版有《中国语》（*A Vocabulary, Containing Chinese Words and Phrases*, 1824）、《汉文诗解》（*On the Poetry of the Chinese*, 1829; 1834; 1870）、《中国人：中华帝国及其居民概述》（*The Chinese: A General Description of the Empire of China and Its Inhabitants*, 1836）、《中国见闻录》（*Sketches of China*, 1841）、《交战时期与媾和以来的中国》（*China, During the War and Since the Peace*, 1852）、《中国杂记》（*Chinese Miscellanies*, 1865）等研究性著作[64]，可以说是广东商馆中文班中在汉学领域著述最丰、成就最高的学员，他的著述深刻地塑造了这一时期英语世界的读者对中国的认识，1883 年辜鸿铭在一篇概述西方汉学发展情况的文章中曾指出："直到今天，仍能发现绝大多数英国人对于中国的知识，是受到他关于中国著作的影响。"[65]

需要指出，德庇时译介、研究中国文学的动机具有十分强烈的实用主义色彩：针对"英国同胞们取得的知识进步中，唯独与中华帝国及其文学有关的题目，所取得的进展简直微不足道"、而大英帝国的竞争对手法国则"差不

63　Davis, John Francis. *San-Yu-Low, or the Three Dedicated Rooms*. Canton: East India Company's Press, 1815.

64　王丽娜，英国汉学家德庇时之中国古典文学译著与北图藏本[J]，文献，1989（01）：266-275。

65　辜鸿铭著，黄兴涛、宋小庆译，中国人的精神[M]，海口：海南出版社，1996 年，第 134 页。

多从一个世纪以来，就一直在勤勉与成功地进行着研究"[66]的情况，他迫切希望通过自己的努力去改善英国匮乏中国知识的现状；从更深层次来讲，他呼吁英国同胞重视中国、重视中国文学文化，其主要目的还是服务于中英两国日益增长的商业联系、军事接触以及政治交流的需要。动机决定手段。相较于传教士汉学家对于中国早期经典和哲学著作的重视，为了更透彻地了解同时代的中国，德庇时将自己的译介重心主要放在了更明白易懂、更易从中把握中国人思想情感状态的小说、戏剧等通俗文学体裁上；在诗体作品的译介方面，德庇时的关注重点也并未放在诸如《诗经》、唐诗宋词这样的经典文本上，而主要集中在更活泼、更有生气的点缀在小说、戏曲中的诗词作品上。据此，他在《中国杂记》中对"刚毕业的翻译生在翻译官方文件之余，开始把注意力引向更为引人入胜的方面，即包括中国戏剧、小说和诗歌的普通汉语文学典籍"[67]这一趋势的描述，更像是对自身翻译实践活动的精准总结。

和威尔金森、珀西近似，为了保证故事叙述的流畅，德庇时在翻译中国小说时，也对文中的诗词作品进行了大量删削；但是在某些地方，德庇时的处理方式要更为谨慎。例如，他在《中国小说选》中翻译李渔《合影楼》的第二回"受骂翁代图好事，被弃女错害相思"时，就注意到了珍生与玉娟为表达情意而相互赠答的诗词是推动故事情节演进的不可或缺的元素，故而将其保留并翻译了出来。德庇时翻译这些诗体作品的策略十分灵活，他并不拘泥于字句之"形似"，而注重诗作意旨传达之"神似"。

试以玉娟赠予珍生以传达少女怀春之心意的情诗为例说明：

> 绿波摇漾最关情，
>
> 何事虚无变有形？
>
> 非是避花偏就影，
>
> 只愁花动动金铃。[68]

德庇时将这首婉转多情的七言绝句译为：

That the troubled face of the water was the image of her mind;

that she had been greatly surprised by his coming over to that side;

but that in running away from him with such haste;

---

66 Davis, John Francis. *Chinese Novels, Translated from the Originals*. London: John Murray, 1822, p.1.

67 Davis, John Francis. *Chinese Miscellanies*. London: John Murray, 1865, p.50.

68 李渔，十二楼[M]，北京：华夏出版社，1995 年，第 6 页。

she has been prompted only by die fear of discovery and punishment.[69]

从上边译文可以看出，德庇时并未采用诗体的形式翻译中国诗，而是采用了相对自由的散文体来传达原文大意，对于诗中出现的、可能让英语读者费解的文化信息，他往往直接用简洁易懂的语言阐明其内涵；为了让读者更好地理解诗意，他有时甚至还转换人称、"迫不及待"地亲自现身说法。如玉娟诗中的"非是避花偏就影 / 只愁花动动金铃"一句尤为含蓄，生动描述了她面对突然而至的情郎时的慌乱和顾虑，也婉转表达了她并未责怪珍生莽撞举止的心意。为了疏通情节，德庇时将玉娟的自述换为译者的转述，省略了"花影"、"金铃"之类的遮掩，直接解释道，"but that in running away from him with such haste/ she has been prompted only by die fear of discovery and punishment"，虽然缺少了原诗的那种蕴藉，但是却准确地为英语世界的读者传达了此诗之要旨。

1829 年，德庇时重新翻译了《好逑传》一书，相较于威尔金森/珀西的版本，德庇时的译本虽然也是节译本，但是在内容、细节的忠实度上要远胜于前者：小说前七回基本上做到了保持原貌，后面的章节虽有一定删减，但其细节留存的还是较丰富的。这使得德庇时译本中出现的清代诗词的数量大大地超出威尔金森/珀西的译本；并且，由于德庇时较高的中文读写水平，这些诗词的译文在忠实度与准确度上也较前者有大幅提升。

例如，对威尔金森/珀西、斯蒂芬·韦斯顿都曾尝试翻译过的"名花不放不生芳"一诗，德庇时的翻译如下：

The choicest bud, unblown, exhales no sweets,

— No radiance can the untried gem display :

Misfortune, like the winter cold that binds

The embryo fragrance of the flow'r, doth lend

A fresher charm to fair prosperity![70]

显而易见，这一译文准确地把握住了原诗用"名花"、"美玉"设喻来说明"misfortune"与"prosperity"之间关系的用意，因此在对原文的理解上，着实比威尔金森/珀西以及韦斯顿高明了不少。从在翻译中大幅删减小说里的

69 Davis, John Francis. *Chinese Novels, Translated from the Originals*. London: John Murray, 1822, pp. 67-68.
70 Davis, John Francis. *The Fortunate Union, A Chinese Romance*. London: J. L. Cox, 1829, p.209.

诗词，到在《好逑传》中有意尽量保留小说里的诗词，德庇时的这一转变趋势，一方面说明了他对中国小说在文体上的独特性有了更为成熟的认识，另一方面也揭示了他对于中国诗歌日益增长的兴趣以及他认识中国诗歌的主要途径。

正是基于上述这些丰富的译介实践，德庇时在 1829 年发表了《汉文诗解》这一堪称是"西方第一部全面、系统论述中国古诗的专著"[71]。德庇时最初是在 1829 年 5 月 2 日宣读了这篇长文，接着正式刊发于《英国皇家亚洲学会会刊》(*Transactions of the Royal Asiatic Society of Great Britain and Ireland*) 一刊的第二卷第一期上。1834 年，这篇长文以单行本的形式，在澳门东印度公司出版社 (East India Company's Press) 再版，增加了四篇有关中国的文章。1870 年，伦敦阿谢尔出版公司 (Asher and Co.) 出版了此书的增订版，德庇时将英文题名改为 "The Poetry of the Chinese"，并在正文中扩充、修改了多处内容。

出于本章所限定的时间范围的考虑，下文主要以 1829 年版的《汉文诗解》作为研究底本，对出现在德庇时这一中西诗学比较著作中的清代诗词内容进行简要述评。

从内容上来看，《汉文诗解》主要由三部分构成。第一部分着重阐述了中国诗歌体制问题，分别从语音、语调、字数、停顿、韵律及对仗六个方面介绍中国古典诗歌的写作规则和程式；第二部分则将中国诗歌分为"颂歌"(Odes and Songs)、"道德训谕诗"(Moral and Didactic Pieces)、"描写叙述诗"(Descriptive and Sentimental) 三大类，并对中国古典诗歌的题材、风格和意蕴等进行了评赏；第三部分题为"杂诗"(Miscellaneous Poetry)，德庇时在这里集中归置了由他自己翻译的若干首中国诗作，以为前文论述提供必要的例证、补充。在《汉文诗解》中，德庇时为辅助其论点而援引的文字材料，一共有 67 则，有以下两个突出特征：（一）涉及的时间范围极广，上起先秦，中及唐宋，下迄明清，其中，距德庇时较近的明清两代的材料所占比重最大；（二）这些材料体裁以通常意义上的诗体作品——如《诗经》、《春夜喜雨》以及古典小说戏剧中的诗词等——为主，但却并不仅限于诗体，诸如对联、格言习语、佛教偈颂、道家典籍等也被纳入到征引范围中。

---

71 许双双，从《汉文诗解》看英国早期对汉诗的接受[J]，汉学研究，2015，18：592-608。

经多方查证，《汉文诗解》中可辨识出来的严格意义上属于清代的诗体作品，其信息详见表1-2：

表1-2　《汉文诗解》1829年版中的清代诗词篇目信息[72]

诗词首句	诗词作者/出处	译文位置
世事忙忙无了期，何须苦苦用心机。	[清]石成金《莫愁诗》（其一）	p. 405
名花不放不生芳，美玉不磨不生光。	《好逑传》（第十八回）	p. 405
瘦影满篱，疏香三径，深深浅浅黄相映。	《好逑传》（第四回）	pp. 409-410
白璧无瑕呈至宝，青莲不染发奇香。	《好逑传》（第七回）	pp. 411
心到乱时无是处，情当苦际只思悲。	《好逑传》（第一回）	pp. 411
孤行不畏全凭胆，冷脸骄人要有才。	《好逑传》（第十六回）	p. 415
百千万事应难了，五六十年容易来。	[清]石成金《莫愁诗》（其七）	p. 415
赫赫有时还寂寂，闲闲到底胜劳劳。	[清]石成金《莫愁诗》（其七）	p. 418
万里巡行，多少凄凉途路情。	[清]洪昇《长生殿》（第二十九出）	pp. 426-427
炊烟落落少人居，风景依稀太古馀。	[清]范起凤《桃源》	p. 430
奸狡休夸用智深，谁知败露出无心。	《好逑传》（第一回）	p. 436
模糊世事倏多变，直至交情久自深。	《好逑传》（第九回）	p. 436
只道谀言人所喜，谁知转变做羞耻。	《好逑传》（第八回）	p. 437
珠面金环宫样妆，朱唇海阔额山长。	《好逑传》（第十六回）	p. 437
无故寻愁觅恨，有时似俊如狂。	《红楼梦》（第三回）	pp. 440-441
富贵不知乐业，贫穷难耐凄凉。	《红楼梦》（第三回）	p. 441
海遥西北极，有国号英伦。（共计十首）	[清]佚名《兰墅十咏》	pp. 444-449
十年不相见，相见即相离。	[清]释愿来《送友返高凉》	p. 454
恹恹低敛淡黄衫，紧抱孤芳未许探。	《好逑传》（第十六回）	pp. 456-457
一梅忽作两重芳，仔细看来觉异常。	《好逑传》（第十六回）	p. 457

除了表1-2所列的诗词外，《汉文诗解》的正文和"杂诗"部分还有若干首诗作目前尚无法识别出具体的作者和出处，不过，根据诗词用语及其意境

---

72 表中诗词皆以德庇时《汉文诗解》中使用的文字为准。

气象上来看，这些诗作大概率应出于明清两代无名文人的手笔。以上这两部分材料叠加在一起，占了德庇时征引诗词文本的半数以上，由此，我们有充分理由判定，清代诗词无疑是德庇时在认识和分析中国古典诗歌时最为倚重的文本资源。

在德庇时的中西诗学比较、阐释的论述框架中，这些散布在《汉文诗解》中的清代诗词发挥着不容小觑的重要作用。

例如，德庇时在《汉文诗解》的第一部分里，敏锐地意识到每行中国诗中间都有一次自然停顿（caesural pause），一般七言诗的停顿是在第四个字之后，五言诗的停顿是在第二个字之后，停顿处前后两字不会是复合词（compound terms），但停顿前后的两部分中往往有复合词出现；他认为，中国诗的这一停顿方式，与法语中的"亚历山大诗体"（French alexandrine）以及拉丁语中的"六步格诗体"（Latin hexameter）非常近似[73]。《好逑传》第十八回中的"名花不放不生芳"一诗，就被用来当作了讲解七言诗停顿方式的例证。为了强化中国诗停顿的特点，德庇时特意为此诗提供了一个新的译文版本：

> The fine flower unblown — exhales no sweets,
>
> The fair gem unpolished — exhibits no radiance:
>
> Were it not that once — the cold penetrated its stem,
>
> How could the plum-blossom — emit such fragrance?[74]

这一译文要比以前所有版本——包括德庇时自己在《好逑传》（The Fortunate Union）——的译文都要精巧、雅致得多：首先，德庇时基本上做到了在字数上与中文原诗的对应，七个英文单词对应七个汉字，停顿处亦恰好符合原诗的规则；其次，德庇时尝试用韵体（metrical version）、而非散体（prose translation）来翻译此诗，在韵脚的使用方式上，也特意模仿了原诗（芳-光-香/sweets-radiance-fragrance）。可以说，德庇时在准确理解此诗的基础上，还尽力摹拟了汉语原诗的形式，在译文中基本达到了"形神兼备"的境界。如此高质量、高还原度的译文，很好地服务了他自己对于中国诗停顿问题的论述。

---

73 Davis, John Francis. "On the Poetry of the Chinese." *Transactions of the Royal Asiatic Society of Great Britain and Ireland*, Vol. 2, No.1, 1829, pp. 403-407.

74 Davis, John Francis. "On the Poetry of the Chinese." *Transactions of the Royal Asiatic Society of Great Britain and Ireland*, Vol. 2, No.1, p.405.

又如，德庇时在此文的第一部分里，还介绍了中国诗中韵脚的出现位置和频率，虽基本准确，但却较为简要；他觉得"中国人似乎并没有用以理解真正韵律的好听力"，并认为"这种不准确度是由于中国人没有一套像西方人的字母文字一样的完善的记音符号系统所导致的"；另外，他也大致勾勒了中国诗用韵的历史脉络，指出《诗经》之诗在长度和结构上不很规整，而到了唐代，写诗时就要遵循十分严格的用韵规则了[75]。更引人注目的是，德庇时在援引了两首诗例后，还特意指出了一种"介于文与诗之间的名为词（Tsze）的文体"同样也遵循着用韵规则。在这里，《好逑传》第四回中的《踏莎行》一词被翻译了出来：

> 瘦影满篱，疏香三径，深深浅浅黄相映。露下集英饥可餐，风有黄色谁甚并？谈到可怜，嫩如新病，厌厌开出秋情性。漫言尽日只闲闲，须知诗酒陶家兴。[76]

Their slender shadows fill the enclosure, and a scattered perfume pervades the flower-beds, planted in triple rows; their deeper and lighter tints reflect a yellow light, and the leaves shine varied from beneath the drops of dew; each hungry flowret inhales the passing breeze, as it sheds around its incomparable lustre. The gazer sympathizes with the languishing blossoms, bending their heads all faint and delicate; the mournful view awakes in his mind thoughts suitable to autumn. Say not that it is a sight to satiate the eyes of the indifferent beholder — know that such flowers as these once inspired the poet Taou yuen ming, as he indulged his genius amidst verses and wine. [77]

这一译文让英语世界的读者以更直观的方式，感受到了"词"这一中国特殊诗体的特点。除了这首词外，德庇时在《汉文诗解》第二部分还将《红楼梦》第三回里用来形容贾宝玉的两首《西江月》译为英语[78]，这是目前所知的最早的《红楼梦》诗词的英译，具有极高的文献价值，故完整收录如下：

---

75 Davis, John Francis. "On the Poetry of the Chinese." *Transactions of the Royal Asiatic Society of Great Britain and Ireland*, Vol. 2, No.1, p.407.

76 此处文字与其他版本略有出入，本书以德庇时《汉文诗解》所录版本为准。

77 Davis, John Francis. "On the Poetry of the Chinese." *Transactions of the Royal Asiatic Society of Great Britain and Ireland,* Vol. 2, No.1, pp. 409-410.

78 Davis, John Francis. "On the Poetry of the Chinese." *Transactions of the Royal Asiatic Society of Great Britain and Ireland,* Vol. 2, No.1, pp. 440-441.

无故寻愁觅恨，有时似俊如狂。纵然生得好皮囊，一肠原来是莽。
潦倒不通庶务，愚顽怕读文章。行为偏僻性乖张，那管人间诽谤。

The paths of trouble heedlessly he braves,

Now shines a wit — and now a madman raves;

His outward form by nature's bounty drest,

Foul weeds usurp'd the wilderness, his breast;

And bred in tumult, ignorant of rule,

He hated letters — an accomplish'd fool!

In act deprav'd, contaminate in mind,

Strange! had he fear'd the censures of mankind.

富贵不知乐业，贫穷难耐凄凉。可怜辜负好韶光，于国于家无望。
天下无能第一，古今不肖无双。寄言纨绔与膏粱，莫效此儿形状。

Title and wealth to him no joys impart —

By penury pinch'd, he sank beneath the smart;

Oh, wretch! to flee the good thy fate intends,

Oh, hopeless! to thy country and thy friends!

In uselessness, the first beneath the sky,

And curst, in sinning, with supremacy!

Minions of pride luxury, lend an ear,

And shun his follies, if his fate ye fear!

可以看出，德庇时在《汉文诗解》中所录《西江月》的文字与通行版本有若干出入，这或是他在翻译时选用的底本质量较差所致。虽然有这样的问题，德庇时的译文质量还是不错的，他采用了 aabbccdd 的韵式、以诗体翻译这两首词，用语典雅，如 thy、folly、fear'd 等；他声称自己对这两首词的翻译是"逐行、逐字，尽可能贴近原意"的，但是在实际的操作过程中，还是加入了一些原文中没有的词，如译文中出现的"Strange!"、"Oh, wretch!"、"Oh hopeless!"等强化语气的内容。这些因素都使得德庇时的译文带有明显的英国维多利亚早期浪漫主义诗作的特色，属于典型的"归化"翻译。总之，德庇时对上述三首清词的征引、翻译，一方面有力地支持了他自己对中国诗的论述，另一方面也显示了他在文献材料择取上的独到眼光。

另外，德庇时还在《汉文诗解》中，完整地翻译了一组由晚清无名文人所作的题为《兰墪十咏》的西洋风物诗[79]，"兰墪"即"伦敦"。德庇时着手译介此诗的时间，最早可以上溯至 1817 年前后：《老生儿》书前附有一篇长度不短的"简评"（"A Brief Review"），里边除了论及《老生儿》以及中国戏剧的特点外，还有不少关于中国诗歌内容，其中就提到，"一位中国人曾随英人来到英国，写下一组题为'伦敦'的诗作，现已被译为英语"[80]；同年，英国的《评论季刊》（Quarterly Review）刊出了一则对《老生儿》的长篇书评，文中亦透露了这组诗已被德庇时译为英语的信息[81]。这就是为何《汉文诗解》中会专门解释到，"这组诗出自一位旅英华人之手，他在 1813 年前后赴英，最早注意这组诗歌的是 1817 年出版的《评论季刊》"。在此之前，德庇时一直没有机会将这组诗及其译文以合适的形式发表出来，直至《汉文诗解》的出版，才使它们能出现在公共流通流域，为一般读者所知。

德庇时曾觉得这组诗及其译文虽稍显冗长，不适合出现在《汉文诗解》中，不过考虑到来自"他者"——中国人——眼光中的伦敦风貌这一题材的新颖程度，他还是将它们完整展示了出来。有学者指出，这组诗应是"近代最早的中国人所写的海外诗，比后来出使外国的斌椿和黄遵宪的海外诗早了三、四十年"[82]，还有学者认为"从内容与形式上看，《兰墪十咏》短小灵巧、活泼生动，详于描述地方风情"，不但将其归入至自唐代刘禹锡以来的中国竹枝词传统之中，还判定这组诗在海外纪游的竹枝词一脉中，"可为承前启后的中间代表"[83]。德庇时对这组诗的关注，使人不得不感慨他在诗歌题材内容方面的高度敏感。我们现摘录其中三首如下：

---

79 Davis, John Francis. "On the Poetry of the Chinese." *Transactions of the Royal Asiatic Society of Great Britain and Ireland,* Vol. 2, No.1, pp. 443-449.后来这组海外纪游诗还在《东西洋考每月统计传》（*Eastern Western Monthly Magazine*，道光癸巳十二月号，1834 年初）上刊出，诗题左侧云"诗是汉士住大英国京都兰墪所写"。国内研究者在引用此诗时，多从此处出，而少有人注意到德庇时在 1829 年就已将这组诗完整刊出并全部译为英文。

80 Davis, John Francis. *Laou-Seng-Urh, or An Heir in His Old Age.* London: John Murray, 1817, p.vi.

81 *The Quarterly Review.* Vol. XVI, No. XXXII, p.399.

82 王飚，传教士文化与中国文学近代化变革的起步[J]，汉语言文学研究，2010（1）：35-49。据本文注释，王飚教授看到的应该是《东西洋每月统计传》里边的《兰墪十咏》，依上文分析，德庇时最迟在 1817 年已将这组诗译出，因此，此处"三、四十年"应改为"五、六十年"更为妥当。

83 张治，异域与新学：晚清海外旅行写作研究[M]，北京：北京大学出版社，2014年，第 54-56 页。

海遥西北极，有国号英仑。地冷宜亲火，楼高可摘星。

意诚尊礼拜，心好尚持经。独恨佛唧斯，干戈不暂停。（其一）

高阁层层上，豪华第宅隆。铁栏傍户密，河水绕墙通。

粉壁涂文采，玻璃缀锦红。最宜街上望，楼宇画图中。（其七）

地冷难栽稻，由来不阻饥。浓茶调酪润，烘面里脂肥。

美馔盛银盒，佳醪酌玉卮。土风尊饮食，入席预更衣。（其十）

从上引材料中，我们不难注意到，组诗作者只是浮光掠影式地记述了他在英国触目所见的风土人情，如国土位置之"海遥西北极"、温度气候之"地冷难栽稻"、伦敦城市景观之"铁栏傍户密，河水绕墙通"，以及笃信宗教之"意诚尊礼拜，心好尚持经"、重视餐桌礼仪之"土风尊饮食，入席预更衣"等，充分展示出了一个中国当时底层士人遭遇西方现代文明意想不到的发达繁盛时的"震惊"体验，同时也体现了一种迥异于"仇洋"、"排洋"的"时代主旋律"的"亲洋"态度[84]。然而，这组诗的作者却也仅止步于此，缺少更进一步地了解和探究英国社会和文化，就连德庇时都指出，"由于极其有限的英语知识和在理解我们社会组织本质上的无能为力，这组诗的作者仅限于评论眼前所见之事物，并未做更深入的调查"[85]。与此同时，作为英国人的德庇时却不但能熟练地读写汉语、翻译原文，并由此对中国社会有着较为通透的了解，还能系统、准确地向英语世界的读者阐发中国诗歌——两相对照，高下立判。

作为一部以中国诗歌为中心的研究性著作，德庇时在《汉文诗解》中对这组《兰墅十咏》的收录、译介，更多的是出于一己的好奇心，其实已稍稍偏离了其论述主题的范围；但这组诗出现在这里，却能构成一个十分耐人寻味的历史启示：当中国人还普遍地沉醉于"天朝上国"的迷梦中、对外部世界的"土风民俗"仅满足于猎奇式的品咂时，西方对中国经济、社会、政治乃至文化诸方面已持续进行了数世纪的严谨调查和研究；一方面在坚船利炮上技不如人，另一方面和对方在知识积累、情报搜集上也存在巨大鸿沟，两重因素共同导致了中国在鸦片战争中的惨败——这一苦涩结局，在战争尚未开始

---

84 尹德翔，晚清海外竹枝词考论[M]，北京：中国社会科学出版社，2016 年，第76-79 页。

85 Davis, John Francis. "On the Poetry of the Chinese." *Transactions of the Royal Asiatic Society of Great Britain and Ireland,* Vol.2, No.1, 1829, pp. 443.

的数年前所出版的《汉文诗解》中，已经显露出了若干端倪。

伴随着鸦片战争的隆隆炮声和滚滚硝烟，中国尘封已久的大门轰然朝西方洞开，继之而来的愈来愈密切的中西物质及文化交流，使包括清代诗词在内的中国文学在英语世界中的译介、传播活动进入到了崭新的一页。

第二章 1840年至1912年英语世界中的清代诗词

一、"侨居地汉学"视域下清代诗词的传播状况

1792年，马戛尔尼使团携带着大批准备赠予乾隆的礼物，浩浩荡荡地从英国出发，扬帆驶往中国，踌躇满志地打算为帝国谋取更丰厚的海外利益；然而，次年他们却在北京碰了一鼻子灰，不仅所提出的商业诉求无一得到满足，还在觐见后不久，就被勒令限期返归英国。对于当时的狼狈情况，使团的随从人员爱尼斯·安德逊（Aeneas Anderson）后来回忆到，"忽然之间，所有已安排好的关于每一成员的康乐和休息的措施全盘被推翻了；——我们的疲惫的旅行将一再来临，不仅是忍受着一切耻辱，被迫向专横的权力屈服，而且还抱着对那热切和有条件的希望的突然毁灭所引起的痛心绝望的感情"，并对马戛尔尼使团在中国的整个外交活动作了精辟总结，"总之，我们进入北京时好像是穷极无依的人，居留在北京的时候好像是囚犯，离开时好像是流浪者"[1]。1816年，阿美士德使团（Amherst Embassy）再次访华，试图扩大在华商业利益，却因礼仪问题，遭受到了比马戛尔尼使团更多的冷遇，也以无功而返告终。

随着在外交上的频频受挫以及持续增长的对华贸易逆差，英国最终借口1839年林则徐虎门销烟一事，发动了第一次鸦片战争，"似乎战争是唯一能打破北京朝廷的令人无法忍受的自负的手段；战争能做到这一点，对于每一个

---

1 [英]爱尼斯．安德逊著，费振东译，英使访华录[M]，北京：商务印书馆，1963年，第154-156页。

熟识这个朝廷的特征和人民的气质的人来说大概是很明白的，其结果也表明原来的期望是有根据的"[2]，最终，英国成功地在中国获得了渴求已久的割地赔款、多埠通商、协定关税等一系列特权。自此，古老中国的大门逐渐向外部世界敞开。出于种种不同的目的，比以往更多的外交人员、商人、传教士、冒险家等群体纷纷涌入中国，带着好奇的眼光打量着这个遥远的东方国度；他们或出于外交、传教、通商等实际需要，或出于求知欲、好奇心等个人原因，开始或自发或被动地学习中文，并就中国的方方面面进行研究，正如张弘所言，"鸦片战争以后，由于中国门户开放，中西文化交流加强，汉学在西方迎来了继明末清初后的又一次复兴"[3]。由于这些人"大半是'海关上的客卿'、'外交机关的通事翻译'或'传教师'出身，本人既不是严格的科学家，也不是素来即有志研究东方学问"[4]，故而，这一"汉学复兴"中所产生的译介、研究成果同时呈现出了"业余化"和"实用化"两种倾向，并逐步发展成与西方本土汉学研究既有联系、又有区别的知识形态。

王国强在《〈中国评论〉（1872-1901）与西方汉学》中将这类"有更接近或直接生活在中国的便利条件，故而在研究的内容、材料甚至方法上均与'本土'汉学有所不同"、"研究工作基本上都是由那些远离'本土'，在中国及其周边国家和地区从事传教、外交和商贸等活动的而暂时或长期侨居在远东或者中国的西方侨民完成的"汉学成果称之为"侨居地汉学"，并指出，由于"鸦片战争之后，更多的西方人得以在中国居住或旅行，从事传教、外交、商业和科学考察等活动。他们中的一些好学之士在工作之余，学习中国的语言、文化和历史，从事汉学研究，为'侨居地汉学'增添了大量的'生力军'"，这使得"'侨居地汉学'在 19 世纪的中后期获得了较为迅猛的发展，这在中国的沿海口岸和一些开埠城市表现得尤为明显"；另外，他还简要勾勒了"侨居地汉学"与西方汉学之间的关系，那就是"殖民扩张催生了作为新力量和新形态的'侨居地汉学'，而'侨居地汉学'在作为西方汉学在地理上扩展的同时，又因其独特的形态反过来为西方汉学提供了新的血液，促进了汉学的深层发展"[5]。明确划分出"侨居地汉学"这一学术领域，对于学界细化汉学形

---

2 [美]卫三畏著，陈俱译，中国总论[M]，上海：上海古籍出版社，2014 年，第 989 页。
3 张弘，中国文学在英国[M]，广州：花城出版社，1992 年，第 79 页。
4 姚从吾，欧洲学者对于匈奴的研究[J]，国学季刊，1930，2（3）：467-540。
5 王国强，《中国评论》（1872-1901）与西方汉学[M]，上海：上海书店出版社，2010 年，第 122-135 页。

态研究、从另一维度对西方汉学史、中西文化交流史等领域的重新审视有着不言而喻的积极意义。

有必要指出，"侨居地汉学"的发展与中国印刷出版业的近代化有着密切联系。一方面，"侨居地汉学"推动了中国印刷出版业的近代化进程，"传教士们依托印刷出版机构，在传播西方的意识形态、文化观念和先进的科学技术的同时，把西方先进的印刷机器、印刷技术、出版理念也一同带到了中国，在客观上引起了出版业的一场革命"[6]，如墨海书馆（The London Missionary Society Press）、美华书馆（The American Presbyterian Mission Press）、别发印书馆（Kelly & Walsh Ltd.）等印刷出版机构的设立，以及像《中国丛报》（*Chinese Repository*）、《字林西报》（*North-China Daily News*）、《中日释疑》（*Notes and Queries on China and Japan*）、《中国评论》（*The China Review*）、《皇家亚洲文会北华支会会刊》（*Journal of The North-China Branch of The Royal Asiatic Society*）等一系列报纸、期刊的出现，都在客观上为中国印刷出版业的近代化变革做出了积极贡献；另一方面，这些设立在中国的印刷机构所刊行的在华发行的外文书籍/报纸/期刊为侨居中国的汉学研究者提供了最主要的发表和交流平台，直接促进、刺激了"侨居地汉学家"群体的产生及"侨居地汉学"繁荣发展。

因此，在"侨居地汉学"的研究视域下，我们考查清代诗词在鸦片战争至 1912 年之间的英语世界中的传播情况时，其主要资料类型无外乎两类：

其一，这一时期以汉学译介和研究为主要发表内容的英文报刊。本节拟在众多晚清在华出版的英文报纸、期刊里，将《中国丛报》（1832-1851）、《中日释疑》（1867-1870）、《中国评论》（1872-1901）这三份与汉学关系较紧密、且在宗旨上或实际出版中前后接续的刊物作为重点考察对象，寻觅、研探寄身其间的清代诗词的踪迹，并对较有代表性的译介、研究个案予以额外关注。例如，《中国丛报》在 1839 年发表的由清代茶商李亦青所作的三十首《春园采茶词》（"A ballad on picking tea in the gardens in springtime"）组诗的中英对照译本。这组诗清新可喜、格调欢快，然而在清代诗歌史上籍籍无名；出人意料的是，这组不出名的清诗在中诗英译的历史进程中，却占据有特别的一席之地：自在《中国丛报》上首次出现以后，它就得到了英语世界的汉学家

6　孙轶旻，近代上海英文出版与中国古典文学的跨文化传播[M]，上海：上海古籍出版社，2014 年，第 1 页。

的密切关注，被不同著作频繁征引，称得上是清诗中"墙里开花墙外香"的典型案例，也成为我们审视这一时期中诗英译史的一个极佳的切入点。

其二，这一时期以单行本形式出版的汉学译本、论著以及工具书。其中，涉及清代诗词的译介类著述，有司登德（George Carter Stent）的《玉链二十四珠：歌词民谣选集》（*The Jade Chaplet, in Twenty-four Beads, A Collection of Songs, Ballads, etc.*）和《活埋：中国歌谣集》（*Entombed Alive and Other Songs, ballads, etc.*），丁韪良（W.A.P. Martin）的《中国传说与诗歌》（*Chinese Legends and Other Poems*）、布茂林（Charles Budd）的《古今诗选》（*A Few Famous Chinese Poetry*）和《中国诗歌》（*Chinese Poetry*）等；涉及清代诗词的论著，有德庇时的《汉文诗解》增订版、波乃耶（James Dyer Ball）的《中国的节奏与韵律：中国诗歌与诗人演讲录》（*Rhythms and Rhythms in Chinese Climes：A Lecture on Chinese Poetry and Poets*）；涉及清代诗词的工具书，有乔治·莫格里奇（George Mogridge）的《中国及中国人的点滴》（*Points and Pickings of Information about China and the Chinese*）、卫三畏（Samuel Wells Williams）的《中国总论》（*The Middle Kingdom*）等百科全书，还有伟烈亚力（Alexander Wylie）的《中国文献纪略》（*Notes on Chinese Literature*）、翟理斯（H. A. Giles）的《古今姓氏族谱》（*A Chinese Biographical Dictionary*）等工具书。仅从以上所列书目信息，就可看出这一时期"侨居地汉学"所取得成果的丰硕程度，本节将择要对这些著述中的清代诗词内容进行述评。

除上述材料之外，这一阶段最引人瞩目的与清代诗词相关的汉学成果，莫过于翟理斯的《古今诗选》（*Chinese Poetry in English Verse*）和《中国文学史》（*A History of Chinese Literature*）两书。前者是这一时期最为系统、最为精审的中诗英译本，从《诗经》一直译到了清代中期的作品；后者是英语世界第一部中国文学史，"尽管（此书）是他一个人的专门工作，但也可以说是十九世纪以来英国汉学界翻译、介绍与研究中国文学的一个总结，在某种程度上代表了整个西方对中国文学总体面貌的最初概括"[7]，足以称得上是一部具有集大成性质的"侨居地汉学"论著。这两部著作中都包含了相当丰富的有关清代诗词的内容，代表了这一时期英语世界清代诗词译研两方面的最高水准，十分值得对其进行专门性的梳理和述评。

---

7 张弘，中国文学在英国[M]，广州：花城出版社，1992 年，第 85 页。

二、近代在华英文报刊与清代诗词的译介

中国近代报业的序幕最早是由在华外国人揭开的,这点已成为学界的共识,如方汉奇先生所言,"最先用中文出版的近代化报刊,最先在我国境内出版的近代化报纸,都是由外国人首先创办起来的"。这部分在晚清涌现出来的所谓"外报"数量众多,占据着中国近代报刊出版业的主体地位,据统计,"从 1815 年到 19 世纪末,外国人在中国一共创办了近 200 种中、外文报刊,占当时我国报刊总数的 80%以上,在很大程度上控制了我国的新闻出版事业"[8],形成了中国出版史上十分独特的"外报时期"。

需要提及,在这一时期,以外国语言为载体、以在华外国侨民为主要读者的外报,其总数超过 120 种,构成了近代在华外报的"绝对主力"。出现这样的情况,有主、客观两方面原因。客观方面,鸦片战争以后,中国海禁大开,来华外国人口数量激增,根据《中国丛报》1851 年的统计,当年除澳门外,五个通商口岸以及香港共有外国侨民 1007 人[9],而到了 1901 年,资料显示,仅香港一地的外国侨民人数就达到了 20096 人[10],而"外人在华,专心学习中文的,只有传教士或公使馆领事馆的办事人等,至于大多数在华的外国人,并不学习中文,专靠外国报纸"[11],这种陡然增长的阅读需求,刺激了这一时期外文报纸的大量刊行、发售。主观方面,戈公振在《中国报学史》中的概括极为精当:"外人之在我国办报也,最初目的,仅在研究中国文字与风土人情,为来华传教经商之向导而已;而其发荣滋长,实亦借教士与商人之力。今时势迁移,均转其目光于外交方面矣。"[12]换言之,这些报纸的创立主要是为本国的传教、经商、外交等事业服务,自然会将本国语言作为传播信息的主要媒介。

在诸种在华外文报刊中,"语其时间,以葡文为较早;数量以日文为较多;势力以英文为较优"[13],在华外文报界如此的发展态势,其实正反映出当时不同国家在近代中国殖民史上力量消长的变化。其中,"势力较优"的

---

8 方汉奇,中国近代报刊史[M],太原:山西教育出版社,2012 年,第 12 页。
9 "List of Foreign Residents in China." *Chinese Repository*, Vol.20, No.1, 1851, pp. 11.
10 Sayer, G. R. *Hong Kong 1862-1919 Years of Discretion*. Hong Kong: Hong Kong University Press, 1975, pp. 138-139.
11 赵敏恒,外人在华的新闻事业[M],上海:中国太平洋国际学会,1932 年,第 3 页。
12 戈公振,中国报学史[M],上海:上海书店出版社,2013 年,第 74 页。
13 戈公振,中国报学史[M],第 74 页。

英文报刊的撰稿人大多自有其职业，并非专门从事汉学研究的专业汉学家，但他们大都受过良好的教育，"具有较为丰富的知识和从事学术研究的素养"，况且，"他们在中国长期生活的经历，也使他们具备了那些远在万里之外的书斋里埋头研读文献的汉学家无法拥有的现场感受和丰富资讯"[14]。因此，这批近代在华英文报刊不仅表达了 19 世纪欧美社会以及在华西人群体的整体中国观，而且因具有较强的"现场感"与较高的学术价值，还成为英语世界、乃至整个西方世界在构建有关中国的知识体系的过程中的重要一环。

一般而言，报刊的编辑和刊行都极为讲求内容上的时效性，因此，这批近代在华英文报刊不可避免地会对同时代——清代——的文学作品予以关注。清代诗词的身影就偶见其中，虽然内容不多，但是却能代表侨居地汉学时期的英语世界对于正处在生成过程中的"清代文学"的一般性认识。在此时期涌现出来的众多英文报刊中，我们拟选取三份学术性较强、重视中国语言与文学译介与研究、且在办刊宗旨或实际出版上前后接续的刊物——《中国丛报》、《中日释疑》、《中国评论》——作为重点述评对象，并对其中出现的代表性案例进行扼要述评。

有必要先在此简要介绍下这三份报刊各自的创办背景、设立宗旨和刊发情况。

《中国丛报》：本报是由美国传教士裨治文（E. C. Bridgman）1832 年 5 月份创办于广州的英文刊物。该刊的创办，曾得到英国著名来华传教士马礼逊（Robert Morrison）和美国在华商人奥立芬（D. W. C. Olyphant）的大力协助。1833 年，美国人卫三畏抵达中国，其后不但全面接管了该刊印刷工作，实际上后来还成为了该刊最主要的编辑和撰稿人之一。在本刊的"发刊词"中，裨治文表达了对西方人旧有的有关中国的知识来源——传教士汉学——的不满，"明清之际的传教士写的有关中国的报道和文章，不但鱼龙混杂、自相矛盾，而且已经过时，因为中国已发生了很大的变化"，惊讶于"在基督教国家和东亚国家长久交往的过程中，知识和道德方面的交流竟如此至少"的事实[15]。因此，不难推断出他希图通过《中国丛报》尽可能向西方读

---

14 吴义雄，在华英文报刊与近代早期的中西关系[M]，北京：社会科学文献出版社，2012 年，第 429 页。

15 "Introduction." *The Chinese Repository*. Vol. 1, No. 1, 1832, p. 1.

者提供丰富准确的有关中国的知识和信息的办刊宗旨。此外，禆治文虽在这份发刊词中慷慨陈词，"人子的伟大之处在于把尘世当成是自己暂居的场所，现在他将向更高处攀登，他指引人们应该去布道并教导他的同类，去把福音传给每一个生命"[16]，但《中国丛报》所刊发宗教性质文章的数量相当有限，不能算作是一份严格意义上的教会刊物[17]，而更像是新闻媒体和汉学刊物的融合体。该刊主要设有"书评"（Review）、"杂记"（Miscellanies）、"宗教消息"（Religious Intelligence）、"文艺通告"（Literary Notices）、"时事报道"（Journal of Occurrences）等几个栏目。自创刊至 1951 年停刊，《中国丛报》不间断地发行了 20 年，总计有 20 卷、232 期，其中每卷约在 650 页左右，总页数达 13000 页以上，包含了极为丰富的近代中国的政治、经济、文化、科学等方面的内容，无怪乎赖德烈（K. S. Latourette）将其称为"有关中国知识的矿藏"[18]。需特别提及，伦敦会传教士米怜（William Milne）在马六甲所创办的英文季刊《印中搜闻》[19]（The Indo-Chinese Gleaner, 1817-1822），不管是在办刊宗旨还是内容形式上，都可被视作是《中国丛报》的前导。

《中日释疑》：本刊由时任香港《德臣报》（China Mail）主编、英国人丹尼斯（N. B. Dennys）在 1867 年创办，每月一期，十二期为一卷，后因主编丹尼斯返回欧洲，1870 年 10 月停刊。在创刊号中，丹尼斯指出了创立该刊的时代背景，"随着北京和东京对旅行者和官员们的开放，特别是整个中华帝国对探险者的接纳和日本锁国体制的解冻，大批的欧洲居民开始流入这些地区，从而使人们对于中国、日本以及邻近区域的兴趣正在原有基础上稳步增长"，并点明了创办此刊的主要宗旨和预设读者，"出版这份月刊是由于编者相信其能够满足居住在中国和日本两国的外国侨民，尤其是其中的知识群体的深切需要"。这份刊物最大的特色在于它注意到"大量的新鲜见闻和信息已经被记录在了个人的笔记本上，这些人也乐于在分享这些信息给大众的同时保持其特有的形式"，因此在栏目设置上设有"释疑"（Notes）、"问询"

16　"Introduction." *The Chinese Repository*. p. 4.

17　吴义雄在《在华英文报刊与近代早期的中西关系》（社会科学文献出版社，2012年）中对《中国丛报》的资金来源和运作方式简要分析之后，也得出了"《中国丛报》并非一份教会刊物"的结论（第 325 页）。

18　Latourette, K. S. *A History of Christian Mission in China*. London: Society for Promoting Christian Knowledge, 1929, p. 265.

19　亦被译作《印支搜闻》、《印中拾遗》、《印华搜闻》、《印中搜讯》等。

（Queries）与"答复"（Replies）三类，有时还会刊登一些"通信"（Correspondence），注重与读者/作者群之间的互动性，同时保证了刊登文章在文体形式的弹性和灵活性[20]。虽然《中日释疑》存在时间只有短短不到五年，"内容并不算丰富，但在学术史上却占有非常重要的地位，如艾德（E. J. Eitel）关于客家的讨论，是中外学术界关于该领域的最早的研究成果之一"[21]。

《中国评论》：本刊仍是由丹尼斯所创办的英文刊物，自 1872 年创刊后，持续发行 29 年，于 1901 年终刊，共出版 25 卷、150 期。《中国评论》的英文全称是"The China Review, or Notes and Queries on the Far East"，兼之该刊与《中日释疑》皆是由丹尼斯所创办，我们不难看出两刊之间的前后承继关系。丹尼斯设想的《中国评论》的研究对象和范围包括"中国、日本、蒙古、东方列岛和一般意义上的远东地区的科学艺术、人种、神话、地理、历史、文学、自然史、宗教等方面"，然而，纵览期刊文章，日本、朝鲜及东南方国家所占分量有限，有关中国的部分却牢牢地占据着主体地位。除继承了《中日释疑》的"释疑"（Notes and Queries）栏目外，该刊的主要篇幅由专文组成；还另外新设"学界消息"（Notes of New Books and Library Intelligence）、"目录选集"（Collectanea Bibliographica）等栏目。"刊登的专文总数为 945 篇，其余释疑（含杂纂）一千余条，另外还有学界消息一百余篇"[22]，该刊有关中国内容之丰富、涉及主题之广、学术化程度之高，"已经变成了一个宝库，有各类有价值的文章，该刊大大增进了我们有关东方尤其是中国事务的知识"[23]，使它成为了众多论者眼中的"西方世界最早的真正汉学期刊"[24]。

1897 年，《中国评论》的编辑在该刊 22 卷第 4 期的"编辑声明"（Editorial Announcement）中表示，"《中国评论》是《中国丛报》这份曾经著名而至今

---

20 *Notes and Querieson China and Japan.* Vol.1, No.1, 1867, p.1.

21 王国强，《中国评论》（1872-1901）与西方汉学[M]，上海：上海书店出版社，2010 年，第 37 页。

22 王国强，《中国评论》（1872-1901）与西方汉学[M]，第 66 页。

23 *North China Herald.* 1874-09-26, p.309.

24 Girardot, Norman J. *The Victorian Translation of China: James Legge's Oriental Pilgrimage.* Berkeley: California University Press, 2002, p.145. 王国强在《〈中国评论〉（1872-1901）与西方汉学》（上海书店出版社，2010 年）中持类似观点，认为《中国评论》是"西方世界第一份真正的汉学期刊"，并将其作为是"侨居地汉学"的代表。

仍赞誉颇多的刊物的合格继承者"[25]，从这一时期西方构建中国知识体系的总进程来说，这一"自我期许"大体上是准确的。由是，《中国丛报》-《中日释疑》-《中国评论》这三份报刊形成了英语世界前后贯通、横亘晚清的连续出版物序列，发展为这一时期英语世界、乃至整个西方最重要的汉学知识来源之一。

在这一包罗甚广、有机关联在一起的知识宝库中，笔者目力所及的有关清代诗词的篇目信息，详见表2-1：

表2-1 近代在华英文报刊所见清代诗词重点篇目信息

篇　名	译　者	刊　物	卷/期/页	备　注
阮元诗二首《癸亥正月二十日四十岁生日避客往海塘用白香山四十岁白发诗韵》《早行》	待考	《印中搜闻》	2/8/63-68 2/9/143-144	附中文及注音
	卫三畏	《中国丛报》	11/6/327-328	唯有英译文
《春园采茶词》	卫三畏	《中国丛报》	8/4/195-204	中英对照
《花笺记》	湛约翰	《中日释疑》	1/5/54-56 2/1/8-10	全诗的1-4节
《玉娇梨》中诗作	李思达	《中国评论》	1/2/96-104	共计25首
《论中国诗》	嘉托玛	《中国评论》	1/2/248-254	述、译并作
《株子花》	司登德	《中国评论》	2/2/80-88	出处待考
《论中国诗》	麦都思	《中国评论》	4/1/46-56	集会演讲辞
《歪脖树》	司登德	《中国评论》	4/4/255-256	民间谣曲
《北京钟楼传奇》	佩福来[26]	《中国评论》	5/4/241-243	民间谣曲
《客家山歌》	待考	《中国评论》	11/1/32-33	中英对照
	R. Eichler		12/3/193-195	
	待考		12/6/507-510	
	待考		13/1/20-23	

---

25 "Editorial Announcement." *The China Review, or Notes and Querieson the Far East*, Vol.22, No.4, 1897, p.620.

26 据《清外务部档案》的《闽浙总督松寿折——前福州将军借汇丰银行款已清还》一文，将其中文译名定为佩福来。另，学界亦常将其名译作白挨底。

《总督部堂蒋劝民惜钱歌》[27]	佩福来	《中国评论》	12/4/320-322	据蒋攸铦诗拓本译
《台湾竹枝词》	佩福来	《中国评论》	17/3/131-135	出处不详，未附原文，咏台湾晚清"施九缎事件"，共计24首
《中国儿歌》	A.J. May	《中国评论》	25/6/272-279	共计 27 首

上表所列材料，大致可以被分为三类：（一）近代曾任两广总督、与西人有交涉经历的封疆大吏的作品，以阮元诗二首、《总督部堂蒋劝民惜钱歌》为代表；（二）清代小说中所穿插的诗体作品，以李思达（Alfred Lister）翻译的《玉娇梨》中的诗作为代表；（三）反映政治历史事件或独特民风民俗的民间歌谣、词曲、小调等作品，以《春园采茶词》、《台湾竹枝词》等为代表，这部分作品在三类作品中所占比例最大。下面分别择要述评之。

正如上文所述，这一时期的汉学具有很强的"实用化"色彩。在如此的背景下，蒋攸铦、阮元的诗能够被译介至英语世界中的主要原因，并不在于其诗作的文学价值，而在于两位作者显赫而特殊的政治身份：蒋攸铦1811年至1817年曾任两广总督，而阮元则是蒋的继任者，1817年至1826年在任；两人督抚两广期间，正是英国对华贸易不断增长、相互摩擦不断的时期，因此，处理中英贸易及交流中出现的问题是二人日常工作的重心之一。据《清史稿》记载，两人对英的态度都较为强硬：蒋攸铦在任时，"英吉利兵船入内洋，攸铦饬停贸易，乃听命引去"，他还颁行了一系列的禁令，"请禁民人为洋人服役，洋行不许建洋式房屋，铺商不得用洋字店号，清查商欠，不准无身家者滥充洋商，及内地人私往洋馆"[28]；而阮元在任时，"先一年，英吉利贡使[29]入京，未成礼而回，遂渐跋扈"，于是，阮元增加了海防的军备，"元增建大黄、大虎山两炮台，分兵驻守"，后因中英兵民冲突，"严饬交犯，英人扬言罢市归国，即停其贸易……终元任，兵船不至"[30]。可见，两人在任时，都曾对当时正处在上升态势中的中英贸易造成过重大影响，因此，两人的政治

---

27 王国强在《〈中国评论〉（1872-1901）与西方汉学》中将蒋攸铦这一条目译为"盗之歌"（第91页），显然混淆了"thrift"和"theft"两词，当为"鲁鱼亥豕"之误。

28 《清史稿·卷三百六十六·列传一百五十三》。

29 指阿美士德使团。

30 《清史稿·卷三百六十四·列传一百五十一》。

活动以及文学创作就很自然地走进了西方人的视野当中。

阮元的两首诗最初分别发表在《印中搜闻》第二卷的 8、9 两期上，其中第一首附在一封署名为"爱公者"的读者来信之后，第二首则仅有编者按语，未能见译者具体署名。第 8 期中的"爱公者"究竟为何人现在无从得知，但从信中的内容来看，他应是位对欧洲文化较为熟悉、同时又对中国文化十分自豪的"中国人"：他曾读过荷马、贺拉斯、维吉尔、奥维德等人经典著作，也了解德莱顿（John Dryden）的作品在英国的传播和接受情况，认为它们"似乎在宣扬人类心中复仇、作恶的激情"，不适合作为儿童和家庭的教育文本，并对欧洲"没有出现一位像孔子一样平和的圣人去驯服他们野蛮天性中的残忍"这一事实深表遗憾，而中国诗及中国文学则专注于"描摹自然之美、人心所感、伟人轶事以及交游之乐"，在宣扬人伦道德上有着西方经典所没有的优势；信末，他附上了阮元诗的原文、注音和译文作为支撑自己观点的例证[31]。这种"咄咄逼人"的表述，引发了该报编辑米怜的不满和反击：他否认"中国诗歌在倾向上都是纯洁、有益的"，还建议"爱公者"再去读读孔子亲手删订的《诗经》，认为这会改变"爱公者"对自己国家诗歌的太过片面的看法[32]。从当时中国文人普遍的道德观念来看，"爱公者"对于西方文学经典的攻讦不无道理，而米怜代表《印中搜闻》编辑部的回应亦不可不谓"直击要害"。围绕着阮元诗这一文本，两人唇枪舌剑、你来我往式的争辩，无疑是早期中西文化交流中评估彼此文学经典之价值的生动案例。第 9 期中，在为阮元另一首诗所加的简短按语里，编者则将注意力放在了中国文学翻译的"不可译性"上，认为"中文不可能被除自身以外的语言所完美重现"[33]，然而，译者的姓名并未出现在这里。

吴义雄先生较早地注意到了阮元这两首诗作的译文，但是却未能确定这两首诗的具体篇目，以为"《研经室集》未见"[34]，而将诗题意译为"《四十咏怀》"、"《起早歌》"，国内后来论者也多沿袭其说[35]。其实，倘耐心核查原文的

31 "Chinese Poetry." The Indo-Chinese Gleaner, Vol. 2, No. 8, pp. 63-66.

32 "Chinese Poetry." The Indo-Chinese Gleaner, Vol. 2, No. 8, p. 68.

33 "Chinese Poetry." The Indo-Chinese Gleaner, Vol. 2, No. 9, p. 143.

34 吴义雄，《印中搜闻》与 19 世纪前期的中西文化交流[J]，中山大学学报（社会科学版），2010，50（02）：70-82。

35 卞浩宇，《印中搜闻》对近代西方汉学发展的影响[J]，苏州教育学院学报，2014，31（05）：49-53。

话，我们不难发现，载于第二卷第 8 期的是阮元写于嘉庆八年（1804 年）的
《癸亥正月二十日四十岁生日避客往海塘用白香山四十岁白发诗韵》一诗：

　　春风四十度，与我年相期。驻心一回想，意绪纷如丝。

　　慈母久违养，长怀雏燕悲。严君七旬健，以年喜可知。

　　人生四十岁，前后关壮衰。我发虽未白，寝食非往时。

　　生日同白公，恐比白公赢。百事役我心，所劳非四肢。

　　学荒政亦拙，时时惧支离。宦较白公早，乐天较公迟。

　　我复不能禅，尘俗日追随。何以却老病，与公商所治。[36]

而载于第二卷第 9 期的是阮元写于乾隆五十九年（1794 年）的《早行》
一诗：

　　戒道鸡声歇，炊烟起孤村。寒林无恋叶，随鸟下平原。

　　平原多枯草，繁霜被其根。鸟来无所食，还向空巢翻。

　　村中有老农，晓起抱诸孙。传闻达官过，策杖倚蓬门。

　　屋西积草廩，屋东延朝暾。布衣木棉厚，颜色有余温。

　　悬知尔室中，尚有升斗存。[37]

在《印中搜闻》里，两首诗的中文原文后边都辅以注音标记，如"春风
四十度/与我年相期"被标记为"Chun fung sze shǐh too/ Yu wo nēen seang ke"，
"戒道鸡声歇/炊烟起孤村"被标记为"Keae taou ke shing hēě/ Chuy yen ke koo
tsun"，这有助于英语世界的读者了解中国诗歌的平仄及韵律。译者自谦其译
文"仅仅传达了原文的大意"，但从实际的翻译内容来看，他对于细节的理解
和处理还是相当到位的。例如，"驻心一回想/意绪纷如丝"的译文是"When
I detain my mind to reflect on the past/ my thoughts by crowding ideas, as confused
as a skein of raveled silk"，对"驻心"、"如丝"两处的把握尤为精准；又如，
"布衣木棉厚/颜色有余温"的译文是"The villager's plain cloth garments are
thickly stuffed with wood-cotton/ And the colour of his face, shews he enjoys a
generous plenty"，将原文中的"有余温"意译为"显示了他生活很富足"，契
合作者本意，又易为英语读者理解，译笔细腻而不失灵活。

从 1840 年 10 月份起，卫三畏开始在《中国丛报》上连载"中国风土人
情录"（"Illustrations of Men and Things in China"）一文；在该刊 1842 年 6 月

---

36 [清]阮元撰，邓经元点校，研经室集[M]，北京：中华书局，1993 年，第 842 页。
37 [清]阮元撰，邓经元点校，研经室集[M]，第 767 页。

发行的第 11 卷第 6 期上的续篇中，他重译了阮元的上述两诗[38]。相较于《印中搜闻》所提供的译文，卫三畏在他的译文中增加了若干情景化的因素，如"传闻达官过/策仗倚蓬门"一句的译文是"Heard the rumor fly, 'a magnate of the land doth pass'/ And staff in hand he leans upon the matted door to gaze"，还原了阮元车驾过境时村间传言纷纷的场景，使得译文生动不少。不过，卫三畏的译文中也新出现了不少"硬伤"。如《癸亥正月二十日四十岁生日避客往海塘用白香山四十岁白发诗韵》一诗中的"生日同白公/恐比白公赢"的译文是"My life has been spent like that of Lí Táipe/ But compared with him, alas! How paltry has it passed"，"宦较白公早 / 乐天较公迟"的译文是"Yet I entered office younger that Lí Táipe/ And even Pe Lótien was later still than he"，以及最后一句"与公商所治"的译文是"I'll consult with Lí Táipe about the means of cure"，根据诗题及诗意，这三句中的"白公"、"公"皆指的是白居易，而卫三畏却将其错误地理解为"李太白"。另外，阮元在"宦较白公早/乐天较公迟"中所言的"乐天"，乃是借白居易之号感喟自己不能如先贤一般尽早参透乐天知命的道理，而非实指，却被卫三畏阐释为"我进入仕宦生涯较李太白早/即使是白乐天也比李太白晚"；对于这句，《印中搜闻》给出的译文是"Sooner than Pih was I called forth to office/ But later than he have I delighted in nature"，显然更加准确。单从这点而论，卫三畏的译文虽然晚出，但翻译质量不见得比《印中搜闻》更好。

相较于对阮元诗的刻意搜罗，蒋攸铦的《总督部堂蒋劝民惜钱歌》能进入到英语世界则具有不小的偶然性。据译者佩福来（G. M. H. Playfair）的说法，这首诗最初"刻在位于广西省首府桂林的一块石碑上"，后来译者"在郁林州[39]的一座寺庙里看到了它的拓片，并复制了一份"进行翻译；佩福来还在译文后指出，石碑以及拓片上的书法出自晚清著名文人、道光二十一年状元龙启瑞（1814-1858）的手笔。严格来说，《总督部堂蒋劝民惜钱歌》并不是一首通常意义上的文人诗歌，而是蒋攸铦为了教化民众、改风易俗而特意创作的俚俗谣曲，佩福来也注意到了这点，"这首诗的文辞质朴，其所用语言有时甚至是最鄙陋的方言，它的粗糙程度足以引起一些中国文人在审美上的痛

---

38 "Illustrations of Men and Things in China." *Chinese Repository*, Vol. 11, No. 6, 1842, pp. 327-328.

39 即今天的玉林市。

苦"[40]。不过这首诗很真实地展现了近代中国的金钱观，较具史料价值，谨将全诗抄录如下：

> 钱、钱，你本是国宝流源、万事当先。堪羡你，内方似地，外圆象天，无翼能飞，无手能攀，周流四海，运用无边。有了你，许多方便；没了你，许多熬煎。有了你，精神刚健；没了你，坐卧不安。有了你，夫妻和好；没了你，妻离夫散。有了你，亲朋尊仰；没了你，骨月冷淡。见几个登山涉水，见几个鸡鸣看天，见几个抛妻别子，见几个背却椿萱，见几个游浪江湖，见几个千里为官，见几个为娼为盗，见几个昼夜赌钱。看来一切都为钱。说什么学富五车，七岁成篇。论什么文崇北斗，才高邱山。论什么圣贤名训，朱子格言。讲什么，穷理尽性，学贯人天。有钱时，人人钦羡；无钱时，个个避嫌。钱，惟憾你性太偏，喜的是富贵，恶的是贫贱。看来有无都被你挂牵。钱，你不似明镜，不似金丹，到有些威力冲权，能使人搬天揭地，能使人平地登天，能使人倾刻为业，能使人陆地成仙，能使人到处逍遥，能使人不第为官，能使人颠倒是非，能使人痴汉作言。因此上，人人爱，个个贪。人为你昧灭天理，人为你用尽机关，人为你败坏纲常，人为你冷灰起烟，人为你忘却廉耻，人为你无故生端，人为你舍身丧命，人为你平空作颠，人为你天涯遍走，人为你昼夜不眠。钱，人人被你颠连。出言你为首，兴败你当先。成也是你，败也是你，到如今，止你机关。你去我不烦，你来我不欢，免被你颠神乱志，废寝忘餐。从今后，休说那有钱无钱。钱，你易我难，大限到来买不还，人人都一般。到不如学一个居易俟命，随分安然。岂不闻，得失有定数，穷通都由天。

除了这些对清代督抚诗作的翻译外，这一时期的在华英文报刊上也发表了若干出现在清代才子佳人小说中的诗词作品的译文。1872 年，在第一卷第二期的《中国评论》上，曾先后担任香港库政司、辅政司的英国汉学家李思达将《玉娇梨》中的 25 首诗体作品（诗、曲）专门译为英文[41]。这些作品或展示了小说男、女主人公的出众才华，或是男、女主人公互通情意的唱和之

---

40 "A Song to Encourage Thrift." *The China Review, or Notes and Queries on the Far East*, Vol. 12, No. 4, 1884, p. 320-322.

41 "Rhymes from the Chinese." *The China Review, or Notes and Queries on the Far East*, Vol. 1, No. 2, 1872, pp. 96-104.

作，它们被李思达单独拎出翻译这一事实，充分证明这一时期英语世界对于中国古典小说中所穿插诗词的独立审美价值有了清晰认识，也进一步从侧面了支持了笔者在本书第一章第一节中提出的论点，即，这类诗词作品是西方早期汉学家感知、了解中国诗歌的另一重要资源。

李思达在此对《玉娇梨》中诗词的翻译非常有特色，他声称自己的翻译"旨在证明中国诗并不像之前被普遍认为的那样不可理解和不可翻译"，而他的译文"唯一的优点就是对原文的忠实"。他确实没有夸大其词，他的译文都尽量会从形式和内容两方面去摹拟中国诗的情态。例如，《玉娇梨》中的女主人公白红玉"见新柳动情，遂题了一首《新柳诗》"，并在佛前许愿，"若有人和得他的韵来，便情愿嫁他"[42]。其诗曰：

> 绿浅黄深二月时，傍檐临水一枝枝。
>
> 舞风无力纤纤挂，待月多情细细垂。
>
> 袅娜未堪持赠别，参差已是好相思。
>
> 东皇若识侬青眼，不负春添几尺丝。

李思达的译文如下：

TO THE FIRST BLOSSOMS OF THE WILLOW

Brave yellow, passing into tender green,

The glory of the Spring-tide's early day;

By eave's-side quivering, or in the sheen

Of lake reflected： every tender spray

Dancing upon the wind, by silken thread suspended,

Or sighting for the mellow eve and moon-lit play-

O sweet and fair! Too young as yet to bear

Plucking for love's last gift, with farewell ended-

O wilding flowers, ye steal my heart away!

The Eastern King, should he your beauties know,

Will look with kindly eyes; nor rain, nor snow

Will send, nor anything

To mar the crescent Spring,

---

42 此处所引文字皆以哈佛大学燕京图书馆所藏的《新镌批评绣像玉娇梨小传》为底本。

And breezes that your lengthening tassels sway.

白红玉择选如意郎君的标准很严苛，其所和之诗在依她用之韵的同时，还要立意高妙，与原诗有所呼应。男主人公苏友白一口气依韵唱和了两首，其中第二首即是托马斯·珀西（Thomas Percy）在《好逑传》的附录中转译过的"绿里黄衣得去时／夭淫羞杀杏桃枝"一诗。李文达为了突出苏友白"依韵和诗"的才情，在译文中煞费苦心地以"day/ spray/ play/ away/ sway"为韵，呼应了白红玉之诗的译文，便于英语世界的读者直观地理解中国诗相互唱和之规则。其译文如下：

> O pale green blossoms with your sheaths of red,
>
> Emblem and crown of Spring's reviving day!
>
> What rain from heaven (to shame the peach's spray
>
> And its translucent flowers) so quickly sped
>
> Your beauty? stirring in me vague regrets
>
> To more and more whenas ye idly droop,
>
> Or filling me with fears that one fell swoop
>
> Of wind will break your twigs that toss and play
>
> Confusedly. The blowing season sets
>
> Your tender hues along each rustic way,
>
> Conjuring up gentle sadness; or beside
>
> The casements that some blushing beauty hide
>
> With thoughts of love ye witch her heart away：
>
> Who wait not for the busy silkworm's death
>
> But, leaf and branch, on Springtide's balmy breath,
>
> Festooned with your own silk do swing and sway.

倘对比粗陈大意、讹舛颇多的珀西译本的话，李思达的译本在理解准确的基础上，还多了一丝"炫技"的意味。除上述两首译诗外，其他23首译诗亦可看出李思达在模仿中国诗歌用韵方式上的苦心经营。

在显宦诗词及小说诗词之外，这一时期在华英文报刊译介最多的莫过于当时流传的诗作、谣曲、儿歌乃至山歌一类的民间作品。有论者指出，"仅就数量而言，《中国评论》上最关注的是中国古代文学经典，像儒家的四书五经，或者道家的《道德经》、《庄子》等，但介绍最多的却是民间文学，有关于此的各种翻译介绍或者评述文字几乎散见于每一期"[43]，这种判断不仅适用于《中国评论》，还基本上适用于这一时期其他在华英文报刊。这种情况的出现，一方面有"当时教士与官吏，深入内地，调查风土人情，刺探机密，以供国人参考"、"为传教与通商而宣传"、"为一己谋私利"[44]等客观存在着的功利性动机，另一方面，它其实也是与当时欧洲人文社会科学发展潮流"联动共振"下的产物之一：受益于欧洲 19 世纪以来比较语言学的发展，民俗学研究、乃至比较神话学开始兴起，《中国评论》的创办人丹尼斯曾专门撰文，指出"近些年来对欧洲和亚洲的民俗学研究引人瞩目"，认为"缪勒教授、格林兄弟和其他若干学者为该领域的后续研究者开辟了令人满意的道路"，并判断"以比较研究为目标的民俗学的资料收集工作已在不少国家开展，现在是将中国纳入其中的时候了"[45]。

众多被译介到英语世界中的民间文学作品里，由三十首七言绝句组成的《春园采茶词》无疑是最引人瞩目的文本之一，它以及它的译文最早出现在《中国丛报》的第 8 卷第 4 期上[46]，译者是卫三畏[47]。据译者介绍，这组诗本来是第 8 卷第 3 期上的一篇题为"茶叶种植记载"（"Description of the Tea Plant"）[48]的长文的一部分，后因版面不足，才单独发表在第 8 卷第 4 期上的。这一无心之举，却在事实上使此诗在一定程度上摆脱了作为参考资料的工具性，而彰显出了作为诗歌本身的独立审美性。译者接着解释到，他是从"一位来自绿茶之乡的商人那里获得了这组诗"，"诗被雅致地印在了一张带红边花纹的纸上"，在译者所附的中文原诗后，其落款显示为"海阳亦馨主人李亦青"。据江岚女士考证，"李亦青当是屯溪知名茶号李祥记的主人"[49]，因此这位"来自绿茶之乡的商人"或是李亦青本人，亦或是李亦青的同乡，这点无法确定；唯一可确定的是，组诗的作者在清代诗歌史上只是一个籍籍无名的

43 段怀清、周俐玲，《中国评论》与晚清中英文学交流[M]，广州：广东人民出版社，2006 年，第 110 页。

44 戈公振，中国报学史[M]，上海：上海书店出版社，2013 年，第 96 页。

45 "The Folklore of China." *The China Review, or Notes and Queries on the Far East*, Vol. 3, No. 5, 1875, p. 269-284.

46 "Ballad on Picking Tea." *Chinese Repository*, Vol. 8, No. 4, 1839, pp. 195-204.

47 据 1850 年裨治文、卫三畏合作编纂的《〈中国丛报〉（20 卷）主题分类总索引》（*General Index of Subjects Contained in the Twenty Volume of the Chinese Repository*）一书所提供的信息，将译者定为卫三畏。

48 "Description of the Tea Plant."*Chinese Repository*, Vol. 8, No. 3, 1839, pp. 132-164.

49 江岚，苏曼殊·采茶词·茶文化的西行[N]，中华读书报，2014-05-21（017）。

人物。从内容上来看，这组诗以清新明白、细腻流畅的语言风格，生动描摹出了采茶少女早起晚归、不避风雨的辛劳生活，同时也从侧面记述了与茶叶生产相关的采摘、烘焙、品尝等诸多流程，无论是作为有关茶叶论文的补充性材料，还是作为单独的文学审美对象，俱有令人称道的优长之处。谨从三十首诗中择出五首，以便窥其整体风貌和大致内容：

> 晓起临妆略整容，提篮出户雾方浓。
>
> 小姑大妇同携手，问上松萝第几峰。（其二）
>
> 双双相伴采茶枝，细语叮咛莫要迟。
>
> 既恐梢头芽欲老，更防来日雨丝丝。（其四）
>
> 园中才到又闻雷，湿透弓鞋未肯回。
>
> 遥嘱邻姑传信去，把侬青笠寄将来。（其十）
>
> 一月何曾一日闲，早时出采暮方还。
>
> 更深尚在炉前焙，怎不教人损玉颜。（一五）
>
> 茶品由来苦胜甜，个中滋味两般兼。
>
> 不知却为谁甜苦，掐破侬家玉指尖。（二九）

卫三畏称自己"并未去迁就英语的诗歌规则，而仅是为了传达出原诗的意思"，从实际情况来看，他确实是这么做的。例如，组诗其四的译文如下：

> In social couples, each to aid her fellow, we seize the tea twigs,
>
> And in low words urge one another, "Don't delay,
>
> Lest on the topmost bough, the bud has even now grown old,
>
> And lest with the morrow, come the drizzling, silky rain."

我们可以清楚看出，卫三畏在准确译出原诗文意的基础上，甚至还刻意将译文中的意群顺序与原诗保持了一致。如此处理，虽便于英语世界中的读者理解中文诗歌的韵律和节奏，但是却因太过于迁就汉语语法，而在一定程度上丧失了译文的流畅度；后来，德庇时的姨甥、曾任香港辅政司（Colonial Secretary）的孖沙（W. T. Mercer）在 1870 年为这组诗提供了一个新的译本，在可读性方面较卫三畏的译本优胜（下节将详述）。自此，卫三畏译本和孖沙译本成为了英语世界中《春园采茶词》最主要的两个译本，其身影散见于各类著述中，如 1877 年罗斯·C·霍顿（Ross C. Houghton）在《东方女性》

（*Women of the Orient*）中就完整引用了卫三畏的译本[50]，以佐证亚洲女性在
中国茶叶种植业中发挥的不可或缺的重要作用；又如，近代著名诗僧苏曼殊
在《文学因缘》中，全文收录了孖沙的译本，来作为"比随慈母至逗子海滨，
山容幽寂"时的玩赏文字[51]——之前在汉语语境中默默无闻的《春园采茶词》，
在英语世界中周游一遭后，竟又返归至汉语世界，为中国一般文士所知晓，
成为了中西文化交流史上"墙外开花墙内香"的又一典型文本。

  这一时期，在华英文报刊上所译介的其他民间文学作品都兼具文学和历
史上的双重价值。例如，1867 年至 1868 年之间，湛约翰（John Chalmers）在
《中日释疑》上所节译的《花笺记》是盛行于清代广东地区的弹词木鱼书作
品，在此之前，英国人彼得·佩林·托马斯（Peter Perring Thoms）在 1824 年
也曾将此书全译为英文[52]，卫三畏在《中国总论》1883 年修订版中，曾将《花
笺记》视为是截止到当时为止所见的译入到英语世界中的最长的中国诗[53]，在
短短数十年间，《花笺记》就出现两个英译本，揭示了早期中英接触进程中木
鱼书表演给西人所留下的深刻印象。又如，由佩福来所译的 24 首《台湾竹枝
词》，反映了台湾 1888 年发生的重大民变"施九缎事件"的始末，这次民变
由刘铭传主持丈量全台土地时操作不当所激起，组诗作者以"竹枝词"的形
式，站在台湾民众的立场，酣畅地讽刺了清政府当局的贪腐和苛政，佩福来
对这组诗的翻译无疑有助于后来治史者为这一事变还原出一个更为真实的历
史现场。再如，《中国评论》刊登的四篇由 R. Eichler 及佚名作者采集、编译
而成的有关客家山歌的文章，保留了研究清代客家人风俗、语言等方面的第
一手资料，对中国的客家研究有开拓之功。但是，无庸讳言，这些民俗文学
作品能进入到英语世界当中，最主要是因其"信息性"，而非其"文学性"。

  以上即为笔者对近代在华英文报刊中出现的清代诗词重点篇目的简要评
述，从中我们不难发现这些"侨居地汉学家"在选译清代文学作品时的三个
主要倾向：其一，译介活动与现实紧密关联。比如，《印中搜闻》译介阮元诗

50 Houghton, Ross C. *Women of the Orient*. New York: Nelson and Phillips, 1877, pp. 355-359.

51 朱少璋编, 曼殊外集：苏曼殊编译集四种[M], 北京：学苑出版社，2009 年，第 1-55 页。

52 Thoms, Peter Perring. *The Flower's Leaf: Chinese Courtship, in Verse*. London: John Murray, 1824.

53 Williams, Samuel Wells. *The Middle Kingdom*. London: C. Scribner's sons, 1883, p.704.

歌，并不是因为其文学价值，而是出于阮元的政治身份，在译介阮元诗歌之前，《印中搜闻》上还曾翻译过阮元在两广总督任上颁行的官方通告以及由他制订的总督衙门规章，可以说，对阮元的译介最终是优先服务于西方对华的传教、通商大局的。其二，重视民间文学作品。不同于明清之际传教士群体对于中国先秦典籍的浓厚兴趣，在这一波"汉学复兴"中，以新教传教士、领事馆人员及商人为主体的研究参与者们由于宗教教义、外交利益和商业诉求等原因，更为重视译介在实际的田野调查中发现的、贴近当时中国人日常生活的文艺作品，不论是《客家山歌》，还是《株子花》、《中国儿歌》，都生动地留存了近代真实生活的侧影。其三，注重时效性。由于报刊这一载体的特殊性，供稿者在选译作品时也多留心于反映时事的作品，佩福来对《台湾竹枝词》的翻译，就是一个很好的例子。总之，在这一时期，"侨居地汉学"的发展与近代报刊的兴起密不可分，近代报刊在一定程度上塑造了"侨居地汉学"的基本形态，二者相互促进、相辅相成。

三、近代涉华英文书籍与清代诗词的译介

1858 年，浙江人孙瀜到上海拜访了供职于墨海书馆的王韬，在参观印书房后，写下来一首流传甚广的"竹枝词"，诗中生动描述了墨海书馆以牛为动力、用机器印书的近代化印刷场景，其诗曰：

> 车翻墨海转轮圆，百种奇编宇内传。
>
> 忙煞老牛浑未解，不耕禾陇种书田。[54]

除墨海书馆外，这一时期在华设立的近代化印刷出版机构中，较为著名的还有美华书馆、别发印书馆。它们秉承着"不管以何种洗练的语言来表达，在传播人或神的知识上，印刷媒体显然要比其他媒体更占优势"[55]的信念，办报出书，在"车翻墨海"的过程中，实现了"铸以代刻"的技术迭代，一道推动了中国印刷出版业的近代化变革。由这些机构所刊行的出版物中，除上一节论及的在华英文报刊外，英文涉华书籍也是这一时期译介、传播清代诗词的重要载体。根据笔者目前所掌握的资料，"侨居地汉学"时期涉及有清代诗词的重点英文书目信息，可参见表 2-2 所列内容：

---

54 汪家熔，有关墨海书馆三诗[J]，出版史料，1989，（1）：107。

55 [英]马礼逊夫人编，顾长声译，马礼逊回忆录[M]，桂林：广西师范大学出版社，2004 年，第 135-136 页。

表 2-2 近代译介、传播清代诗词的重点英文书目信息

作　者	书　名	出版社	年　份	相关内容
George Mogridge	*Points and Pickings of Information about China and Chinese*	Grant and Griffith	1844	民间歌谣；《兰墅十咏》
S.W. Williams [卫三畏]	*The Middle Kingdom*	Wiley and Putnam	1848	《春园采茶词》；民间歌谣；若干无名文人诗作；朱桂桢诗作；
		C. Scribner's Sons	1883	
A. Wylie [伟烈亚力]	*Notes on Chinese Literature*	American Presbyterian Mission Press	1867	介绍若干清代诗文集
J.F. Davis [德庇时]	*The Poetry of the Chinese*	Asher and Co.	1870	增订版；《春园采茶词》孖沙译本
G.C. Stent [司登德]	*The Jade Chaplet, in Twenty-Four Beads, A Collection of Songs, Ballads, etc., from the Chinese*	W.H. Allen & Co.	1874	《株子花》；《小刀子》；《十二月歌》
	Entombed Alive and Other Songs, ballads, etc.	W.H. Allen & Co.	1878	民间歌谣；反映时事的诗作
R.C. Houghton	*Women of the Orient*	W.H. Allen & Co.	1878	《春园采茶词》
W.A.P. Martin [丁韪良]	*Chinese Legends and Other Poems*	Kelly & Walsh	1894	顺治、乾隆、道光以及松筠诗作；民间谣曲
			1912	
	A Cycle of Cathay, or China, South and North, with Personal Reminiscences	Fleming H. Revell Company	1896 1897 1900	洪秀全诗、奕山诗、乾隆诗、宝鋆诗、曾纪泽自译诗、斌椿诗、陈兰彬诗
H.A. Giles [翟理斯]	*Chinese Poetry in English Verse*	Kelly & Walsh	1898	译有袁枚、张问陶、赵翼等清人诗作
	A Chinese Biographical Dictionary	Kelly & Walsh	1898	介绍若干清代诗人

	A History of Chinese Literature	William Heinemann	1901	有章节专论清代诗歌，涉及乾隆、袁枚、赵翼等
G.T. Candlin [甘淋]	*Chinese Fiction*	The Open Court Publishing Company	1898	译有《葬花吟》一诗
J.D. Ball [波乃耶]	*Rhythms and Rhythms in Chinese Climes：A Lecture on Chinese Poetry and Poets*	Kelly & Walsh	1907	论及清代诗歌的整体特点
苏曼殊	文学因缘	齐民社	1908	摘录《春园采茶词》孖沙译本及《葬花吟》甘淋译本
Charles Budd [布茂林]	*A Few Famous Chinese Poetry*	Kelly & Walsh	1911	译有三首清代士人诗作
	Chinese Poems	Oxford University Press	1912	

上表所列的书目，依据其内容及出版目的，大致可分为三类：（一）译介诗集，如司登德的《玉链二十四珠：歌词民谣选集》(*The Jade Chaplet, in Twenty-four Beads, A Collection of Songs, Ballads, etc.*)、布茂林的《古今诗选》(*A Few Famous Chinese Poetry*)等；（二）研究专著，如德庇时的《汉文诗解》(*The Poetry of the Chinese*)增订版、波乃耶的《中国的节奏与韵律：中国诗歌与诗人演讲录》(*Rhythms and Rhythms in Chinese Climes: A Lecture on Chinese Poetry and Poets*)等；（三）工具书，如卫三畏的《中国总论》(*The Middle Kingdom*)、伟烈亚力的《中国文献纪略》(*Notes on Chinese Literature*)等。分别择要评述如下。

在译介诗集中，司登德的《玉链二十四珠》和《活埋：中国歌谣集》(*Entombed Alive and Other Songs, ballads, etc.*)两书无疑是引人注目的。司登德 1833 年出生于英国坎特伯雷，1855 年加入英国第 14 龙骑兵团（14th Dragoons），曾参与镇压印度民族大起义（1857-1859）；1865 年前后，他作为英国使团卫队（British Legation Guard）的成员来到北京，开始学习汉语并熟练掌握，他的语言才能很快得到了时任中国海关总税务司的赫德（Robert Hart）的赏识，随即转入中国海关工作；因职务关系，他曾在烟台、上海、温州、汕头等多地居住过，1884 年在台湾高雄逝于任上。司登德对中国方言颇有研究，由其所编著的《中英北京方言字典》(*Chinese and English Vocabulary in the Pekinese Dialect*)、《中英简明字典》(*Chinese and English Pocket Dictionary*) 两部工具书在当时来华西人中很有影响力；除此之外，他还对中国民间歌谣及传说格外感兴趣，着意搜罗、翻译了大量这类材料，有不少都极具民俗学、文学及历史学方面的价值。1871 年 6 月 5 日，在皇家亚洲文会北中国支会的一次演讲中，司登德指出，由于中国人对于隐私的保护，"想要获得有关中国人家庭生活的知识，只有从三种材料中获得，即小说、戏曲以及歌谣"，并认为，"中国歌谣的音乐很动听，有些甚至可以与英国的歌谣相媲美"[56]。由此可见，司登德对清代这些民间谣曲的翻译，主要还是为了搜集信息、情报。

正如书名所示，《玉链二十四珠》总共收录了二十四首民间歌谣，其主题相当丰富，不但有唐明皇与杨贵妃的爱情 ("The Death of Yang-kuei-fei")、庄子妻子扇坟 ("The Wife Tested")、赵云长坂坡救幼主 ("Chang-pan-po")、薛仁贵还乡 ("Jen-kuei's Return") 等历史掌故，还有"十二月歌"("The Twelve Months Many Stories")、"株子花"("The Azalea")、"小刀子"("The Dagger") 等咏物、咏节令的民间俚俗小调。据司登德在前言中讲述，这些谣曲"有很多甚至在中国都没有出版"，而他收集这些歌谣的方式是"请歌者到家中演唱，然后由我的中文老师逐字将它们听写下来"，如此整理方式使得这些文字成为了记录晚清日常生活的第一手珍贵史料。《玉链二十四珠》只给出了这些谣曲的译文，并未附有原文，这使我们无从领略原文的神韵；不过，好在此书部分译文先前发表在一些在华英文报刊上时，附有原文，便于我们比对、评判司登德的译笔。例如，《十二月歌》的中、英译文就曾发表在《皇家亚洲文会北中国支会会报》一刊上，我们节选其中的"正月"一节为例说明：

> 正月里是新春，正月里是新春。丈夫出征去扫边关。花灯儿无心点，收拾弓和箭。忙忙不得闲，忙忙不得闲。猛听得街前鼓锣声喧。与儿夫办行囊，那讨功夫去看。
>
> Tis the first month of the new tear,
>
> My husband is going to the wars;
>
> He goes to sweep the frontiers;
>
> The Illuminations are without amusement to me.

56 Stent, George Carter. "Chinese Lyrics." *Journal of the North China Branch of the Royal Asiatic Society*, Vol. VII, 1871, pp. 93-136.

I was preparing his bow and arrows, when I suddenly heard

the sound of drums, gongs and uproar in the street.

Arranging my husband's baggage, how could I find time to

go and look at it? [57]

从内容上来看，这组诗主要是讲男子出征在外、新妇在闺中思念这一常见主题，其语言活泼清新，较为通俗易懂，其中所包含的夫妇之间的笃厚感情、以及有关"中国人家庭生活的知识"，可能正是司登德注意到它的主要原因。

《活埋：中国歌谣集》的书名取自于书中的一首同名诗，似乎耸人听闻，然而记录的却是一件真实发生过的事情。在《活埋》（"Entombed Alive"）一诗的译文后边，司登德详细讲述了此诗的写作背景：1850 年左右，有一位住在北京东四牌楼附近、被唤作"春都老爷"的人，他二十一岁的女儿与一名仆役私奔未遂，春都老爷将涉事仆役投入监狱，又在东直门外的家族墓园里，用砖石将女儿砌入一座空坟，并在四天后将其毒死，当时有很多人跑去围观，有个无名文人有感于此，摹拟被活埋少女的口吻写下了此诗[58]。这首诗的作者和原文现均已不可考，不过这一发生在中国 19 世纪中期的恐怖风俗以及当时人对此事的情感态度，却经由司登德的译文忠实地保留在了英语世界之中。

《活埋：中国歌谣集》中另外一首值得关注的诗，题为《咸丰帝北狩热河》（"The Flight of Hsien-fêng to Jêhol"），据司登德的说法，这首长诗是一位在英法联军攻入北京时跟随咸丰帝出逃的官员所写，甫一出版就被清廷列为查禁篇目（at once put on the *Index Expurgatorius*），之后都是通过秘密的方式（in a clandestine manner）在民间流传的。司登德虽未给出此诗原文，但通过其译文仍能看出咸丰出逃前整个北京城人心惶惶的情形：

When the English and French first went up to Peking—

This was in the tenth year of the reign of *Hsien fêng*—

The news flew like wildfire, the tocsin was rung;

What a hubbub the whole of the city was in!

Pell-mell, off the Ministers instantly ran

To the palace, to ascertain what could be done;

57　Stent, George Carter. *The Jade Chaplet, in Twenty-Four Beads, A Collection of Songs, Ballads, etc., from the Chinese.* London: W. H. Allen & Co, 1874, p.51.

58　Stent, George Carter. *Entombed Alive and Other Songs, ballads, etc.* London: W. H.Allen & Co, 1878, pp. 4-5.

They all, with one voice, begged their sovereign to run—

Or rather retire—for a time to Mu-lan.

以及，扈从人员在逃亡路途中的狼狈不堪：

The sun the hills pressed,

As we lay down to rest,

Not in soft beds, that was too great a treat;

But wherever we found

A nice bit of ground—

For we made a convenient bed of the street.

We were hungry as wolves, not a cash had we got

To have purchased the "bottoms" that stick to a pot;

Wouldn't a supper of some sort be nice?

I could have supped off the dregs of boiled rice.

　　类似的生动记述在这首诗中还有很多。第一人称记述视角的运用以及对第二次鸦片战争鲜活细节的大量保留，使得此诗拥有了像"梅村体"一般的"诗史"品格；虽无法找到原文，但这则材料仍值得治清诗者与治清史者的注意。除了上述两诗外，《活埋：中国歌谣集》中还有很多民间诗体作品，主题丰富多元，有流传在北京及周边地区的有关卢沟桥的狮子、潭柘寺的帝皇树等民谣，还有霸王别姬、孟姜女哭长城的故事传说等。

　　和司登德一样，曾任同文馆总教习、京师大学堂西学总教习的美国长老会传教士丁韪良除了忙于清廷的政事活动外，还对译介中国诗歌及民间传说十分热衷。《中国传说与诗歌》（Chinese Legends and Other Poems）即是丁韪良这一雅癖的产物，《北华捷报》（The North China Herald）认为此书"尽管各部分的价值不同，却是丁韪良最引以为豪的一本小书，内中含有不少令人激赏的译作以及一些本该就在美国闻名的、饱溢情感与想象力的原创作品"[59]。此书初版1894年由别发印书馆发行，收录诗歌32首（包括由丁本人创作的诗歌），后来丁韪良对其进行了扩充，1912年交由别发印书馆再版，收录诗歌53篇（包括由丁本人创作的诗歌）。这些诗作及译文在结集出版前已有不少发表在当时的一些英语报刊上，结集出版时或多或少有所调整、修改。除了《中国传说与诗歌》外，丁韪良在他的个人回忆录《花甲忆记》（A Cycle of Cathay）

---

59 *The North China Herald*. 1916-12-30.

中也零星记录、翻译了一些曾与其交游的清代著名官员的诗作，亦是一份极为珍贵的历史文献。在上述两书中，丁韪良译介的较重要的清诗篇目信息如下：

1. 道光《姜女祠叠旧作韵》（"Lines by the Emperor Taokwang on passing the tomb of the princess in 1829"，《中国传说与诗歌》1912 年版第 15 页）

2. 顺治《世祖章皇帝诗》（"Monk and Monarch, a Legend of Wutai"，《中国传说与诗歌》1912 年版第 47-48、51 页）

3. 乾隆《御制宝珠洞诗》（"Ode to Pearl Grotto"，《中国传说与诗歌》1912 年版第 76-77 页；《花甲忆记》1900 年版第 225 页）

4. 宝鋆《塞翁失马》（"Rflections of a Fallen Statesman"，《中国传说与诗歌》1912 年版第 123 页；《花甲忆记》1900 年版第 359 页）

5. 洪秀全诗三首（《花甲忆记》1900 年版第 135-137 页）

6. 奕山诗一首（《花甲忆记》1900 年版第 176 页）

7. 曾纪泽《中西合璧诗一首来赠》（《花甲忆记》1900 年版第 364 页）

8. 斌椿《上海东门外滨临大江两岸造洋楼十余里俗呼洋泾浜》（《花甲忆记》1900 年版第 373 页）

9. 陈兰彬诗一首（《花甲忆记》1900 年版第 383 页）

丁韪良在中国晚清无疑是一位成功的传教士、政治家及教育家，除了上述身份外，从《中国传说与诗歌》、《花甲忆记》这两书来看，他还是一位出色的"诗人"和"译者"；需要特别指出，这两个身份在丁韪良处常是重合在一起的——上述两书中的译文与创作混杂为一的文本样态即是表征之一。受到"诗人"气质的影响，丁韪良的诗歌译文在形式上"善于用格律诗尤其是民谣体（ballad metre）来翻译中文诗歌"，其译文大多"韵式为 abab 或者 abcb，诗行都为抑扬格，单数诗行为四音步，双数诗行为三音步"[60]。如道光所作《姜女祠叠旧作韵》的译文：

> Thou model of devoted love
>
> Laid here so long ago!
>
> Thy sorrows have not ceased to move—
>
> Nor pilgrims' tears to flow.
>
> Beyond this fleeting mortal breath,
>
> If spirit world there be,

---

60 郝田虎，论丁韪良的英译中文诗歌[J]，国外文学，2007（01）：45-51。

In realms above the reach of death

Thy prince has welcomed thee.

不难发现，丁韪良对此诗的翻译不仅格律严谨工整，还极其讲求一种在形式上的对称的美感——这也是丁韪良其他诗歌译文的基本风貌。为了配合英语诗歌的形式，丁韪良的译文还对原诗内容作了大幅改动和删削。道光之诗的原文如下：

当年抗节塞门风，凄惨孤芳付海东。

一点灵犀通冥漠，想他好合两心同。

倘与其译文两相对照的话，我们就会发现丁韪良并未逐字逐行地去翻译原诗：他提炼了此诗的主题，并用自己的语言将其明白地表达而出，"Thou model of devoted love/ Laid here so long ago!"，还添入原诗中所没有的、更像是丁韪良本人感慨的"Thy sorrows have not ceased to move—/ Nor pilgrims' tears to flow"；至于原诗"当年抗节塞门风/凄惨孤芳付海东"一句，则在译文中几乎找不到踪影。这种对原文构成严重"叛逆"的翻译方式，几乎可以在丁韪良的每首译诗中找到。有时，当译文中这种"叛逆"强烈到一定程度后，我们就很难区分出它到底是丁韪良的译作还是创作了。例如，郝田虎先生在比对了乾隆《御制宝珠洞诗》和丁韪良对其的翻译后，就曾指出，"由于译者身临其境，译诗在相当程度上搀入译者主体的想象和创作"，因此，"丁韪良的英译除了一些意象外，整体上不与其中的任何一首相对应"，并进而不无戏谑地断言，"在丁韪良的译诗集中，这一首题名为'御笔诗'，实为'洋笔诗'"[61]。这种译意不译字、传神不拘形的"归化"式翻译策略，一方面是译者的诗人气质与身份的不自觉流露或自我标榜，另一方面也是为了通过满足西方读者阅读习惯和审美趣味，从而更好地服务于自己传教及殖民活动的目的。

除了自己的译诗外，丁韪良还在《花甲忆记》中收录了一首由清代著名外交家、曾国藩之子曾纪泽（1839-1890）所创作并自译为英语的诗作。据丁韪良的说法，曾纪泽在北京时应可算作是他的私淑弟子，"曾没有进入同文馆做学生，他找我做私人指导，寻求了解有关地理、历史与欧洲政治的信息"，还提到过二人的交游细节，"他每周在我的住处吃两三次饭，新年时身穿貂皮裘袍和皮帽来拜访我，帽子上插孔雀翎、佩红宝石顶戴，新年时如此打扮是专为拜访父母、老师及官长的"。在拜会丁韪良前，"曾纪泽远居于内陆，几

---

61 郝田虎，论丁韪良的英译中文诗歌[J]，国外文学，2007（01）：45-51。

乎从未见过白种人，主要靠语法和词典学习英语"，已初步掌握了一些听说读写英语的能力，其英语水平在晚清重臣里算是佼佼者中的一员，他也颇以此自矜，"不知是因为隔绝（它使曾缺乏比较的机会）还是因为奉承（贵族总是少不了有人奉承，所以自我膨胀），曾纪泽对自己的英语水平非常自负，常常向朋友们赠送双语题诗团扇，诗是他自己创作的"[62]。在第一次登门造访时，曾纪泽也同样赠送给了丁韪良一面手写中英诗扇（参见图 2-1），其文字内容如下：

《中西合璧诗一首来赠》

学究三才圣者徒，识赅万有为通儒。

闻君兼择中西术，双取骊龙颔下珠。

To combine the reasons of Heaven, Earth, and Man,

Only the Sage's disciple, who is, can.

Universe to be included in knowledge,

All men are, should,

But only the wise man who is could.

[I have heard Doctor enough to compiled the branches of science,

And the books of Chinese and foreigners all to be experience;

Chosen the deeply learning to deliberated are at right,

Take off the jewels by side of the dragons it as your might.][63]

曾纪泽的中文原诗质量尚可，属于一般意义上的恭维应酬之作，丁韪良也承认这首"中文原诗深得风雅"[64]；不过，从译文质量来看，曾纪泽"非常自负"的英语水平实在是不怎么高明：虽然他左支右绌地竭力模仿了英语诗歌的韵式，如使用"man/can"、"should/could"、"science/ experience"以及"right/might"等收束，但是却往往弄巧成拙，在语法和句子结构上漏洞百出，

---

62 [美]丁韪良著，沈弘、恽文捷、郝田虎译，花甲忆记——一位美国传教士眼中的晚清帝国[M]，桂林：广西师范大学出版社，2004 年，第 245-247 页。欧阳红在《曾纪泽的"中西合璧"诗》（《中华读书报》2015 年 4 月 22 日）一文中，曾详细考察过现存的两首曾纪泽中英题扇诗，资料详备准备，可供参考。

63 丁韪良在《花甲忆记》中只摘录了曾纪泽英文自译诗的一半，剩下的一半内容由笔者通过书中所附扇面的图样识别而出，同时也参照了晚清曾供职于美国驻华使馆的何天爵（Chester Holcombe）的《真正的中国佬》（The Real Chinaman）一书的相关内容。

64 [美]丁韪良著，沈弘、恽文捷、郝田虎译，花甲忆记——一位美国传教士眼中的晚清帝国[M]，桂林：广西师范大学出版社，2004 年，第 245 页。

令人啼笑皆非。丁韪良将曾纪泽的英文译文斥之为"巴布英语"（Baboo English）[65]，认为"曾口语流畅，但不合语法，阅读、写作总有困难"[66]；晚清曾供职于美国驻华使馆的何天爵（Chester Holcombe）在他的《真正的中国佬》（*The Real Chinaman*）一书中，也提及，曾纪泽的译文"深深地陷入了我们英语中情态动词的泥沼里，再也挣扎不出来了"（He fall into the bog of our auxiliary verbs, and never came to land）[67]；而钱锺书在《七缀集》中说得更为直接明白，"曾纪泽作得很好的诗，又懂英语，还结合两者，用不通的英语翻译自己的应酬诗"[68]。虽然诸多论者都对曾纪泽的译文有颇多微词，但是必须指出，作为晚清少有的会说外语的外交官，曾纪泽所写的"中西合璧诗"，很有可能是清代诗歌译介史、乃至中国古典诗歌西传史上第一次由中国人自发地向英语世界译介、传播的作品——不管其译文多么"离奇"（钱锺书语）和笨拙，它都是中西文化交流以及中国近代历史发展进程的一个重要见证。

图 2-1　曾纪泽赠丁韪良中英诗扇

65　大致和"洋泾浜英语"（Pidgin English）同义。"Baboo"是印度人对男子的尊称，相当于"先生"，"Baboo English"贬指懂得一点英语的印度人所说的英语。

66　[美]丁韪良著，沈弘、恽文捷、郝田虎译，花甲忆记——一位美国传教士眼中的晚清帝国[M]，桂林：广西师范大学出版社，2004年，第246页。

67　Holcombe, Chester. *The Real Chinaman*. New York: Dood, Mead & Company, 1895, p.59.

68　钱锺书，七缀集[M]，北京：生活·读书·新知三联书店，2002年，第151页。

　　除了司登德、丁韪良外，这一时期上海同文馆的创办者、英国人布茂林 1911 年在别发印书馆出版了一本题为《古今诗选》(*A Few Famous Chinese Poetry*) 的中诗英译集，不但选译有陶渊明、张九龄、李白等著名诗人的作品，还对择取自清代科举中榜者诗集中的三首诗歌进行了翻译，其题目分别为《桃花源之居民》("Dwellers in the Peach Stream Valley")、《渔夫之歌》("The Fishermen's Song")、《书生漫步》("The Students' Ramble")；后来牛津大学出版社以《中国诗歌》(*Chinese Poems*) 为题出版了此书的增订版，其内容较别发印书馆 1911 版丰富了不少，书前不但新附上了三篇介绍中国诗歌历史、写作规则以及介绍中国古代著名诗人的文章，书中还增加了多篇从先秦两汉到宋元之间的诗歌译作；另外，除了仍收有上述三首清诗外，还新添有一首题为《卖花人》("The Flower-Seller") 的清代无名文人诗作。清诗虽不是布茂林译介中国诗歌的重点，但却是促使他开始动笔翻译中国诗歌的最重要的诱因之一。据布茂林自述，1911 年 6 月的某天，他被手头繁重的中文商业文书及账目的翻译工作压得喘不过气，于是漫无目的地翻开了一卷中文诗集，其中的一行诗"桃花纷落如红雨[69]"("Red rain of peach flower fell")——这行诗正是书中清诗《桃花源之居民》中的一句——深深地吸引了他；他当天晚上就将此诗试着译成英语，随后一发不可收拾，译中国诗成了他工作之余最好的放松方式，由是积少成多，便有了《古今诗选》以及后来的《中国诗歌》的出版[70]。不过，很遗憾的是，布茂林并未给出这四首清诗的原文，目前难以确定它们的作者和出处。从整体看，布茂林的翻译方式仍是"以诗译诗"，不过他的译文忠实度要比丁韪良高得多；《古今诗选》、《中国诗歌》两书涉及的中国诗歌横跨整个中国诗史，是早期中诗英译集中包罗甚广、较为系统的著作，国内学者多关注布茂林与中国近代英语教育的关联，却少有人注意到他在这两部书里的译介中诗之功，这是十分令人遗憾的。

　　在这一时期的研究著作中，1870 年出版的《汉文诗解》增订版无疑是最重要的成果之一。德庇时提到，当这本极具有开创性意义的中国诗歌研究专著首次出版时，英国曾有人将它"第一眼误认成昆虫学著作"，接着他不无风趣地表示，"半个世纪以来，随着'昆虫学家'的数量显著增加，人们对中文

69　由于布茂林并未给出原文，所以此句系笔者根据英文大意译出。
70　Budd, Charles. "Introductory." *A Few Famous Chinese Poems*, Shanghai: Kelly & Walsh, 1911.

也变得熟悉了起来"[71]。虽然距首次发表已过去了整整四十年，中西文化交流的规模和语境皆已发生了显著的变化，但是《汉文诗解》仍不失为是英语世界、乃至整个西方最为全面系统、深刻准确的中国诗歌研究文献。相较于 1829年发表在《英国皇家亚洲学会会刊》上的版本，《汉文诗解》1870 年版中最为显著的内容增添，莫过于提供了一个《春园采茶诗》的新译本——事实上，这也是德庇时在增订版的"前言"中唯一专门介绍到的版本变化内容。《春园采茶词》虽然在中国湮没无闻，但是在德庇时这里却意外地得到了极高的赞誉："不夸张的说，或许没有任何语言的诗歌能比《春园采茶词》在表达感觉和情绪上更自然。"[72]德庇时的观点在当时的英语世界中很有代表性，自 1839年在《中国丛报》上被卫三畏译出之后，这组诗在英语世界流传甚广、征引频繁，因此，出现新的译本也就不足为奇了。《汉文诗解》增订本中所添入的译文，出自于德庇时的姨甥、曾任香港辅政司的孖沙的手笔，在文学质量上要优于卫三畏"亦步亦趋"、"过分忠实"的译文。以上节曾提及的《春园采茶词》其四为例，孖沙的译文如下：

> Like fellows we each other aid, and to each other say,
>
> As down we pull the yielding twigs, "Sweet sister, don't delay;
>
> E'en now the buds are growing old, all on the boughs atop,
>
> And then to-morrow—who can tell? —the drizzling rain may drop."[73]

两相比较，即可看出，从韵律和节奏等特征上来讲，孖沙的译文并未过多的迁就于中文语序以及拘泥于个别字词，而是依据英文表达习惯灵活地进行了调整，明显比卫三畏的译文读起来更像是地道、流畅的英文诗作，诚如德庇时所评价的那样，孖沙的译本"如此出色地传达了原诗的情感和文学样式"。卫三畏在其巨著《中国总论》1848 年版中，用的是自己发表在《中国丛报》上的译文[74]；在该书 1883 年修订版中，卫三畏却用孖沙的译文替换掉了自己的译文[75]——这在一定程度上说明卫三畏本人也认可孖沙的译文质量要

71 Davis, John Francis. "Introduction." *The Poetry of the Chinese*, London: Asher & Co., 1870.

72 Davis, John Francis. "Introduction." *The Poetry of the Chinese*.

73 Davis, John Francis. *The Poetry of the Chinese*. London: Asher & Co., 1870, p.69.

74 Williams, Samuel Wells. *The Middle Kingdom*. New York & London: Wiley and Putnam, 1848, pp. 577-581.

75 Williams, Samuel Wells. *The Middle Kingdom*. London: C. Scribner's sons, 1883, p. 710-714.

优于自己的版本；后来，苏曼殊在《文学因缘》所摘引的《春园采茶词》的译文[76]，即为卫三畏在《中国总论》1883 年修订版中所使用的孖沙的译文。需特别注意，在发表于《中华读书报》上的《苏曼殊·采茶词·茶文化西行》一文中，江岚女士错误地认为发表在 1839 年《中国丛报》上的译文的作者是"茂叟"（即孖沙），而发表在德庇时《汉文诗解》增订版（1870）中的译文的作者是德庇时，并在此错误认知的基础上，得出"茂叟的文本实际上是字词对应的简单直译，戴维斯（即德庇时）则用韵体直译"[77]的结论，可谓是"错上加错"。她的文章虽较早关注了《春园采茶词》的西传，有若干可取之处，但却在基本事实上有重大的认识失误，谨在此明确指出，以避免今后出现以讹传讹的情况。

在这一时期出版的工具书中，乔治·莫格里奇（George Mogridge）[78]在 1844 年出版的《中国及中国人的点滴》（*Points and Pickings of Information about China and the Chinese*）是一本专门给英语世界的青少年介绍有关中国及汉语知识的普及性读物。考虑到《中国及中国人的点滴》出版于鸦片战争刚刚结束的 1844 年，我们或可将其视为是一本中英媾和后、配合英国殖民政策的"儿童教科书"；乔治·莫格里奇本人也并不避讳这点，他在书里曾明确提及，"中国毫无疑问是一个令人惊叹的国度，最近发生的一系列事件让它变得对大不列颠愈发重要了"[79]。其书名"Points and Pickings"，乃是作者受短语"Point out"和"Pick out"的启发，而将二者拼接在一起的产物。从这一书名中，我们不难看出乔治·莫格里奇的成书意图和创作方法：他的这本书"将不是一部有关中国和中国人的历史书"，而会是"谨慎、精确以及活泼地挑选相关知识"、"能给青少年带了无限欢乐和益处"的著作[80]。需要指出，莫格里奇挑选的这些知识，大都来自当时英语世界的涉华报刊上。例如，在本书第三章"澳

---

76 朱少璋编，曼殊外集：苏曼殊编译集四种[M]，北京：学苑出版社，2009 年，第 1-55 页。

77 江岚，苏曼殊·采茶词·茶文化的西行[N]，中华读书报，2014-05-21（017）。

78 英国 19 世纪著名的多产作家、诗人、儿童文学家，以笔名"老韩弗瑞"（Old Humphrey）为人所知。

79 Mogridge, George. *Points and Pickings of Information about China and the Chinese*. London: Grant and Griffith, 1844, p.5.

80 Mogridge, George. *Points and Pickings of Information about China and the Chinese*. p.1-2.

门与黄埔"（"Macao and Whampoa"）以及第十章"续中国远征记"
（"Continuation of Expedition to China"）中，作者引用了三首印在当时画报上
的诗[81]，从内容来看，他们皆属于清代底层文人在鸦片战争期间描述英国兵舰
以及战争场景的作品，虽然文学价值平庸，但史料意义重大；而这三首诗其
实都是从卫三畏连载于《中国丛报》的"中国风土人情录"[82]一文中摘引而出
的。又如，在本书第十九章"书籍与文学"（"Books and Literature"）中，作者
引用了 9 首[83]德庇时在《汉文诗解》中所翻译的、由清代无名文人所作的《兰
墅十咏》。

　　莫格里奇在《中国与中国人的点滴》中断言："无人能将宇宙装入一粒核
桃之中，也无人能将一个庞大帝国的方方面面塞入一本小书中。"[84]但是，倘
若他见到卫三畏长达 1200 余页的皇皇巨著《中国总论》（*The Middle Kingdom*）
时，他一定会修正自己的这一说法。《中国总论》1848 年初版时的副标题是
"中华帝国的地理、政府、教育、社会生活、艺术、宗教及其居民概观"，而
1883 年修订本所用的副标题则为"中华帝国的地理、政府、文学、社会生活、
艺术、历史及其居民概观"，从这两个标题所指向的广泛主题中，我们不难看
出卫三畏要把有关中国知识的"宇宙"囊括到《中国总论》这粒"核桃"之中
的雄心壮志；卫三畏在中国居住、生活以及长期从事《中国丛报》编辑撰稿
工作的经历，也使得他成为了这一时期最有资格编纂中国百科全书的人选。
《中国总论》的成书动机主要有两点：（一）传教。卫三畏在 1846 年致友人
的一封信中表示，"促使我写这本书的动机不会错，动机之一是提高基督徒对
中国人民福祉的兴趣，并告诉他们，他们福音传道的努力是多么有价值"，而
当时的美国人"对中国的无知是对中国这个课题冷漠的原因、解释和动机"，
倘若"消除这种无知就可以消除无所作为的一些缘由"。[85]（二）改善中国人

81　Mogridge, George. *Points and Pickings of Information about China and the Chinese*.
　　p.22-23; p.83; pp. 84-85.

82　Williams, Samuel Wells. "Illustrations of Menand Things in China." *Chinese
　　Repository*, Vol. 10, No. 9, 1841, pp. 520-521.

83　Mogridge, George. *Points and Pickings of Information about China and the Chinese*.
　　p. 183-185.

84　Mogridge, George. *Points and Pickings of Information about China and the Chinese*.
　　p.1.

85　[美]约翰·海达德（John Haddad）著，何道宽译，中国传奇：美国人眼里的中国
　　[M]，广州：花城出版社，2015 年，第 222 页。

及中国文化在美国人心中的印象，正如卫三畏在此书前言中所说，"要为中国人民及其文明洗刷掉如此经常地加予他们的那些奇特的、几乎无可名状的可笑印象"[86]。卫三畏的这一艰苦努力，得到了后来学者的高度认可，M·G·马森（Mary Gertude Mason）指出，"也许有关中国问题的最重要的一本作品是卫三畏的《中国总论》，它在西方广为传阅并受到好评……长期以来，这是一部从传教士立场出发的关于中国的标准百科全书，现在仍然不可或缺"[87]，而费正清（John King Fairbank）则更是简洁地将《中国总论》评价为"一门区域研究课程的教学大纲"[88]。

卫三畏这部包罗万象的大书，自然会介绍中国文学的有关情况；这部分内容主要集中在此书的第十一、十二两章[89]：鉴于"对中国文献进行全面考察时，《四库全书总目》是最好的向导，因为它涵盖了整个文献领域，对中国的最优秀书籍提供了完整而简明的梗概"，卫三畏在向英语世界的读者介绍中国文献时，亦分为"经"、"史"、"子"、"集"四类，其中第十一章"中国经典文献"（"Classical Literature of the Chinese"）专门介绍了"经"这一门类，第十二章"中国的雅文学"（"Polite Literature of the Chinese"）则主要介绍了"史"、"子"、"集"三类著述。对于中国诗歌的评述就处于第十二章对"集"类文献的介绍当中：卫三畏认为，在中国诗史中"最早的诗人是屈原"，而唐代的李白、杜甫以及宋代的苏东坡是中国所有诗人中最具代表性的，"三人构成了诗人的基本特征，他们爱花、爱酒、爱歌唱，同时出色地为政府效劳"；接着，在论述了中国诗歌基本特点及大致发展历程后，他还指出"中国人和其他民族一样，人们受到情感的刺激而表现为诗；一切阶级都可以用诗来表达自己"。

虽然卫三畏知晓"唐代，即9-10世纪，是诗和文学的全盛时期"，但他所列举的诗例中，清代诗歌却占了很大的分量：1848年初版中列出的四首诗（《咏

---

86 Williams, Samuel Wells. *The Middle Kingdom*. New York & London: Wiley and Putnam, 1848, pp. xiv-xv.；[美]卫三畏著，陈俱译.中国总论[M]，上海：上海古籍出版社，2014年，第2页。

87 [美]M·G·马森，西方的中华帝国观[M]，北京：时事出版社，1999年，第38-39页。

88 陶文钊编，费正清集[M]，天津：天津人民出版社，1992年，第401页。

89 下文对《中国总论》的介绍，皆以1883年修订版为准，引文以陈俱译本为准；倘涉及1848年初版的内容，则会在文中专门说明。

英国兵舰》[90]、《赠伯驾医师》[91]、《苏蕙颂》[92]、《春园采茶词》[93]）中，除了《苏蕙颂》以外，剩下的三首皆为清人作品；1883年修订版中，不知出于何种考虑，卫三畏将四首诗中的《咏英国兵舰》替换为司登德《玉链二十四珠》中所译的《张良笛》（"Chang-Liang's Flute, or Homesickness"）[94]一诗，即使这样，清诗在数量上仍然占诗例的"半壁江山"。如此选诗，当然无法客观反映中国诗歌的整体风貌，但却能显示出这一时期清代诗歌在英语世界认识中国诗歌时所起到的特殊的"中介"作用。此外，《中国总论》第八章"法律的执行"（"Administration of the Laws"），还译有在道光十年（1830）至道光十三年（1833）之间曾任广东巡抚的朱桂桢的《予病久请告归里留别广东士民》一诗[95]；"基督教教会在中国之中"（"Christian Missions among the Chinese"）一章，译有晚清民间文人题赠给郭雷枢（Thomas Richardson Colledge）医师的一首诗[96]，命意与《赠伯驾医师》大致相同。这些散见于书中的清代诗作所承载的历史信息的价值，要远高于这些材料自身的文学价值。

　　在"教科书"、百科全书之外，文献书目这类工具书也值得我们予以适当关注。其中，伟烈亚力（Alexander Wylie）1867年在上海美华书馆出版的《中国文献纪略》（*Notes on Chinese Literature*）一书，无疑是本时期英语世界最为重要的文献书目之一，英国著名科学史家李约瑟（Joseph Needham）曾称它"迄今仍是研究中国文献的最好的英文入门书"[97]。在书前序言中，伟烈亚力开门见山地说明了自己的成书动机，"很多人在一开始学习中国文学的时候，

90　摘引自卫三畏本人在《中国丛报》上连载的"中国风土人情录"一文中的内容，是当时民间文人在鸦片战争期间对英国兵舰的描述之作；乔治·莫格里奇在《中国及中国人的点滴》一书中亦曾引用此诗，上文已有分析，不再赘述。

91　作者、原文不详。根据卫三畏的说法，这是一位居住在广州地区的姓马的底层文人，在自己的白内障被博济医院的创立者伯驾医师（Peter Parker, 1804-1888）治愈后，为表示感激之情而赠予伯驾的诗作。

92　内容完全与苏蕙的《织锦回文诗》不同，出处、原文不详。

93　1848年初版时采用的是卫三畏的译本，1883年修订版中采用的是芬沙的译本。

94　Stent, George Carter. *The Jade Chaplet, in Twenty-Four Beads, A Collection of Songs, Ballads, etc., from the Chinese*. London: W. H.Allen & Co, 1874, pp. 117-119.

95　Williams, Samuel Wells. *The Middle Kingdom(Vol.1)*. London: C. Scribner's sons, 1883, p. 462-464.

96　Williams, Samuel Wells. *The Middle Kingdom(Vol.2)*. London: C.Scribner's sons, 1883, p.334.

97　汪晓勤，中西科学交流的功臣——伟烈亚力[M]，北京：科学出版社，2000年，第120页。

经常会在阅读中为各种名字、书籍引文所困扰，在没有中国学者帮助的情况下，他们很难理出什么头绪；还有一种情况，即他们在阅读中根本就没有意识到碰到的就是书名、人名或者地名。减轻乃至克服这种困扰，正是本书最主要的成书目的之一（one of the main objects of the following pages）。"他还提到，"《钦定四库全书总目》一书对本书的编纂工作帮助极大"[98]。事实上，《中国文献纪略》一书的整体结构就是参照了《四库全书》，它亦按照经（Classics）、史（Histories）、子（Philosophers）、集（Belles-lettres）的分类方法，收录并评述了包括清代诗词别集、诗话/词话在内的两千余种中国文献。

在具体的条目撰写上，《中国文献纪略》也参照了《四库全书总目提要》的内容。例如，伟烈亚力对清初著名诗人王士禛的《渔洋诗话》的简介如下：

> The 漁洋詩話 *Yu yàng she hwá*, by Wâng Szé-chíng, was drawn up in 1705, at the request of his friend 吳陳琬 Woô Ch'in-yuen. The author appears to be wantonly sensitive about the position of rhymes, but shew taste and discrimination in his quotations. There is a section bearing the same title in the *T'an Kè ts'ung* shoo, but its genuineness is doubted as being the work of Wâng Szé-chíng.[99]

倘与四库馆臣为《渔洋诗话》一书所撰写的"提要"相对照的话，我们不难发现伟烈亚力的版本其实就是"提要"的缩略版本："国朝王士禛撰……张潮辑《昭代丛书》，载《渔洋诗话》一卷，实所选古诗凡例，非士禛意也。是编乃康熙乙酉士禛归田后所作，应吴陈琬之求者。……士禛论诗主于神韵，故所标举，多流连山水，点染风景之词，盖其宗旨如是也。"[100]又如，根据《四库全书总目提要》的内容，伟烈亚力对乾隆卷帖浩繁的"御制诗"每一集卷数、存诗量以及成书时间做了简要介绍后，并未翻译四库馆臣的如"圣学通微，睿思契妙，天机所到，造化生心"[101]之类的称赞乾隆诗歌才华的奉承之辞，而是以如下评价作为结语，"他大概写了 33950 首诗歌作品，迄今还没有哪个缪斯

---

98 Wylie, Alexander. *Notes on Chinese Literature.* Shanghai: The American Presbyterian Mission Press, 1867, p.i-v.

99 Wylie, Alexander. *Notes on Chinese Literature.* Shanghai: The American Presbyterian Mission Press, 1867，p.200.

100 四库全书总目提要．卷一百九十六．集部四十九．诗文评类二．

101 四库全书总目提要．卷一百七十三．集部二十六．别集类二十六．

的子女曾给后人留下过数量如此巨大的作品"[102]。除乾隆、王士禛两人外，《中国文献纪略》中还收录有黄宗羲、顾炎武、朱彝尊、周亮工、赵翼、王士禄、吴骞、阮元、魏源等多位清代诗人的著述，虽然大多数条目的内容都很简略，但却首次为英语世界的读者提供了大量有关清代诗词的可靠信息。

　　以上即是对这一时期较为重要的涉华英文书籍中有关清代诗词的内容的简要评述。从整体上来看，我们可以对这些材料得出如下两点认识：（一）无论这些书籍的出版地在哪里，它们所使用的有关中国以及清代诗词的材料，有不少都是直接从在华英语报刊上摘录而出的，从本质上来讲，它们仍属于"侨居地汉学"之下的成果，这也从另一个侧面进一步强化了我们在上一节得出的基本判断：近代报刊在一定程度上塑造了"侨居地汉学"的基本形态。（二）除了本节提到的这些书目外，英语世界还有不少零星涉及清代诗词以及中国文学的著作，这一方面反映了鸦片战争以来，中西文化交流在深度及广度上都已实现了相当的突破，另一方面也提醒我们：经过半个多世纪的材料整理和研究积累，西方世界已经到了该对这些中国文学知识进行系统梳理和全面总结的时候了——翟理斯带有"集大成"色彩的汉学著作由此应运而生。

四、翟理斯汉学研究中的清代诗词译介实践

　　翟理斯 1845 年出生于英国牛津，其父约翰·艾伦·贾尔斯（John Allen Giles）是英国 19 世纪最勤奋多产的作家之一，由他所编写的《贾尔斯博士之青少年文丛》（*Dr. Giles' Juvenile Library*），又称《贾尔斯博士的第一堂课》（*Dr. Giles' First Lessons*），影响了整整一代的英国青少年的成长。在家庭浓郁的学术氛围的影响下，翟理斯从小就接受了良好的教育，不但熟练地掌握了拉丁语、希腊文，还在其父的指导下广泛涉猎了古希腊罗马的神话与历史书籍，这使他拥有了广博的知识储备，养成了严谨的治学风格，为其后来的汉学译介与研究打下了坚实的基础。1867 年 1 月，翟理斯顺利通过了英国外交部中国司（The Chinese Department）的考试，随即以驻华使馆翻译学生的身份被派往北京，后来辗转任职于天津、宁波、汉口、广州、汕头、厦门、福州、上海、淡水等地的领事馆，直至 1893 年辞职返英，他前后在中国学习、工作、居住了 25 年。1897 年，因其突出的汉学成就，翟理斯继承了威妥玛（Thomas

---

102　Wylie, Alexander. *Notes on Chinese Literature.* Shanghai: The American Presbyterian Mission Press, 1867, p.200.

Francis Wade）的教职、全票当选为剑桥大学第二任汉学教授，截止到 1932 年辞职，他一共在此度过了近 35 年的时光。退休后，翟理斯"把自己座落于剑桥塞尔温花园（Selwyn Gardens）10 号的家装点得如同中国文人的书斋一般，尽情地徜徉于日渐远去的中国记忆中"[103]，最终在 1935 年以 90 岁的高龄逝去。

在长达半个多世纪的汉学研究生涯中，翟理斯一共出版了 60 余种著述[104]，此外还在各种报刊上发表了大量的杂论和书评。在其博士论文《西方汉学界的"公敌"——英国汉学家翟理斯（1845-1935）研究》中，王绍祥大致将翟理斯的著作分为了四类：（一）语言教材，如《汉言无师自明》（*Chinese without a Teacher*, 1872）、《字学举隅》（*Synoptical Studies in Chinese Character*, 1874）、《汕头方言手册》（*Handbook of the Swatow Dialect, with a vocabulary*, 1877）等；（二）翻译，如《两首中国诗》（*Two Chinese Poems*, 1873）、《闺训千字文》（*A Thousand-Character Essay for Girls*, 1874）、《洗冤录》（*His Yüan Lu, or Instructions to Coroners*, 1874）、《佛国记》（*A Record of the Buddhistic Kingdoms*, 1877）、《聊斋志异》（*Strange Stories from a Chinese Studio*, 1878）、《古文选珍》（*Gems of Chinese Literature*, 1884）、《古今诗选》（*Chinese Poetry in English Verse*, 1898）、《中国绘画史导论》（*An Introduction to the History of Chinese Pictorial Art*, 1905）等；（三）工具书，如《语学举隅：官话习语口语辞典》（*A Dictionary of Colloquial Idioms in the Mandarin Dialect*, 1873）、《华英字典》（*Chinese-English Dictionary*, 1892）、《古今姓氏族谱》（*A Chinese Biographical Dictionary*, 1898）等；（四）杂论，如《中国札记》（*Chinese Sketches*, 1875）、《鼓浪屿简史》（*From Swatow to Canton*, 1877）、《中国共济会》（*Freemasonry in China*, 1880）、《中国文学史》（*A History of Chinese Literature*, 1901）、《中国和中国人》（*China and the Chinese*, 1902）、《嶠山笔记》（*Adversaria Sinica*, 1905）、《中国之动荡：狂想曲》（*Chaos in China — A Rhapsody*, 1924）等。这些著述大都非常具有影响力。例如，翟理斯的第一本汉学著作《汉言无师自明》1872 年出版后，曾再版多次，因其简单性与实用性而在当时来华

---

103 王绍祥，西方汉学界的"公敌"——英国汉学家翟理斯（1845-1935）研究[D]，
福建师范大学，2004 年。

104 Fu, Shang-Ling. "One Generation of Chinese Studies in Cambridge: An Appreciation of Professor H. A. Giles." *The Chinese Social & Political Science Review,* Vol. XV, No. 1, 1931, pp. 78-91.

外国人中流传甚广，有论者认为他的这本书将汉语学习这条"崎岖不平的山路变成了平原"[105]，并指出"或许他最大的成就在于使学习中国语言和文学变得容易了。在这个方面，曾经在中国生活过的任何一个西方人都不是他的对手"[106]。又如，翟理斯编纂的三卷本的《华英字典》，在承袭、修改威妥玛汉字罗马拼音方案的基础上，正式确定了"威妥玛-翟理斯拼音方案"（Wade-Giles Spelling System），成为了现行拼音方案确立之前国际上使用最广泛的拼音方案之一，曾被誉为是"第一本真正意义上的汉英字典"[107]，为中英文化的顺利交流打下了坚实的语言基础。翟理斯还有不少著述都创造了不少"第一"，领世界汉学研究的风气之先，如《中国绘画史导论》是西方第一部中国绘画史，《古今姓氏族谱》是西方第一部中国人物传记辞典，《中国文学史》是英语世界第一部中国文学通史等，皆是汉学史上具有开拓之功的"里程碑式"的成果，拥有无可争辩的重大意义和价值。正因在汉学领域的杰出贡献，翟理斯两度被法兰西学院（the French Academy）授予"儒莲奖"（Prix Stanislas Julien），当之无愧地与理雅各（James Legge）、德庇时（John Francis Davis）并称为"十九世纪英国汉学的三大星座"[108]。

受到欧洲十九世纪学术思潮中"总体文学"（General literature）观念以及自身学术志趣的影响，翟理斯的著作中有不少都涉及到了对清代诗词的译介与研究。其中，尤以《古今姓氏族谱》、《古今诗选》两书中最为集中。分别述评如下。

翟理斯曾表示："从 1867 年起，我主要有两大抱负：1. 帮助人们更轻松、更准确地掌握汉语（包括书面语和口语），并为此做出贡献；2. 激发人们对中国文学、历史、宗教、艺术、哲学、习惯和风俗的更广泛和更深刻的兴趣。如果要说我为实现第一个抱负取得过什么成绩的话，那就是我所编撰的《华英字典》和《古今姓氏族谱》。"[109]从这句话中，我们不难看出《古今姓氏族谱》

105 Ferguson, J. C. "Obituary: Dr. Herbert Allen Giles." *Journal of North-China Branch of the Royal Asiatic Society*, 1935, p.134.

106 Ferguson, J. C. "Dr. Giles at 80." *China Journal*, Vol. IV, No. 1, 1926, p. 2.

107 Coates, P. D. *China Consuls: British Consular Officers, 1843-1943*. Oxford: Oxford University Press, 1988, p.216.

108 张弘，中国文学在英国[M]，广州：花城出版社，1992 年，第 79 页。

109 Giles, H.A. *Autobibliographical, etc.*, Add. MS. 8964（1）Cambridge University Library, p.173. 此处译文参考了王绍祥的博士论文《西方汉学界的"公敌"——英国汉学家翟理斯（1845-1935）研究》（福建师范大学，2004）的内容。

一书在翟理斯心中的分量。事实上，在翟理斯之前，英国汉学家梅辉立（William Frederick Mayers）1874 年就曾在美华书馆出版过一本同类的工具书——《中文读者手册》（The Chinese Reader's Manual），此书收录有 974 条中文词汇，都是关于"人物和历史的典故以及一些传统术语"，试图减小由于"中国历史悠久，文献众多，所以中国人的文章引证十分丰富"这一特点为西方读者带来的阅读阻力[110]。然而，到了 19 世纪接近尾声的时候，《中文读者手册》收录的词汇量显然已无法满足"虽发展缓慢但有长足进步的中英学术"的需求。正是注意到了这一点，翟理斯才动念编纂一部内容更全面、词条更丰富的工具书。从数量上来看，《古今姓氏族谱》收录有 2579 则条目，几乎是梅辉立之书数倍；从内容上来看，两千余条目皆为人名，包括中国历史人物和神话人物，用翟理斯自己的话来说，"某人只要有一句可圈可点的言辞或做出过一件惊人之事而引起中国人想象的，我都收进了辞典里"[111]；从形式上来看，《古今姓氏族谱》每则条目一般都会列有传主的姓名、字号、谥号、生卒年、生平经历以及代表著述等信息，弥补了《中文读者手册》中不介绍人物著述的缺憾。总之，《古今姓氏族谱》的出版极大地便利了汉学研究者与爱好者对中国文献的阅读，为推进汉学的发展做了很扎实的基础性工作；或许正是看重了这点，《古今姓氏族谱》甫一出版，翟理斯当年就因它而被法兰西学院授予了"儒莲奖"。

搜罗广泛的《古今姓氏族谱》一书中，自然涵盖了不少历史上以诗文出名的人物，据孙轶旻的统计，"翟理斯明确提到为诗人、小说家或进行具体文学活动的有 154 人，'勘误表'中又增加一人，共 155 条目，基本上囊括了中国文学史上最重要的大家"[112]。在这 155 位文人中，清代作家所占的比重相当大，后世耳熟能详的一些清代诗人、词人在此书中均有涉及。试选译、列举几则条目如下：

第 2221 条：王士禛，字贻上，号院亭[113]、渔洋山人，1634-1711。
1658 年中进士，1699 年升任刑部尚书。1704 年被革职，但 1710 年

---

110 Mayers, William Frederick. *The Chinese Reader's Manual*. Shanghai: American Presbyterian Mission Press, 1874, p.iii.

111 Giles, H.A. *A Chinese Biographical Dictionary*. Shanghai: Kelly & Walsh, 1898, p.v.

112 孙轶旻，近代上海英文出版与中国古典文学的跨文化传播[M]，上海：上海古籍出版社，2014 年，第 93 页。

113 原文如此，"院亭"乃"阮亭"之误也。

又官复原职。他是位伟大的旅行家，曾几次因皇家祭祀任务而出游；他小心翼翼地观察，同时将所见的事物和地方的风俗运用到自己的诗中，并将其以《渔洋诗话》为题结集出版。1894 年重印的《精华录》是他最广为人知的作品。他的文学杂文集《池北偶谈》可能对外国人来说更有意思，其中包含有不少西方国家朝贡的信息。除了这些，他还出版了很多游记、传记，编辑了一部唐代诗人的集子。在社交生活中，他以对酒的热爱以及善解人意而闻名。谥号"文简"。

第 453 条：朱彝尊，字竹垞[114]，1629-1709。终身致力于考古的学者，常四处漫游去对比建筑物、墓葬的碑铭与书中记载文字的异同。他同样也是聪颖的散文家、诗人。1679 年，他引起了皇帝的注意，被任命从事一些历史和其他方面的工作。他是《日下旧门》[115]的作者，此书记述了北京及周边地区的史迹掌故，其皇家版本在 1774 年出版。他亦是《经义考》的作者，在书中对经典作了点评。

第 2557 条：袁枚，字子才，号简斋，1715-1797。浙江钱塘人，从九岁时就热爱上了诗歌，并且很快就精于此道。1739 年中进士后，他随即被派往江南地区，曾担任过南京的地方官，因其治理的活力和公正而颇有政声。因一场严重的疾病，他归隐了一段时间；病愈后他在陕西任职，却与当时的总督发生了争吵。四十岁刚出头，他就从官场退休，开始在他南京的漂亮花园里过起了文雅的生活，并因这座花园而自号"随国老人"[116]。他的诗现在仍被人广泛阅读和喜爱。他以"小仓山房"为题出版的书信作品，机智而风趣，是这类作品的典范之作。他还写有《随园食单》这一著名的烹饪著作，这本书足以让他成为"中国的布里亚·萨瓦兰（Brillat-Savarin）[117]"。

王士禛是继钱谦益、吴伟业之后主盟清初诗坛的诗人，论诗力倡"神韵"，开创"神韵诗"一脉，朱彝尊诗词兼优，乃浙派诗与浙西词派的开山祖师，两人并称"南朱北王"，在清代诗词史上占有重要地位；而主倡"性灵说"的袁枚更是清代诗史上极负盛名的旗帜性人物，诗歌作品广为流传，影响巨大。

---

114 原文如此，事实上，竹垞是朱彝尊的号，而非字。
115 原文如此，《日下旧门》应为《日下旧闻》之误。
116 原文如此，"随国老人"应为"随园老人"之误。
117 布里亚·萨瓦兰（Brillat-Savarin, 1755-1826），法国著名政治家、美食家。

翟理斯在《古今姓氏族谱》中对他们的介绍，虽然简要，也有一些琐细的错误，但无疑却将清代诗词史的核心人物展现至英语世界的读者面前。值得注意的是，翟理斯在撰写这些条目时，并未机械地去罗列信息，而会始终带有一种比较的视野去审视、处理材料，如他对《池北偶谈》里记录的有关中西交往史实的额外注意，以及他将袁枚与法国美食家布里亚·萨瓦兰的类比等，都反映出了这一特点。除上述三人外，翟理斯还在书中介绍了清代很多重要的诗人、词人，如王夫之、顾炎武、宋荦、汪琬、赵翼、蒋士铨、王士禄、王念孙、杭世骏、翁同龢、魏源等，显示了翟理斯对于"本朝"（present dynasty）文学动态的留意以及对其在知识上的积累，这些汉学实践都为他译介、研究清代诗词打下了坚实的基础。

在《古今姓氏族谱》出版的 1898 年，翟理斯还在上海别发印书馆出版了《古今诗选》一书。翟理斯在此书中选译了 102 位（不含佚名诗人）中国历代诗人的 170 余首诗歌，上起《诗经》、楚辞，下迄袁枚、赵翼等人的作品，基本上涉及到了中国诗史上最重要的作家和文本，大致反映出了中国诗史的整体发展进程，不管是司登德侧重于展示民间文学的《玉链二十四珠》、《活埋：中国歌谣集》，还是丁韪良"蜻蜓点水"式地译介清代君臣诗作的《中国传说与诗歌》，或是布茂林择诗颇广但不甚精审的《古今诗选》、《中国诗歌》，在选诗的全面性与系统性上都难以与此书比肩。可以说，翟理斯的《古今诗选》在这一时期的同类中诗英译集里，应该是"涵盖面最广的一部作品"[118]。1923 年，《古今诗选》作为《中国文学选珍》[119]两卷本的"诗歌卷"再版，所选译的诗人、诗作在原书的基础上有了更进一步的扩展。倘若去除佚名诗人的诗作以及误收进清代的诗作，翟理斯在《古今诗选》、《中国文学选珍·诗歌卷》中所译介的清代诗歌的篇目信息如下表所示：

118 Fu, Shang-Ling. "One Generation of Chinese Studies in Cambridge: An Appreciation of Professor H.A. Giles." *The Chinese Social & Political Science Review,* Vol.XV, No.1, 1931, p.83.

119 此书的英文书名为"Gems of Chinese Literature"，与翟理斯 1884 年出版的《古文选珍》（*Gems of Chinese Literature*）一样，国内论者对 1923 年出版的此书或仍以"古文选珍"称之，或以"中国文学瑰宝"、"中国文学精华"称之，秦寰明、孙轶旻所采用的"中国文学选珍"一名，似更合乎翟理斯书前献诗主旨，故以此称之。

表 2-3 翟理斯所译清代诗歌之篇目信息[120]

作 者	英文诗题	原文诗题及首句	1898 年版	1923 年版	*HCL*
蒲松龄	Inward Light	《考城隍》张秀才赠诗 "有花有酒春常在"	p.187	p.409	p.355
曹雪芹	-	《葬花吟》 "花谢花飞花满天"	-	-	p.365-368
袁枚	A Scoffer	原诗待考，乃袁枚讽刺时人盲目崇神而作	p.189	p.412	p.408
赵翼	The Divinest of All Things	《古诗十九首》其一 "人日住在天"	pp.191-192	p.414	p.415-416
	-	《江上逢归雁》 "几点春云雁北飞"	-	-	p.416
	-	《偶题》 "风雨寥萧昼掩庐"	-	-	p.416
张问陶	Advice to Girls	《辛亥春日读班昭女诫有感》其一、其二、其三 "抱雨春云腻"、"冷面铁铮铮"、"竟擅专房宠"	p.193	pp.410-411	-
乾隆	Best of All Things is Water	《虎跑泉》 "溯涧寻源忽得泉"	-	p.413	-
	Up North	《闻蝉》 "气候北来迟一月"	-		p.388
方维仪	Partings	《死别离》 "昔闻生别离"	-	p.415	p.417
秋瑾	Enlightenment	《长崎晓发口占》 "曙色推窗入"	-	p.416	-
薛时雨	Return to the Genius Loci	《白门新柳》 "白门有客惜芳华"	-	pp.416-417	-

在《古今诗选》、《中国文学选珍·诗歌卷》之中，都附有翟理斯 1898 年 10 月份作于剑桥的一首诗。在这首书前献诗里，翟理斯利用汉语语境中"华

---

120 出现在《古今诗选》、《中国文学选珍．诗歌卷》中的诗歌，大部分都被翟理斯用在了《中国文学史》（*A History of Chinese Literature*，表中以 *HCL* 代之）中，故本表亦将《中国文学史》中的译诗情况统计在内。

/花"音义相通的特点，热情地称颂中国为"花之国"（Land of Flowers/ Flowery Land），表示自己的译诗集不过是仅从中国"闪耀着光辉的诗歌宝库"中择出了几块"宝石"而已，指出它们的光芒在本土更为炫目、纯粹，想理解它们必须要绕过重重的"语言迷宫"（labyrinths of language），不过他又相信，翻译虽是"二手"材料，但却也能让读者感知到来自"花之国"的遥远模糊而又直击人心的诗魂（poetic souls）。这首精美的小诗至少反映了如下两个信息：（一）翟理斯并未像当时其他西方人一样，对中国诗歌、乃至中国文学持鄙夷的态度，他对中国诗歌推崇备至，认为中国文学拥有并不逊色于西方文学的伟大传统，甚至表示"中国文教之振兴，辞章之懿铄，迥非吾国往日之文身断发、茹毛饮血者所能彷佛其万一也"[121]；（二）翟理斯对自己的译笔十分自信，他认为英语世界的读者可以通过他的译文领略到中国的诗歌之美。试以翟理斯所译的两首乾隆的诗歌为例，展示他的译诗风格：

> BEST OF ALL THINGS IS WATER
>
> Searching among the mountain streams,
>
> against the spring we ran.
>
> Pure as a saint and placid too,
>
> as any Perfect Man.
>
> The Hangchow hyson, world renowned,
>
> is good as good can be…
>
> We gather pine-sticks for fire
>
> and brew a cup of tea.

对应的是乾隆的《虎跑泉》一诗：

> 溯涧寻源忽得泉，淡如君子洁如仙。
>
> 余杭第一传佳品，便拾松枝烹雨前。[122]

> UP NORTH
>
> The season was a month behind
>
> in this land of northern breeze,
>
> When first I heard the harsh cicadae

---

121 节选自翟理斯在 1884 年出版的《古文选珍》封四上的中文序文。此序文虽署名为"翟理斯曜山氏"，但实为福建举人粘云鼎的代笔之作。

122 见《御制诗二集·卷二十五》。

shrieking through the trees.

I looked but could not mark its form

amid the foliage fair;

Naught but a flash of shadow which

went flitting here and there.

对应的是乾隆的《闻蝉》一诗：

气候北来迟一月，塞林今日始闻蝉。

举头密叶寻不见，但见流阴旋旋迁。[123]

"以诗译诗"翻译策略是翟理斯的一种自觉选择：首先，这源于他对中国诗歌"抒情性"以及与音乐之间的关系的准确理解，"如果从中国诗歌最早都入乐可歌这一意义上来说，它们都是抒情性的，后代的诗歌如果从所用词汇和入韵这点来看，大部分也是抒情性的"[124]；其次，这还基于他对英文抒情诗中入韵的重要性的认识，翟理斯曾引用英国文学评论家史文朋（Algeron Charles Swinburne）的"入韵是英文抒情诗的本质，无韵的抒情诗是残缺不全的"一言，来佐证自己对于英文诗体入韵的观点。既然中英诗体都是入韵协律的，那么"以诗译诗"似乎就成了自然而然的选择——这也是为何丁韪良、布茂林以及本时期大多数译者皆用韵体译诗的原因所在。从上引两诗译文的内容来看，翟理斯所译的"御笔诗"要比丁韪良的"洋笔诗"忠实得多，文笔也明白流畅，清新可读；不过，囿于诗体的限制，翟理斯的译文中仍有不少"变异"之处。例如，《虎跑泉》一诗主要吟咏虎跑泉之水质清冽，乃"佳品第一"，并未提及翟理斯在译文中所言之"Hangchow hyson"（杭州熙春茶）；又如，翟理斯将《闻蝉》中的"密叶"别扭地译为"foliage fair"，纯属是为和后文"here and there"之韵。前者即为吕叔湘指出的"以诗译诗"弊端中的"增删及更易原诗意义"，后者即为吕叔湘指出的"以诗译诗"弊端中"趁韵"[125]。不过，即便如此，翟理斯还是有资格对自己的译笔感到自信的，他基于对中英抒情诗皆入韵的认识而自觉采用的"以诗译诗"、归化式的译介策略，在"忠

---

123 见《御制诗三集·卷三十二》。

124 Giles, H.A. *Gems of Chinese Literature*. Shanghai: Kelly & Walsh, 1923, pp. 289-290.

125 吕叔湘在《中诗英译比录》（中华书局，2002 年）中指出："初期译人好以诗体翻译，即令达意，风格已殊，稍一不慎，流弊丛生。……以诗体译诗之弊，约有三端：一曰趁韵；……二曰颠倒词语以求协律；……三曰增删及更易原诗意义。"（第 10-11 页）。

实"与"叛逆"之间取得了较好的平衡，受到了英语世界读者的普遍好评，英国评论家斯特雷奇（Lytton Strachey）甚至认为《古今诗选》中的译诗是"我们这一代人读过的最好的诗歌"[126]。

经由对出现在翟理斯汉学实践中的清代诗词的分析，我们能更深切地感知到翟理斯在中国文学译介上所取得的成就，正如波乃耶所言，"仰仗对原文的深刻理解，翟理斯的译文使汉藉'英语化'（Englishes）了，粗俗的译法被荡涤一尽⋯⋯取而代之的是美和内涵。⋯⋯中国文学之精神经过他的提炼，以欧洲语言的'肉身'展现在我们面前，其语言丝丝入扣、优雅大方"[127]；也更认可翟理斯的好友、英国外交官金璋（Lionel Charles Hopkins）1922 年 7 月 4 日在皇家亚洲文会为翟理斯举行的颁奖典礼上对其富有开创精神的汉学实践的精辟总结，"正因为翟理斯，人们对于中国人的精神、中国人的能力和成就，有了更好、更真切的了解"，"翟理斯使汉学人性化了，就这一点而言，翟理斯的成就超过了当代任何一个汉学家"[128]。

总之，翟理斯是侨居地汉学时期带有很强的集大成色彩的译者与论者，他的著述既做到了"承前"——对英语世界 20 世纪以前的汉学成果进行了集中总结与系统升华，又实现了"启后"——为英语世界今后的汉学研究奠定了良好的基础。

---

126 Strachey, Lytton. *Characters and Commentaries*. New York: Harcourt, Brace and Company, 1933, p. 138.

127 Ball, J. Dyer. "Dr. Giles's History of Chinese Literature." *The China Review*, Vol. XXV, p. 208. 此处译文参考了王绍祥的博士论文《西方汉学界的"公敌"——英国汉学家翟理斯（1845-1935）研究》（福建师范大学，2004）的内容。

128 Hopkins, Lionel Charles. "Triennial Medal Presentation." *Journal of Royal Asiatic Society*, Oct. 1922, pp. 624-646.

第三章 20世纪上半叶英语世界中的清代诗词

一、动荡时代中清代诗词传播态势的承续与新变

经历了两次世界大战的 20 世纪上半叶，应该是人类历史上最为动荡的一个时代，在这样的背景下，东方与西方、中文世界与英语世界中的汉学译介与研究事业，不可能不受到世界局势的深刻影响。例如，创刊于 1935 年 8 月份的《天下》月刊（*T'ien Hsia Monthly*, 1935-1941），虽在创刊伊始声称将"谢绝任何争论当前政治的稿件"、"那些纯粹个人的琐议也将被排除在本刊的版面之外"，只致力于"向西方诠释中国"、"增进国际文化理解"[1]，然而，一旦战争来临，任何人都无法置身事外。二战正酣的 1940 年，温源宁就在该刊上撰文控诉了战争对于文化的戕害和破坏：

> 一旦国家宣告战争，普通百姓就停止存在，取而代之的是，二足直立的个体。在这样的氛围中，文学将窒息而死。在上次世界大战为期四年之中，任何参战国都没有了优秀的小说、诗歌或戏剧；这样的现象在目前的中国抗日战争、最近的西班牙战争以及现在还

---

1 Fo, Sun. "Foreword." *T'ien Hsia Monthly*, Vol.1, No.1, 1935, pp. 3-5. 此处及其后译文，如无特别说明，大都参考自严慧的《1935-1941：〈天下〉与中西文化交流》（苏州大学，博士论文，2009 年）、彭发胜的《向西方诠释中国——〈天下月刊〉研究》（清华大学出版社，2016 年）。

在欧洲持续的战争中都一再重复。[2]

不过，即使面对着如此不利的境遇，包括《天下》月刊的撰稿人群体在内的中西汉学家、翻译者们"以手中的笔希望有助于弘扬人文价值，绝没有理由感到沮丧"，坚信"这个世界现在比以往任何时候都更需要他们"[3]；"天下如此"、时局纷扰，他们在承续了上一阶段汉学的基础上，仍取得了令人钦服的译介、研究成果，并呈现出若干"新变"。

就本论题"英语世界的清代诗词译介与研究"而言，所谓"承续"，主要是指在这一时期汉学的基本形态依旧是"侨居地汉学"。从事中国文学译介、研究的主体，"其称为汉学家者，不外两种人物，一者为外交官，一者为宣教士"，他们大都"久寓我国，娴习华言，涉猎古籍，贸然著述"[4]，仍带有很强的"业余化"和"实用化"的色彩，像这一时期译介、研究清代诗词的文仁亭（E.T.C. Werner）[5]、庄士敦（R.F. Johnston）[6]、李爱伦（Alan Simms Lee）[7]、怀履光（William Charles White）[8]等人，都属于这一阵营。从传播媒介上来看，既有像《皇家亚洲文会北中国支会会报》（*Journal of the North-China Branch of the Royal Asiatic Society*）这样自上一阶段延续而来的学术刊物，又有继承上个阶段代表性刊物之一《中国评论》"衣钵"的《新中国评论》（*The New China Review*, 1919-1922），还有西人在中国新创的英文杂志《中国科学美术杂志》（*China Journal of Science and Arts*, 1923-1941）等，它们继续成为侨居地汉学家们呈现自己译介、研究成果的最重要、最活跃的发表平台。

所谓"新变"，主要是指这一时期来自中国的译者、学者开始主动介入到中国文学向英语世界的传播过程中。在此之前，虽有像曾纪泽这样的清代开

---

2 Yuan-ning, Wen. "Editorial Commentary." *T'ien Hsia Monthly*, Vol. 10, No. 3, 1940, pp. 207.

3 Yuan-ning, Wen. "Editorial Commentary." *T'ien Hsia Monthly*, Vol. 9, No. 1, 1939, pp. 6.

4 梅光迪，中国文学在现在西洋之情形[J]，文哲学报，1922，（2）：1-8。

5 英国外交官、汉学家，1884年来华，先后曾在广州、天津、澳门、杭州等地的英国驻华领事馆工作，亦被称为"倭讷"、"沃纳"等。

6 英国汉学家、外交官，早年任职于香港殖民地政府，后任清代末帝溥仪的外籍帝师。

7 美国汉学家、传教士，1898年来华，隶属于美国圣公会，侨居于芜湖。

8 加拿大汉学家、传教士，1897年来华，隶属于加拿大圣公会，长期担任河南教区主教。

明士绅已经尝试用英语翻译自己的作品（详见第二章论述），但囿于时代、环境等因素，译介质量非常一般，所取得的影响力极其有限；而随着清末留学欧美热潮的兴起，越来越多的中国人开始熟练地掌握了包括英语在内的西方语言，中国人一直以来在"中学西传"中缺少话语权的"被译介"、"被阐释"的地位由此悄然发生了改变。需要指出，这种"主动介入"是全方位的，体现在以下三方面：

其一，中国译者加入并为英语世界的读者贡献了高质量的中国文学译文，并且对西人译文进行了初步的搜集整理、对比评价。例如，初大告（Ch'u Ta-kao）1937 年在剑桥大学出版社出版了《中华隽词》（*Chinese Lyrics*）一书，该书译有五代至清初的 53 首词作，根据笔者目前所掌握的材料，它应该是英语世界第一本具有通史性质的中国词译集[9]，弥补了长期以来西方世界忽视"词"这一文体的重大缺陷。又如，吕叔湘 1948 年编著的《英华集：中诗英译比录》一书，"辄于一诗而重译者择优比而录之，上起风雅，下及唐季，得诗五十九首，英译二百有七首"[10]，在书前序言中对"诗体译诗"、"散体译诗"的利弊以及英语世界早期中诗英译者的译介策略均有精辟的点评、论述，反映了中国译者在翻译意识上的逐渐自觉。

其二，中国学者开始有意识地用英语发表学术研究成果，并积极展开与西方学者的合作。例如，天主教士鲍润生（Franz Xaver Biallas）在时任北平辅仁大学校长的陈垣的支持和合作下，创办了这一时期最为重要的西文学术刊物《华裔学志》（*Monumenta Serica*）；又如，由时任美国国会图书馆东方部主任恒慕义（Arthur W. Hummel）召集东西方五十余名学者通力编写的《清代名人传略》（*Eminent Chinese of Ch'ing Period, 1644-1911*）一书，被费振清（John King Fairbank）这样评价道："这既是中外合作的产物，又是美国汉学研究的胜利。也许更重要的是，它表明了中外合作究竟能够搞出什么名堂来。"[11]

其三，国人在这一时期拥有了自己主办的英文刊物。例如，《中国评论》

9　在初大告之前，英国译者克拉拉．坎德林（Clara Candlin）出版有《风信集：宋代诗词歌赋选译》（*The Herald Wind: Translation of Sung Dynasty Poems, Lyrics and Songs*, 1933），属于断代性质的宋词英译集，并未译及其他朝代之词，而初大告的《中华隽词》体量虽小，但上及五代、下至清初，是英语世界第一部完整展示中国词发展风貌的译集。

10　吕叔湘，英华集：中诗英译比录[M]，南京：正中书局，1948 年，第 1 页。

11　费振清，费振清对华回忆录[M]，上海：知识出版社，1991 年，第 115 页。

周报（*The China Critic*, 1928-1940, 1945-1946）、《天下》月刊等英文报刊的创立、发行，使得国人初步掌握了"话语平台"与"传播媒介"，终于能够忠实地按照自己的文化立场，独立自主地向英语世界传播中国文学及文化；其中，《天下》月刊尤为重要，据严慧所言，"这是中国第一次有组织、有目的地主办一份面向西方（主要是英语世界）的思想文化类英文刊物，以高度的主体性向西方传播中国文化，促进中西文化交流"，并认为，"自 16 世纪以来中学西传过程中西方汉学界'独语'的局面由此被打破，中方作为整体长期'缺场'的状态得到根本改变"[12]。当然，这种"独语"局面的打破以及"缺场"状态的改变，并不仅是《天下》月刊一刊的"功绩"，而是这一时期众多中外汉学家通力合作下的自然结果。

以上即为 20 世纪上半叶这一动荡时代下汉学的"承续"与"新变"，笔者将在下文按照译介、研究成果的发表载体的不同，分别对英语世界这一时期的清代诗词成果进行简要述评。

二、现代在华英文期刊与清代诗词的译介

正如上节所述，不论上一时期延续下来的老刊物，还是新创办的刊物，也不论是西人创办，还是国人自办，现代英语期刊杂志仍是这一时期侨居地汉学家以及中国本土学者们向英语世界的读者们展示自己译介、研究成果的最重要、最活跃的发表平台。其中，本时期与本论题联系较为密切、涉及清代诗词译介与研究的代表性刊物，主要有以下五种：《新中国评论》（1919-1922）、《中国科学美术杂志》（1923-1941）、《皇家亚洲文会北中国支会会报》（1858-1949）、《天下》月刊（1935-1941）、《华裔学志》（1935 至今）。对各刊的创刊背景及内容简要介绍如下。

《新中国评论》：1919 年 3 月由英国汉学家库寿龄（Samuel Couling）创办于上海，双月刊，每年 6 期合为 1 卷；1922 年因主编库寿龄的突然去世，此刊出至第 4 卷第 6 期后停刊。正如刊名所示，库寿龄创办该刊直接继承了1872 年发行、1901 年停刊的《中国评论》一刊的"遗志"，并遥遥接续更早的《中国丛报》的"精神"。他在该刊第一卷第一期的"发刊词"中指出，"《中国丛报》开始于 1832 年，总共持续了 20 年，《中国评论》发行的时间是在

---

12 严慧，1935-1941：《天下》与中西文学交流[D]，苏州大学，2009 年，第 6 页。

1872 年到 1901 年间，它们之后就再也没有出版过同类的刊物"，虽然在这一时期有《通报》(*T'oung Pao*)和《法兰西远东学院学报》(*Bulletin de l'ecole Francaise D'Extrême-Orient*)这两份汉学刊物，但"由于它们所使用的主要是法语，对于人数众多的讲英语的学者来说用处不大"，且"共同维持了法国在这门科学中的领导地位"；有鉴于此，他认为"如果想要恢复和保持我们在汉学研究中的地位，我们就应该恢复使用英语的《评论》，并且这样的《评论》要在有大量研究中国事务学者的中国国内发行"[13]。在栏目设置上，本刊也沿袭了《中国评论》，分别由专题论文、"释疑"(Notes and Queries)和"近期消息"(Recent Literature)组成。虽然本刊存在时间很短，但 1923 年考狄(Henri Cordier)在《西人论中国书目》(*Bibliotheca Sinica*)的第二版中将本刊 4 卷 24 期的目录完整收入在内，显示了其在西方汉学研究期刊中占有的重要地位。

《中国科学美术杂志》：1923 年 1 月由英国人苏柯仁(A. de C. Sowerby)、美国人福开森(J. C. Ferguson)创办于上海，是"中国科学美术学会"(The China Society of Society and Arts)的会刊。开始为双月刊，一年一卷；1925 年起改为月刊，1926 年起每 6 期合为一卷，一年两卷；1927 年起，英文刊名变更为 *The China Journal*，中文刊名不变；1936 年起，中文刊名变更为《中国杂志》；1941 年 11 月，因太平洋战争爆发，日军查抄了编辑部，本刊宣告停刊，共出版了 35 卷，计 215 期。本刊的内容可谓是文理兼备、包罗甚广，具体设置有"文艺"(Literature & Arts)、"游记"(Travel)、"科学"(Science)、"编者按"(Editorial Comments)、"通信"(Correspondence)、"书评"(Reviews)等栏目，旨在"给在中国的原创性学者提供一个中介，发表他们的研究成果，让他们相互间建立更密切的关系，并在欧洲人（以及中国人）中间激发其对这个国度储藏着的文学和艺术丰富资源的兴趣，广泛地普及科学和艺术的研究"[14]，实际上是一份科学与汉学并列的综合性杂志。

《天下》月刊：1935 年 8 月在孙科发起的中山文化教育馆(Sun Yat-sen Institute for the Advancement of Culture and Education)的支持下，由温源宁、吴经熊等人创办于上海。最初为月刊，每 5 期为一卷；1938 年因抗日战争

13 Couling, S. "Editor's Foreward." *The New China Review*, Vol. 1, No. 1, 1919, p.1.
14 "Inception and Aims of the China Journal of Science and Arts." *The China Journal of Science and Arts*, Vol.1, No.1, 1923.

等原因，编辑部撤至香港；由于经费紧张的缘故，自 1940 年第 11 卷起，改为双月刊；后因太平洋战争的爆发，1941 年 8 月该刊终刊。刊名"天下"来自于素为孙中山喜爱的"天下为公"一语，有关这点，孙科在本刊的发刊词中阐述得很清楚，"已故总统孙中山先生最爱的格言之一便是'天下为公'。我们希望这一两千多年前的愿望今日成真。创办《天下》正是为实现'天下为公'这一目标而做的朴实努力"，另外，他还说明了本刊的创刊宗旨，"作为一份中国人主办的刊物，《天下》的重心更多的放在向西方介绍中国，而不是向中国引进西方文化。但恰如刊名所寓（'天下'意为'宇宙'），任何关乎全天下人类利益的文章都在刊物的选用范围内"[15]。刊物常设栏目有四个，分别为"编者的话"（Editorial Commentary）、"文章"（Articles）、"翻译"（Translations）、"书评"（Book Reviews），不定期另设"纪事"（Chronicle）和"通信"（Correspondence）两栏。该刊拥有国际化的撰稿群体，除了如钱锺书、林语堂、邵洵美、陈受颐等中国知名学者外，还有欧文·拉铁摩尔（Owen Lattimore）、福开森（J. C. Ferguson）、恒慕义、高罗佩（Robert H. Van Gulik）等西方知汉学家。可以说，本刊是现代中西文化交流史上中国第一次有组织、有目的地主办一份旨在向英语世界传播中国思想文化的英文刊物，亦是"民国以来水准最高的英文学术性刊物之一"[16]。

以上三份刊物的内容皆包罗甚广，带有很强的普及性和综合性，在学术性和专业性上远不及《皇家亚洲文会北中国支会会报》、《华裔学志》两刊。前者是英国"皇家亚洲文会北中国支会"（The North-China Branch of the Royal of Asiatic Sciety）的会刊，自 1858 年创刊，一直发行至 1949 年终刊，因其刊载学术文章的高水平和高质量而享誉中西；后者是天主教士、汉学家鲍润生 1935 年在陈垣先生的支持下、依托辅仁大学在北京创办的西文学术刊物，是天主教教会中唯一一个汉学学术期刊，至今仍在持续发行，在海外汉学界具有崇高的地位。

以上五份刊物中涉及清代诗词译介与研究的具体篇目信息，详见表 3-1：

---

15 Sun，Fo."Foreword." *T'ien Hsia Monthly*，Vol. 1, No.1, 1935, pp. 4-5.

16 孙轶旻，近代上海英文出版与中国古典文学的跨文化传播[M]，上海：上海古籍出版社，2014 年，第 117 页。

表 3-1　现代英文期刊中的清代诗词篇目信息[17]

作　者	篇　名	刊　物	年卷期	备　注
文仁亭	一位少有人知的中国作家	*NCR*	1919 Vol. 1, No. 4	简要介绍了晚清文人王闿运的生平及著述
庄士敦	一位皇帝的传奇		1920 Vol. 2, No. 1	讨论"顺治帝出家为僧"这一传言是否可信，涉及吴伟业《清凉山赞佛诗》等作品
	近代中国的一位诗僧	*JNCBRAS*	1932 Vol. 63	简要介绍了晚清诗僧释敬安的生平及诗歌创作情况
李爱伦	赵翼	*CJSA*	1926 Vol. 5, No. 4	简要介绍了赵翼的生平，文后译有他的十首诗，分别为：《古诗十九首》（其一六）、《杂题八首》（其四）、《哭铁骡》、《舟发潍阳》（其三）、《阳湖晚归》、《偶题》（其二）、《渔翁》、《梦中》、《佳句》、《新岁》
哈罗德·波特[18]	开封古吹台乾隆御制诗		1932 Vol. 17, No. 4	译有乾隆《登吹台八韵》（《御制诗二集·卷二十一》）一诗
吴经熊	中国诗	*THM*	1938 Vol. 6, No. 3	赵翼《论诗》（其一、其二、其三）；张维屏《杂诗》；
	中国诗 56 首		1939 Vol. 8, No. 1	孙嘉树《出门》；纳兰性德《忆江南·宿双林禅院有感》、《菩萨蛮》；赵翼《舟行绝句》；叶静宜《卜算子·春归》[19]；
	中国诗 50 首		1939 Vol. 9, No. 3	彭孙遹《生查子》；纳兰性德《采桑子》（谁翻乐府凄凉曲）、《沁园春》（瞬息浮生）、《采桑子》（而今才道当时错）、《采桑子》（明月多情应笑我）、《太常引》

17　表中刊物名皆用简称代之，分别对应如下：《新中国评论》（*NCR*）；《皇家亚洲文会北中国支会会报》（*JNCBRAS*）；《中国科学美术杂志》（*CJSA*）；《天下》月刊（*THM*）；《华裔学志》（*MS*）。

18　哈罗德·波特（Harold Porter），生平不详，*CJSA* 一刊第 17 卷第 6 期还曾发表过由他创作的《开封沙尘暴》（A Dust Storm in Kaifeng）一诗，据此推断，他应为长期旅居河南开封的一位西方人士。

19　据徐乃昌《闺秀词钞》（小檀栾室刻本），此词的词牌名应为"采桑子"，而非"卜算子"。

				《晚来风起撼花铃》、《金缕曲》（德也狂生耳）、《菩萨蛮》（惊飚掠地冬将半）、《浣溪沙》（谁道飘零不可怜）、《蝶恋花.散花楼送客》；黄仲则《癸己除夕偶成》（其一、其二）；龚自珍《己亥杂诗》（其五）；
胡先骕	诗人陈三立		1938 Vol. 6, No. 2	较为详细地评述了陈三立的生平及诗歌创作情况
陈垣	吴渔山	*MS*	1938 Vol. 3, No. 1	附有"纪念其于耶稣会晋铎250周年"的题注，原文《吴渔山晋铎二百五十年纪念》曾刊发于《辅仁学志》第5卷。
卫德明	钱谦益著述目录题解		1942 Vol. 7, No. 1/2	向英语世界的读者系统整理、简要介绍了钱谦益的著述情况

上表所列篇目依据其内容和侧重点的不同，大致可分为"诗词翻译"与"诗人专论"两类：

（一）诗词翻译

这一时期清代诗词作品的翻译集中出现在《中国科学美术杂志》、《天下》两刊上，美国传教士李爱伦、中国学者吴经熊以及侨居河南省开封市的哈罗德·波特三人一共奉献了33首清代诗词译文。其中，最引人瞩目的当属李爱伦对于赵翼诗歌的翻译以及吴经熊对于纳兰性德词的翻译。

李爱伦在《赵翼》（"Chao I"）一文中，除了一口气翻译了十首赵翼的诗歌外，还在译文前以近两页的篇幅论及了赵翼的生平及创作情况[20]。在论述的一开始，他就开门见山指出翟理斯在《中国文学史》中对清代诗歌的整体评价——"总之，清代的诗，尤其是19世纪的诗，大都是矫揉造作的；它们缺少蕴藉，即便对最迟钝的读者来说，也显得太过浅陋"[21]——是有失公允的，认为"清代真诗的数量是相当可观的，而矫揉造作也并非是清代的'专利'"；清代诗歌之所以会被人如此误解，或许是因为"星座中那些明亮之星的光芒仍为已死或将死的流星之飞尘所遮蔽，诗人中那些乏味的匠人还尚未步入他们命定被遗忘的进程里"；不过，"经过最近数年的拂扫"（under the sure sweep

---

20 Lee, Alan W. Simms. "Chao I." *The China Journal of Science and Arts*, Vol. 5, No. 4, pp. 175-176.

21 Giles, H.A. *A History of Chinese Literature*. London: William Heinemann, 1901, p. 416.

of the years），诗国的"天空更清澈了"，"灰尘也消失殆尽了"，那些真正的诗人站了出来，"教导我们这些普通人去留心普通之物，去热爱人和自然之美"；他明确指出，赵翼就是清代这些真正诗人中的一员。在简要介绍了赵翼的生平后，李爱伦紧接着花了近一半的篇幅对赵翼的诗歌创作进行了中肯的评价：他认为赵翼诗歌最主要的优点在于，"在同时代的诗作大都辞藻华丽却空洞无物时，他却以一种明白、简单、通俗的语言将其深刻的所思所感表达了出来"，并认为赵翼"将口语灵活地运用于诗中的做法是他在很多人眼中成为了现代文学复兴之父（the father of the modern Renaissance in literature）"——此观点似受了当时"新文化运动"中所谓的"白话诗史"的影响[22]。在翻译的十首诗中，李爱伦特意选择了赵翼论诗的《佳句》一诗，以呼应自己对于赵翼诗歌风格的评判：

POLISHED SENTENCES

Vainly do they hunt among elegant phrases;

Eagerly snipping from here and there.

All my life my thoughts have come to me

Direct from Nature.

《佳句》

枉为耽佳句，劳心费剪裁。

生平得意处，却自自然来。

李爱伦虽然对赵翼明白晓畅的诗歌风格推崇备至，但是也毫不避讳地指出，"作为个体，他难免有自己的缺点；他最主要的缺点啰嗦。他似乎不知何时应结束一首诗，他的诗往往在前四句就已包含了已使此诗完整的所有的美，然而，他并不满足于此，而是会继续往下写，用不同的方式一再重复同一想法，这部分地破坏了诗歌的含蓄（a restrained suggestiveness）之美，只给读者

---

22 胡适在《白话文学史》（百花文艺出版社，2001年）的"引子"说："《水浒》、《红楼梦》……已经在社会上养成了白话文化的信用了，时机已成熟了，故国语文学的运动者能于短时期中坐收很大的功效。我们今日收的功效，其实大部分全靠那无数白话文人、白话诗人替我们种下了种子，造成了空气。……这一千多年中国文学史是古文文学的末路史，是白话文学的发达史。"另，《胡适日记全编（第三册）》（安徽教育出版社，2001年）中"1922年7月10日"之日记："……往山东时，车上看见蔡先生为尔和写的扇子，写的是赵翼的三首白话绝句，内有一首云，李杜诗篇万口传，至今已觉不新鲜。江山代有才人出，各领风骚几百年。我看了大惊喜，我生平不曾读瓯北诗，不料他有这种历史的见解。"

留下了很小的想象空间"。出于对这一缺陷的认识，李爱伦在翻译赵翼诗歌时，就有意地删去了他认为"啰嗦"的部分，例如：

THE MOON

Every evening when I see the moon

She seems so friendly and familiar;

I ask her if she recognises me,

And she replies. "I do not remember."

这一译文实际上只翻译了赵翼的《杂题八首》（其四）的前四句，原诗如下：

每夕见明月，我已与熟识。问月可识我？月谓不记忆。

茫茫此世界，众生奚啻亿。除是大英豪，或稍为目拭。

有如公等辈，未见露奇特。若欲一一认，安得许眼力。

神龙行空中，蝼蚁对之揖。礼数虽则多，未必遂鉴及。

又如：

LEAVING WU YANG

Going up the rapids, slow as an ox.

Going down the rapids, swift as a bird.

Going up we grumble that the current is too much;

Going down that it is too little.

…………

A head-wind too strong,

A following wind too light.

这一译文实际只翻译了《舟发澍阳》（其三）中的"上滩迟如牛，下滩疾于鸟。上滩恨滩多，下滩恨滩少。……逆风恨风大，顺风恨风小"几句，删掉了赵翼围绕"人情例贪得，孰肯平心较"这一情形所发的全部议论，而原诗共有十句二十行。客观来讲，李爱伦对赵翼诗作的这种未加说明的强行删削，虽印证了他本人对于赵翼诗歌创作的看法，但却不利于英语世界的读者了解赵翼诗歌的真实风貌。

事实上，李爱伦并不是英语世界最早注意到赵翼及其诗歌的西方学者，翟理斯在《古今诗选》、《中国文学史》中对赵翼之诗皆有翻译和介绍。翟理斯在《中国文学史》中，虽认为袁枚是"满人统治下少之又少的出色诗人之一"，但只译有他的一首诗，而介绍赵翼时却一口气翻译了他的《古诗十九首·其一》（"人日住在天"）、《江上逢归雁》（"几点春云雁北飞"）、《偶题》（"风雨寥萧昼掩庐"）这三首诗。李爱伦也不是这一时期唯一一个向英语世界大力推介赵翼诗歌的译者。如表 3-1 所示，1938、1939 年间，吴经熊以"李德兰"（Teresa Li）[23] 为笔名在《天下》月刊上分四次翻译了 142 首中国古典诗词（其中一首为孔尚任的《哀江南》），其中就译有赵翼的 4 首诗，分别为《论诗绝句》（其一、其二、其三）、《舟行绝句》。可以说，赵翼的诗歌译文数量在这一时期的英语世界几乎是与袁枚并驾齐驱的，拥有不亚于袁枚的影响力——这一史实常为国内研究古典诗词外译的学者所忽略。

正如上文所言，作为《天下》月刊的创刊人、执行主编以及主要撰稿者的吴经熊在 1938、1939 年间译有 142 首中国古典诗词，包含 60 余位不同的作者，涉及有先秦的《诗经》、魏晋南北朝的五言诗、唐宋诗词以及清代诗词等，不管是在时间跨度上，还是在翻译规模上，在这一时期的英语世界中均是首屈一指的。从整体上来看，吴经熊在《天下》月刊上对于中国古典诗词的译介活动主要有以下两个特点：（一）在译介的文体上，诗、词大致各占一半。自 18 世纪以来，英语世界在中诗英译的进程中一直缺少对于词体的明确认识，虽然零星译有一些词作，但是远不能反映中国古典词的整体风貌，而吴经熊对于词的这种大规模译介活动与初大告的《中华隽词》（下节详论）在 1937 年的出版一道，对中国古典词在英语世界中的传播做出了不可磨灭的首创之功。（二）在时代、诗人的布局上基本均衡，但译者对自己偏爱的诗人/词人——李商隐、李煜、纳兰性德——会有额外的侧重。吴经熊译有李商隐的 10 首诗、李煜的 17 首词以及纳兰性德的 11 首词，而与之对照，李白、杜甫、白居易分别仅有 3 首、4 首、2 首诗入选，其数量加起来尚不及李商隐、李煜或纳兰性德中的一人多；其中，吴经熊对于纳兰性德 11 首词的翻译，乃是纳兰词第一次被译介到英语世界当中，亦具有十分重要的开创性意义。

由于这一百余首古典诗词是吴经熊在 1938、1939 这两年间陆续译出的，因此，他的译文在具体的翻译风格和策略上是有一定变化的。一开始吴经熊

---

23 Teresa 在基督教中可指圣女大德兰（St. Teresa of Avila）和圣女小德兰（St. Teresa of Lisieux），皆为吴经熊崇拜的宗教人物；吴经熊的妻子李友悌的教名为李德兰（Marry Teresa Li），而吴经熊的生日（3 月 18 日）与圣女大德兰的生日是同一天。由此可见，吴经熊使用这一笔名主要源于他本人的基督教信仰。

是"以诗译诗"的方式去翻译中国古典诗歌的，他"试图在译文中以隔行用韵或每段换韵的方法，来表现中国古典诗歌的押韵特点"[24]。这点在他早期所翻译的赵翼之诗中体现的尤为明显：

《论诗绝句》（其三）

只眼须凭自主张，纷纷艺苑漫雌黄。

矮人看戏何曾见？都是随人说短长。

Let all the schools of art say all the nonsense they will,

You must trust in your own judgement and insight still.

The critics of poetry are like so many dwarfs seeing a play;

They don't see with their own eyes, but repeat what others have to say!

后来吴经熊则逐渐转而采用散体来翻译中国古典诗词，显示了他在中诗英译实践中对翻译方法的不断探索、尝试。由于散体译诗在形式上更为自由、灵活，相对更容易传达出原作的主旨、气韵；而词体在形式上亦比诗体更为自由、灵活，天然比诗体更宜于采用散体的翻译形式。因此，吴经熊在纳兰词的翻译上取得了极佳的艺术效果，例如：

《采桑子》

谁翻乐府凄凉曲，

风也萧萧，

雨也萧萧；

瘦尽灯花又一宵。

不知何事萦怀抱，

醒也无聊，

醉也无聊；

梦也何曾到谢桥。

BOREDOM

We can sing a different tune from the "Song of Desolation"?

The wind is sighing!

The rain is sighing!

The roseate flower of the candle is wearing itself out for another night!

---

24 严慧，1935-1941：《天下》与中西文学交流[D]，苏州大学，2009 年，第 84 页。

I know not what is tangling up the skein of my thought.

Sober, I am bored!

Drunk, I am bored!

Even dreams refuse to carry me to the neighbourhood of my love!

　　从上引译文中，我们不难看出，吴经熊的翻译在摆脱了英诗格律的束缚之后，不但没有丧失掉"诗意"，反而能够在形式和旨趣上更加接近于原作。例如，用"the wind is sighing/ the rain is sighing"以及"sober, I am bored!/ Drunk, I am bored"对应"风也萧萧/雨也萧萧"、"醒也无聊/醉也无聊"，虽并未合辙押韵，但却兼具形义之美。又如，"瘦尽灯花又一宵"被译为"The roseate flower of the candle is wearing itself out for another night"，吴经熊将作为被动之客体的"灯花"处理为能动之主体，并且用"wearing itself out"生动地传达了原文中"瘦尽"一语，不管是作为译文，还是单独作为英文诗来看，其行文都是极为优美雅致的。诚如《天下》月刊的读者徐诚斌在"通信"一栏中发表的读者来信里概括的那样，吴经熊的翻译"不仅成功的抓住了词的形式，更是抓住了内容与情感。这不仅归功于译者对中英文的深厚把握，更重要的是译者是以感同身受的方式去理解原作。措词上的明智选择，加上流畅的节奏，使译文既完美，又与原作一样优美"[25]。

　　纳兰词首度被介绍到英语世界时的译文质量就如此之高，这无疑推动了纳兰词在英语世界的顺利传播。根据笔者所掌握的情况，在《天下》月刊发表过这11首纳兰词的译文后，英语世界中有多本中诗英译选集都对其进行了转载或部分转载。例如，1942年彼得·保佩尔出版社（The Peter Pauper Press）编辑出版了《中国情诗：上古到现代》（*Chinese Love Poems：From Most Ancient to Modern Times*）一书，该书内容基本上搜罗、采编自这一时期英语世界中已出现的中国诗词英译集，其中就将吴经熊翻译的四首纳兰词[26]纳入其中，作为中国情诗中的佳作代表；又如，1959年D·J·克雷默（D. J. Klemer）在纽约出版了他所编辑的《情诗》（*Chinese Love Poem*）一书，该

---

25 Hsu, C. P. "To the Editor-in-Chief of *T'ien Hsia*." *T'ien Hsia Monthly*, Vol. 8, No. 3, p. 268.

26 具体篇目信息如下："THE VANISHING CLOUD"（《采桑子》[明月多情应笑我]）、"THE PEACH TREES WERE FLOWERING"（《菩萨蛮》[新寒中酒敲窗雨]）、"THOUGHTS IN AT EMPLE"（《忆江南．宿双林禅院有感》[心灰尽]）、"THE BLOSSOMS HAVE FALLEN"（《采桑子》[而今才道当时错]）。

书和《中国情诗：上古到现代》类似，内容亦主要来自其他译集，其中附有三首纳兰词[27]，亦采用的是吴经熊的译本；再如，由香港中文大学主办的《译丛》（*Renditions*）杂志在 11&12 期合辑中，将吴经熊在《天下》月刊上所发表的 11 首纳兰词的译文全部重印了出来，并对每篇译文的标题稍稍进行了调整；1980 年，《译丛》杂志 11&12 期合辑还以实体书的形式在香港中文大学出版社出版，题为《无乐之歌：中国词》（*Song without Music : Chinese Tz'u Poetry*），吴经熊所译的 11 首纳兰词再度被重印了出来。可以说，在很长的一段时间里，吴经熊的纳兰词译本都是英语世界中翻译质量最好、接受度最高、流传最广的版本之一。

除纳兰性德以及上文提及的赵翼外，吴经熊在《天下》月刊中还译有张维屏、叶静宜、孙嘉树、黄仲则、龚自珍等清代诗人／词人的多首作品，亦都属于首度被译介到英语世界之中。因此，在清代诗词在英语世界的传播过程中，吴经熊无疑曾发挥过关键性的作用。

（二）诗人专论

在这一时期，英语世界的学者开始对一批清代诗人有了初步的研究。像清初的钱谦益（1582-1664）、吴伟业（1609-1672）、吴历（1632-1718），以及晚清的王闿运（1833-1916）、释敬安（1851-1912）、陈三立（1853-1937）等，都被予以专章论述。不过这些文章大都较为简略，一般只会介绍了诗人的生平及诗歌风格，缺少对于诗人诗歌创作情况及诗学体系的深入探析。比如，文仁亭在《一位少有人知的中国作家》（"A Little-known Chinese Writer"）中介绍了王闿运的生平、事功及交游情况后，对他的诗歌创作仅提到了一句："他的诗歌不以唐朝、而以汉魏六朝为典范，在他看来，唐朝的诗歌太过'现代'了！"[28]又如，庄士敦在《一位皇帝的传奇》（"The Romance of an Emperor"）中，虽引用了吴伟业的《清凉山赞佛诗》的前四句[29]以及据传是顺治所作之诗[30]，但主要目的却是为了对"顺治出家为僧"的传言之真伪进行论证，诗歌

---

27 具体篇目信息如下："AFTER SEEING HER IN A DREAM"（《沁园春》[瞬息浮生]）、"BOREDOM"（《采桑子》[谁翻乐府凄凉曲]）、"YEARNING OF LOVE"（《菩萨蛮》[新寒中酒敲窗雨]）。

28 Werner, E. T. C. "A Little-known Chinese Writer." *The New China Review*, Vol. 1, No. 4, 1919, p. 437.

29 这四句诗为："西北有高山，云是文殊台。台上明月池，千叶金莲开。"

30 此诗为："十八年来不自游，征南征北几时休。吾今撒手归山去，那管千秋与万秋。"

只是他的分析材料而已。再如，卫德明在《华裔学志》上发表的《钱谦益著述目录题解》（"Bibliographical Notes on Ch'ien Ch'ien-i"）一文中，列举了钱谦益现存的诸种著述，并分别对各自的内容及版本做了扼要评注，其资料价值大于研究价值。相形之下，陈垣对于吴历的研究、庄士敦对于释敬安的研究以及胡先骕对于陈三立的研究则较为详实，兹分别述评如下。

《华裔学志》1938 年第 3 卷上发表的《吴渔山》（"Wu Yü-shan"）一文，实际上是陈垣先生 1936 年在《辅仁学志》第 5 卷上发表的《吴渔山晋铎二百五十年纪念》一文的英文缩减版，由德国汉学家丰浮露（Eugene Feifel）执笔翻译而成。和原文一样，本书亦分八个章节，分别为"吴渔山之家世及生平"、"吴渔山之学画及画品"、"吴渔山与王石谷"、"吴渔山与许青屿"、"吴渔山之禅友"、"吴渔山之入教与入耶稣会"、"吴渔山之宗教生活"、"《墨井诗钞》与《三巴集》"，系统全面地阐述了吴历的其人、其画、其诗、其宗教生活，并对吴历在明末清初中西文化交流中发挥的作用进行了高度评价，认为他"以诗画传道，与利玛窦诸人以历法传道，同一效力"[31]。本书虽有所缩减，但仍保留、翻译了不少中文原文中所征引的吴历的诗作；在这些译诗中，最引人注目的当属吴历传达自己的宗教体验与研探天主教教义心得的"圣学诗"。陈垣认为吴历的这类圣学诗"时有佳句"、"造语甚新，独辟境界"、"为前此所未有"，并指出，在吴历之后，中国再也未曾出现过类似题材与风格的作品，"惜嗣响者寡，以至三百年来，基督教文学，尚未能稳植中国"。举例如下：

一人血注五伤尽，万国心倾十字奇。（《咏圣会源流·其二》）

One man shed all his blood through his five wounds.

All nations turn their hearts to the mystery of the Cross.

牣灵饫饮耶稣爵，跃体倾听达味琴。（《咏圣会源流·其九》）

The whole soul inebriates itself with Jesus' goblet.

The body all in joy bends forward to listen to David's harp.

人间今有全燔胙，天上恒存日用粮。（《咏圣会源流·其十》）

Man has now been granted the unblemished lamb's flesh;

In Heaven is always the daily bread.

残篇昔识诚明善，奥义今知父子神。（《咏圣会源流·十一》）

---

31 Ch'en, Yuan, Eugene Feifel. "Wu Yü-shan." *Monumenta Serica*, Vol. 3, pp. 169-170.

The old record (O.T.) once spoke of fidelity, wisdom, justification:

The mystery we now understand of God Father, Son and Holy Ghost.

由于吴历在中西文化、宗教交流史上的特殊地位，英语世界的研究者后来对他的研究越来越多，而陈垣这篇文章则成为了英语世界研究这位清初著名画家、诗人以及天主教士的最重要的早期文献之一。

发表在《皇家亚洲文会北中国支会会报》第 63 卷上的《近代中国的一位诗僧》（"A Poet-monk of Modern China"）一文，实际上是庄士敦 1931 年 10 月 29 日在皇家亚洲文会北中国支会上的一次公开演讲的底稿。在文中，庄士敦节译了"八指头陀"敬安的《祝发示弟》一诗：

……

> 母死我方年七岁，我弟当时犹哺乳。
>
> 抚棺寻母哭失声，我父以言相慰抚。
>
> 道母已逝犹有父，有父自能为汝怙。
>
> 那堪一旦父亦逝，惟弟与我共荒宇。
>
> 悠悠悲恨久难伸，搔首问天天不语。
>
> 窃思有弟继宗支，我学浮屠弟其许。
>
> 岂为无家乃出家，叹息人生如寄旅。
>
> 此情告弟弟勿悲，我行我发弟绳武。

… …

When I was only seven my mother died.

My younger brother was still an infant.

I stroked the coffin, calling aloud upon my mother, and I wept myself into silence.

My father petted and tried to console me.

"Your mother is gone," he said, "but still you have your father,

A father on whom you can lean."

But alas, a day came when my father also passed away,

And my brother and I were left desolate in our lonely home.

Sorrow and suffering were ours and there was nothing to assuage them.

In perplexity I asked Heaven for counsel, but Heaven returned no answer.

Then I reflected that I had a brother through whom our family could be continued,

And I resolved to tread the Way of Buddha, leaving my brother to lead the life of a householder.

Wherein lies the hardship of the homeless state for one who has no home?

Sorrowfully I reflected that the life of man is spent only in an inn.

I told my brother of my thoughts, and he uttered no reproaches.

So I walked in the Way of Buddha while my brother remained to carry on our ancestral rites.

　　需要指出，该文介绍敬安这位晚清著名爱国诗僧的生平经历和创作情况的大部分内容，皆选译自敬安本人的《〈嚼梅吟〉自述》、《〈诗集〉自述》以及杨度的《〈诗集〉杨叙》三文，并无太多新意。较为值得注意的有以下两点：

　　（1）庄士敦与敬安的交往情况。庄士敦在文章末尾提及，他虽然只见过敬安两面，但敬安的"魅力、可爱、活力、睿智以及与生俱来的彬彬有礼和幽默感"[32]还是给他留下了深刻的印象——这一方面为我们提供了一则有关敬安与西方人交往情况的重要材料，另一方面也揭示了庄士敦向英语世界的读者介绍敬安的动机之一。

　　（2）庄士敦对于敬安其人、其诗的整体评价。他指出，敬安虽然称不得上是一位伟大的诗人，但是"他拥有崇高的灵魂，其深刻的宗教感可超越任何信条与教派，他是个神秘主义者，但归根结底是个大自然的爱好者"，并认为，"对于自然的这种热爱促使他用诗的形式将所感所思表达了出来"；对于敬安的诗歌，庄士敦评价到，虽然"在他的一生中，敬安从未试图去效法同代的诗歌风尚"，但中晚唐诗歌还是为他树立了一个极佳的典范，不过敬安并不是个模仿泥古者，"在他的诗中有自然流露的真情实感，这是他真诚敏感的天性以及并不充分的文学训练合力为之的结果"。

　　庄士敦的这篇文章首度将敬安传播到了英语世界当中，他的对敬安其人其诗的介绍和评价虽然简略，但大体却是客观公允的。

　　1937年，侨居在北平的近代著名诗人陈三立，为了拒绝日军的笼络，绝食以明志，忧愤而死，一时士林惋惜不已。与陈三立过往甚密的"学衡派"的

---

32 Johnston, R. F. "A Poet-monk of Modern China." *Journal of the North-China Branch of the Royal Asiatic Society*, Vol. 63, 1932, pp. 29-30.

主将胡先骕对这位诗界前辈的人格和学问一向推崇备至，指出"清末执诗坛牛耳者二人，领袖江西派者为陈散原（三立），为闽诗宗主者则为郑太夷（孝胥）"，认为陈三立之诗"如长江下游，波澜壮阔，鱼龙曼衍，茫无涯涘"[33]；陈三立的以死明志想必对胡先骕震动很大，他1938年2月份在《天下》月刊第6卷第2期上发表的《诗人陈三立》（"CHEN SAN-LI, THE POET"）[34]一文，既是对陈三立寄托哀思的纪念，也是在中日战争的特殊背景下，向英语世界的读者对其爱国事迹的有意宣扬。

在《诗人陈三立》一文中，胡先骕以陈三立的生平事迹为主干，在行文中勾连、穿插了对其诗歌的述评，较为完整地呈现了其"诗之人生"与"人生之诗"的互文关系。在对陈三立生平的介绍中，胡先骕重点突出了两件事：一为陈三立在戊戌维新期间协助其父进行变革，贡献颇大；二为陈三立因好友郑孝胥投靠伪满政府而与之断交。二事皆凸显了陈三立的民族气节以及其在近代中国政治中的影响力。在对陈三立诗歌的述评中，胡先骕主要论及了以下几点：（1）陈三立的诗风变化。陈最早以汉魏六朝诗入门，历经中唐韩愈，最后终身奉北宋黄庭坚为师。胡先骕指出，陈三立早年诗作皆被删汰，其最后三十年间所刊行之诗都是"山谷体"。（2）陈三立诗歌的"诗史"品质。由于"无望地目睹了满清政府太多的昏聩作为以及贪婪的帝国列强对于中国的侵蚀"，陈三立在诗中对国家时事常有关注、评价与反思，"这种对于国族命运的关切使得他的诗拥有了高贵的品格，也使它们对我国这一时期的历史拥有了非同寻常的意义"，胡先骕认为，从这一点来说，陈三立的诗和杜甫的诗一样，拥有了"诗史"的品质。（3）陈三立诗歌风格的优缺点。胡先骕表示，陈三立是"描绘自然之美的行家"，他的诗"不只有描绘，一些人文之趣的引入，使得他的诗既丰富又充满戏剧性"，并接着评价到，陈三立是"诗歌艺术的大师"，"他表达情绪精微之处的能力，即使与宋代最伟大的诗人们相比，也不遑多让"。至于其诗的缺点，胡先骕提到了两点。其一，目前陈三立的诗集中保存了太多应酬交际（social gatherings）之作，"这些诗虽在技巧上无可挑剔，但却十分缺少诗意（poetic inspiration）"；其二，"为了营造个人风格，他常牺牲掉了自然流畅的诗歌效果；因此，不管是有意还是无意，不必

33 胡先骕，四十年来北京之旧诗人[M]// 张大为等，胡先骕文存（上册），南昌：江西高校出版社，1995年，第481-484页。

34 Hu, H. H. "CHEN SAN-LI, THE POET." *T'ien Hsia Monthly*, Vol. 6, No. 2, 1938, pp. 134-143.

要的晦涩使他的诗深奥难懂"，并认为，"这种刻意营造的诗歌风格和显而易见的晦涩深奥，无疑会使陈三立的诗名在后人——尤其是那些贸然否认中国古典文化的非利士人（Philistines）[35]——的眼中黯淡了不少"。虽然有这样的缺点，在文章末尾，胡先骕还是对陈三立做出了极高的评价，他认为陈三立可以当之无愧地与泰戈尔（Rabindranath Tagore）并称为中印这两大东方文化中的代表诗人，并总结到，陈三立不仅仅是"我们国家伟大诗人中的一个"，还是"中国优秀的人文主义传统的化身"。

　　以上即为 20 世纪上半叶英语世界几份代表性期刊杂志上有关清代诗词的传播情况的介绍。从中不难看出，随着中国译者与学者的加入，一批优秀的清代诗人/词人被首次介绍到海外，中国古典词——尤其是清代的纳兰词——开始为英语世界的读者所熟知；虽然这些译介与研究，不管是在数量上，还是在深度上都难以与这一时期有关唐代诗歌的成果相比肩，但英语世界对于清代诗词的认识已经开始"破冰"，并逐渐拥有了初步的自觉意识。

三、现代涉华英文书籍与清代诗词的译介

　　相较于 18、19 世纪清代诗词英译零星散布的情形，20 世纪上半叶以来汉学界最显著的变化莫过于各式各样的中诗英译集爆发般的涌现。这种数量上的陡增，一方面是西方两个世纪以来对于中国文学、文化的知识累积的质变产物，另一方面也是中西经济社会交流与联系日益密切的自然结果；除上述两个原因外，20 世纪初声势浩大的美国新诗（New Poetry）运动亦是诱发这一时期中诗英译热潮的重要原因。新诗运动在本质上是处在国力迅速上期的美国诗人反抗旧大陆传统、努力使本国诗歌走向现代化与民族化的一次尝试，为了达成这一目的，这些来自缺少历史文化积淀的新大陆的诗人们大量吸收借用国外的文学资源，其中，拥有悠久灿烂之诗史的中国自然就成了他们寻求灵感、重塑诗坛的最重要的"矿藏"和"武库"。新诗运动的主将之一玛丽安·莫尔（Marienne Moore）曾表示："新诗似乎是作为日本诗——更正确地说，中国诗——的一个强化的形式而存在的，虽然单独的，更持久的对中国诗的兴趣来得较晚。"[36]而新诗运动的主要流派"意象派"（Imagism）的

35　非利士人是古代地中海东岸的居民，在《圣经》中经常以市侩庸人的形象出现，后被用来指称无知反智、低级趣味的庸人。在这里，胡先骕明显用此指称他的论敌，即新文化运动的倡导者们。

36　Moore，Marianne."The 'New' Poetry Since 1912."*Anthology of Magazine Verse for*

代表诗人庞德（Ezra Pound），终身致力于将中国诗学融入进英诗创作中，坚信"本世纪很可能会在中国找到新的希腊"[37]。这种在文化上的新的"中国热"，至少带来了以下两个结果：（一）虽然这一时期英国译者、研究者——如克兰默·宾（L. Cranmer-Byng）、阿瑟·韦利、翟理斯等——仍是中诗西传的重要力量，但来自美国的译者、研究者——如亨利·哈特（Henry H. Hart）、恒慕义、白英（Robert Payne）等——逐渐在其中发挥着越来越重要的作用——这当然和一战、二战期间新旧大陆之间的实力的此消彼长有关，但毋庸置疑，"新诗运动"也应被纳入到考量因素当中。（二）由于对于中国诗歌的浓厚兴趣和巨大需求，这一时期的中诗英译集出现了不少转译、重译、编译的现象，这种情况"只能说明新诗运动时期诗坛和读书界对中国诗之需求已到了饥不择食的地步"[38]。

其中，这一时期涉及清代诗词的书籍的篇目信息详见表3-2：

表3-2 现代英文书籍中的清代诗词篇目信息

出版年份	书 名	译/编者	出版社	备 注
1916	《灯节》	克兰默·宾	John Murray	译有袁枚的9首诗及清代佚名诗人的若干首诗作
1918	《玉书选》	詹姆斯·怀特尔	B. W. Huebsch	节译自法国女诗人朱迪特·戈蒂埃（Judith Gautier）的《白玉诗书》一书，转译有丁墩龄（Ting-Tun-Ling）[39]、李鸿章的各一首诗
	《彩星集：亚洲情诗50首》	爱德华·鲍伊	Basil Blackwell	转译有丁墩龄的一首诗

1926 and Year book of American Poetry，Boston: B. J.Brimmer Company, 1926, p. 174.

37 Pound，Ezra. "The Renaissance." *Poetry*, Vol .5, No. 5, 1915, p. 228.

38 赵毅衡，诗神远游：中国诗如何改变了美国现代诗[M]，成都：四川文艺出版社，2013年，第142页。

39 受钱锺书《谈艺录》"长吉字法"一章中有关内容的影响，国内研究者一般将其写作"丁敦龄"，根据《白玉诗书》1902年版上所附之中文姓名，当作"丁墩龄"更妥当。

1920	《清水园：亚洲情诗 120 首》	斯·马瑟斯		译有袁枚的《寒夜》一诗，转译有《白玉诗书》中的裕勋龄之诗
1923	《中国文学选珍》	翟理斯	Kelly & Walsh	分"散文卷"和"诗歌卷"两卷，诗歌卷为《古今诗选》的扩展版，译有多首清人诗歌
1925	《花影集：中国诗词》	李爱伦	Elkin Mathews Ltd.	译有郑板桥、曹雪芹的诗作
1928	《东方诗集》	尤尼丝·狄任斯	Alfred A. Knopf	收录了三首由他人所译的清人诗歌
1929	《失笛记》	乔里苏	The Elf Publisher	转译自法国人图桑（Franz Toussaint）所作的《玉笛》一书，译有清人的若干首诗作
1931	《西畴山庄》	亨利·哈特	The French Bookstore	译有骆绮兰、许韵兰等七位清代女诗人的诗作
1933	《百姓》[40]		University of California Press	译有沈德潜、王士禛、骆绮兰、百保友兰等三十余位清代诗人的数十首诗作
1938	《牡丹园》		Stanford University Press	译有王士禛、袁枚、孙云凤、席佩兰等二十余位清代诗人的数十首诗作
1934	《荷与菊：中日诗选》	约瑟夫·路易斯·弗兰奇	Liveright Publishing Co.	将克兰默·宾《灯节》中所译的 9 首袁枚的诗完整收录，另收有《清水园》中所译袁枚的《寒夜》一诗
1937	《中华隽词》	初大告	The University of Cambridge Press	译有清初僧正岩的《点绛唇》（往来烟波）一词
1939	《中国墨竹书画册》	怀履光	The University of Toronto Press	译有若干首郑板桥、陈霖的诗歌

---

40 《百姓》一书 1933 年出版后，曾再版多次（1938 年、1954 年、1968 年、1972 年等）。需特别指出，自 1954 年第三版起，本书又新添 33 首译诗，书名亦更换为《百姓诗》（*Poems of the Hundred Names：a Short Introduction to Chinese Poetry，together with 208 Original Translations*）。此后重印，其内容皆依此版。为客观反映哈特翻译实绩，笔者在此处及下文中虽以《百姓》为题，但论述、统计皆以《百姓诗》为准。下文不再一一注明此事。

1942	《中国情诗：上古到现代》	-	The Peter Pauper Press	收录了由他人所译的清人诗词若干首
1944	《清代名人传略》	恒慕义	U.S. Government Printing Office	涉及多位清代诗人、词人的生平创作情况
1947	《白驹集：中国诗选》	白英	The John Day Co.	翻译了纳兰性德的三首词

上述书籍按性质可粗分为工具书、中诗英译集两类。其中，前者在这一时期的代表性著述虽仅有《清代名人传略》（*Eminent Chinese of the Ch'ing Period*）一书，但它包含了丰富的清代诗词信息，值得单独予以关注；后者是这一时期涉及清代诗词的书籍中的主体，数量较大，译介了包括清代诗词在内的许多中国诗词作品。分别述评如下：

（一）中诗英译集

这一时期的中诗英译集依内容和性质的不同可细分为原创译集、译诗选集和转译诗集三类：原创译集中的译文一般由译者直接从中诗原文译出；转译诗集的译者一般不懂汉语，他们的译文一般都是转译自其他西方语言的译文；译诗选集中的译文大都是从英语世界现有的译诗集中编选而来。

（1）原创译集

这一时期的原创译集包括以下作品：克兰默·宾的《灯节》（*A Feast of Lanterns*）、翟理斯的《中国文学选珍》（上章已有论及，在此不再赘述）、李爱伦的《花影集：中国诗词》（*Flower Shadows: Translations from the Chinese*）、亨利·哈特的《西畴山庄》（*A Chinese Market*）[41]、《百姓》（*The Hundred Names*）及《牡丹园》（*A Garden of Peonies*）、初大告的《中华隽词》、白英的《白驹集：中国诗选》（*The White Pony: An Anthology of Chinese Poetry*）。

在这里，首先值得提及的是克兰默·宾在 1916 年出版的《灯节》一书。有关译者克兰默·宾的生平资料相当有限，笔者仅能从《英国皇家艺术学会会报》所发表的他的讣告[42]上，了解到如下信息：他 1872 年出生，先后毕业

---

41 此书常被译为《中国市场》、《中国集市》等。实际上，此书内扉页上印有毛笔手书的"西畴山庄"四字，旁钤"宣统御笔"、"自强不息"两印；这是清代女诗人许韵兰的一首诗的诗题，书中译有此诗。亨利·哈特专门提到，这是溥仪为旌表他"唤醒美国人对中国文艺的欣赏"而特意为此书题写的书名。依哈特本意，此书应被称为《西畴山庄》更为合适。

42 "Obituary." *Journal of the Royal Society of Arts*，Feb. 2，1945，p. 134.

于威灵顿公学和剑桥大学，曾任埃塞克斯郡参议员（County Alderman），1936年当选英国皇家艺术学会会员，1945年去世；由他主编的"东方智慧丛书"（"The Wisdom of the East Series"），出版有近50本译著，"在将亚洲杰出的诗人、哲学家、神秘主义者介绍给英国公众上贡献卓著"；同时，他还是位多产的中国文学的译者，曾译有《诗经》（*The Book of Odes : the Classic of Confucius*）[43]，出版了多部中诗译集，包括《长恨歌》（*The Never Ending Wrong and Other Renderings*）[44]、《玉琵琶：中国古诗选》（*A Lute of Jade : Being Selections from the Classical Poets of China*）[45]以及《灯节》等。克兰默·宾的译诗方式十分独特：他本人虽粗通中文，但是《长恨歌》、《玉琵琶》中的大多数译文，却都是基于翟理斯《古今诗选》、《中国文学史》相关内容的"重译"。克兰默·宾虽十分尊重翟理斯译介中西的努力，他本人也是英语世界中诗英译的"以诗译诗"派的核心人物之一，但他对汉学家们呆板沉闷、学院腔调的译风无法认同，声称"伟大的世界文学已经被那些纯粹的学者们把持得太久了。对于他们来说，文字至高无上，而精髓则无关紧要。现在已经到了文学家站出来宣布并承担其责任，去揭示异域文学的真实面貌及其魅力的时候了"[46]。从整体上来看，克兰默·宾的这种"重译"取得了非常不错的效果，有学者评价到，"相比翟理斯严谨的英译，克兰默·宾的译文以整齐的韵律、浪漫的文风，为英语读者呈现了唐诗的独特韵味"[47]、"比翟理斯等人学者式的、严谨精确的诠释风格更感性、更富于诗意，因而更具有可读性"[48]。不过，需要注意的是，克兰默·宾的翻译并非都是对他人的"重译"，上述几种译诗集中，有不少诗都是他本人在翟理斯之子翟林奈（Lionel Giles）的协助下亲自翻译而成的——这点在《灯节》一书中体现的十分明显。

43　Cranmer-Byng, L.A. *The Book of Odes: the Classic of Confucius*. London: John Murray, 1908.

44　Cranmer-Byng, L.A. *The Never Ending Wrong and Other Renderings*. London: Grant Richards, 1902.

45　Cranmer-Byng, L.A. *A Lute of Jade: Being Selections from the Classical Poetsof China*. London: John Murray, 1909.

46　Cranmer-Byng，L.A. *The Book of Odes : the Classic of Confucius*. London: John Murray, 1908, pp. 13-14.

47　王凯凤，英国汉学家克莱默-宾唐诗英译研究[J]，电子科技大学学报（社科版），2014，16（02）：104-108。

48　江岚，唐诗西传史论——以唐诗在英美的传播为中心[M]，北京：学苑出版社，2009年，第107页。

克兰默·宾最初的译介重点主要放在《诗经》和唐诗上,到了《灯节》一书出版时,其译介范围才扩展至清代。克兰默·宾在《灯节》中对于袁枚及其诗作青睐有加,他不但一口气翻译了袁枚的 9 首诗歌[49],使袁枚一举成为《灯节》中作品被翻译最多的诗人——与之对比,李白诗被译有 8 首,白居易诗被译有 7 首,杜甫仅有 3 首,而且此书书名"灯节"实际上就取自他所译的袁枚的《答人问随园·其十六》("戏点春灯挂树梢")一诗;另外,全书的"导语"部分亦因袁枚而起。由此不难想见,克兰默·宾对于袁枚的喜爱程度,他迫不及待地要把这位"世界上最快活的诗人之一"[50]的作品译入到英语世界中去。克兰默·宾似乎对于袁枚的"随园"格外感兴趣,选译了多首以此为主题的诗作。例如:

《答人问随园·其十六》

戏点春灯挂树梢,万重星斗荡烟涛。

鱼龙出没金银海,那觉当头碧月高。

A FEAST OF LANTERNS

In Spring for sheer delight

I set the lanterns swinging through the trees,

Bright as the myriad argosies of night,

That ride the clouded billows of the sky.

Red dragons leap and plunge in gold and silver seas,

And, O my garden gleaming cold and white,

Thou hast outshone the far faint moon on high.

又如:

《随园杂兴·其五》

花自带春来,春不带花去。云自共水流,水不留云住。

我欲问其故,无人有高树。树下闲思量,春与云归处。

---

49 由于克兰默·宾在翻译时并未附上中文原诗,亦没有任何注解说明出处,且自拟译诗标题,为寻找原诗造成了极大的障碍。经反复核实,笔者确认其中 8 首,分别是《答人问随园》(其九、其十一、其十六)、《静坐》、《杨花》、《喜老》(其七)、《随园杂兴》(其五)、《月下弹琴》;余有一首题为"Home"的译诗,未能确认原诗。

50 Cranmer-Byng, L. A. *A Feast of Lanterns*. London: John Murray, 1916, p. 90.

THE SECRET LAND

The flower fairies bring

Their playmate Spring,

But the Spring goes

And takes no rose.

She breaks all hearts

To incense and departs.

The river fain would keep

One cloud upon its breast

Of the twilight flocks that sweep

Like red flamingoes fading west,

Away, away,

To build beyond the day.

Give me the green gloom of a lofty tree,

Leaf and bough to shutter and bar

My dream of the world that ought to be

From the drifting ghosts of the things that are.

Mine is a secret land where Spring

And sunset clouds cease wandering.

　　和翟理斯一样，克兰默·宾的译文亦采用的是英语格律诗的形式；不过，为了诗情的传达，克兰默·宾在细节处理上会更为灵活，甚至会加入许多自己的阐释，如上述译文中的"argosies of night"、"cold and white"以及"She breaks all hearts/ To incense and departs"、"like red flamingoes fading west,/ Away, Away,/ To build beyond the day"等即属此类。不得不承认，克兰默·宾这种对于原诗"不忠实"的改造，反而使得英语译文在另一种层面上"忠实"地传达了原诗的"精髓"，这不禁启发我们以一种更复杂的方式去重新审视"信达雅"之"信"的真正内涵和实现方式。

　　上节提及的将赵翼的多首诗歌译介至英语世界中的李爱伦，隶属于美国圣公会（Episcopal Church in the United States of America），1899年来华，曾任安徽芜湖圣雅各中学（今安徽师范大学附属中学）的校长，1923-1924年之间还是皇家亚洲文会北中国支会的会员之一。李爱伦对于中国文学的译介有很高的热情与期待，曾就读于圣雅各中学的胡梦华[51]后来回忆到："有一位英国人李爱伦先生有些诗的天才，著有《娥媚》[52]等诗集在伦敦出版，风行一时。他对于中国文学也有研究，曾经译过几首唐诗。他曾告诉我说，中国的文学有非常的价值，可惜外国人以不通中文没有福气看，这固然是外国人之不幸，也是中国文学之大不幸。他又劝我来做这种介绍事业，他极愿意帮助。他说这种把本国文学翻译成外国文学，对于本国有很大的利益。"[53]出于这样的认识，李爱伦 1925 年在伦敦出版了《花影集：中国诗词》[54]，书名来自苏轼的《花影》（重重叠叠上瑶台）一诗，在书中，李爱伦翻译了十余首中国古诗、若干首童谣以及一些民国诗人的新诗；这十余首古诗大多为唐宋两代诗人——如李白、苏轼、黄庭坚等——的作品，但也有两首清人作品，分别为《红楼梦》中黛玉所作的《葬花吟》一诗以及郑板桥的《道情》组诗。

《葬花吟》文辞优美、感情细腻，不但深受国内读者的喜爱，还在英语世界拥有较广的传唱度。在李爱伦之前，这首诗已有甘淋（G.T. Candlin）、翟理斯的两个英译本[55]，两人的译文都采用了英语格律诗的形式，虽形式整饬，但难免对原诗有所"变形"；而李爱伦在《花影集》中为英语世界的读者提供的是一个自由体（Free Verse）的译诗，相较于甘淋、翟理斯的版本，在行文上更加灵活，在还原中文原诗神韵和旨趣方面更具优势。试对比三个译本对《葬花吟》前四句（"花谢花飞花满天/红消香断有谁怜/游丝软系飘春榭/落絮轻沾扑绣帘"）的处理为例：

Flowers fading, flying, fly and fill the sky,

Colors melt and fragrance fails, —Who pities when they die?

Flossy festoons dance around the sweet spring arbor sides,

---

51 胡梦华（1903-1983），行名昭佐，字圖荪，安徽绩溪人，毕业于国立东南大学西洋文学系，与鲁迅等人有过论战，曾任安徽省立第一师范校长、国民党重庆、天津市党部执行委员。

52 应为"娥眉"。此书题为 *"O Mei" Moon and Other Poems*，1921 年在伦敦的 Erskine Macdonald, Ltd.出版社出版，乃李爱伦的个人诗集，充满了中国文化的元素。

53 胡梦华，整理旧文学与新文学运动[M]// 李永春编，湖南新文化运动史料（二），长沙：湖南人民出版社，2011 年，第 1101 页。

54 Lee, Alan W. Simms. *Flower Shadows: Translations from the Chinese*. London: Elkin Mathews Ltd., 1925.

55 甘淋译本见其 *Chinese Fiction* (The Open Court Publishing Company, 1898) 一书，翟理斯译本见其 *A History of Chinese Literature* (William Heinemann, 1901) 一书，详参第二章有关论述。

To th'embroidered screen soft down-heads fasten clingingly. （甘淋译）

Flowers fade and fly,

　　　and flying fill the sky;

Their bloom departs, the perfume gone,

　　　yet who stands pitying by?

And wandering threads of gossamer

　　　on the summer-house are seen,

And falling catkins lightly dew-steeped

　　　strike the embroidered screen. （翟理斯译）

Withered are the flowers. Their flying petals fill the air.

Faded their bright colours, their fragrance gone.

Who is there that weeps for them?

Like a frail strand of silk, tied to the Spring Pavilion,

am I,

The soft bloom of the willow catkins clings to the em-

broidered screen. （李爱伦译）

　　黛玉面对春暮落花，联想到青春不永，黯然神伤。"游丝软系"、"落絮轻沾"两句，看似闲笔，与"葬花"无关，实则是黛玉自身飘泊无依、孤苦伶仃的精准写照，也是触发黛玉"女儿惜春"、"愁绪满怀"的重要因素。由于韵体形式，甘淋、翟理斯只将此句平铺直叙译出，而李爱伦的译文"Like a frail strand of silk, tied to the Spring Pavilion/ am I/ The soft bloom of the willow catkins clings to embroidered screen"则敏锐地将黛玉处境与"游丝"、"落絮"之间的对应关系体现了出来。

　　"道情"是曲艺的一种，因源出演唱道家故事的道曲，故名，内容多宣扬出世思想，形式以唱为主，以说为辅。根据郑燮本人的说法，"是曲作于雍正七年（1729），屡抹屡更，至乾隆八年（1743），乃付诸梓"[56]，前后修改十余年才定稿，可见郑燮对于这组诗的重视程度。《道情》组诗语言清新、意境优美，刊行后，在当时传唱颇广，其中江浙一带最为流行，至1949年新中国成立时，仍风靡不衰。李爱伦在《花影集》中将郑燮这组既具文学价值、兼有

---

56 郑板桥著，王锡荣注，郑板桥集详注[M]，长春：吉林文史出版社，1986年，第330页。

民俗价值的诗完整地译为英文，并辅以若干条详细注解，第一次为英语世界的读者展示了这一别致的文本，显示了其在选译诗歌时的独到眼光。

江岚在《唐诗西传史论——以唐诗在英美的传播为中心》中认为，《花影集》"译者的名字叫艾伦·李（Alan Simms Lee），从其姓氏推断，此人很可能是华裔，因为'Lee'是早期中国及东南亚地区移居海外的李姓华裔的姓氏拼写"，并指出"全书没有一个汉字，诗题的翻译有的是音译，有的是意译，对所翻译的诗歌或所选诗家也没有任何介绍，总的说来翻译质量很一般，因此影响也很有限"[57]。上述观点显然是对材料缺少挖掘、对译文缺乏比较所致；不过李爱伦诸译本影响力有限倒是事实，由于其生平资料较少以及译本印量有限的原因，目前国内学界罕有人论及他对于中诗英译的贡献。

与李爱伦一样，这一时期十分多产且极具个人风格的译者亨利·哈特[58]亦常被国内学者所忽略。亨利·哈特 1886 年出生于旧金山，1911-1916 年间曾任旧金山市助理检察官（the Assistant City Attorney），对中国、日本文化有浓厚兴趣，曾多次前往东亚实地考察，与末代皇帝溥仪[59]以及文仁亭[60]等在华西人来往甚密，留下了大量的彩绘照片、笔记及手稿等，后在加州大学伯克利分校教授中国艺术、文化及历史方面的课程，1968 年去世。亨利·哈特生前常被认为是一个杰出的历史学者和人类学家，然而他作为一个中国文学的多产译者的身份却常为人所忽略。他的《西厢记》（*The West Chamber*）[61]是王实甫这出戏在英语世界中较早的译本之一；从 1931 年到 1968 年，他还陆续出版了四本中诗英译集，除上述提及的《西畴山庄》、《百姓》、《牡丹园》三书外，还包括出版于 1974 年的《卖炭翁》（*The Charcoal Burner and Other Poems*）[62]一书，这四本译诗集皆选材独到、译风优美，基本上覆盖了中国各

---

57 江岚，唐诗西传史论——以唐诗在英美的传播为中心[M]，北京：学苑出版社，2009 年，第 253 页。

58 亨利·哈特的大多数文档材料皆保存于加州州立大学东湾分校的图书馆中，详情可参见链接 https://library.csueastbay.edu/hart/home 中的内容。

59 在加州州立大学东湾分校的哈特文档中，有一张溥仪 1930 年年初题赠给哈特全身照；哈特 1931 年出版的《西畴山庄》一书的书名亦由溥仪亲笔书写。二人关系可见一斑。

60 《西畴山庄》一书的前言由文仁亭撰写，在前言中，文仁亭称哈特为"诗人中的诗人"（poet's poet）。

61 Hart, Henry H. *The West Chamber: Translated from the Original Chinese*. San Francisco: Stanford University Press, 1936.

62 Hart, Henry H. *The Charcoal Burner and Other Poems: Original Translations from the*

个时代的诗作。彭发胜在《中国古诗英译文献篇目信息统计与分析》一文中，统计了"从中国古诗英译的发轫期到 2000 年底的一百多年间，自汉代到清末 1166 位诗人（佚名者除外）的 114634 篇诗作的 27976 个英译本"，根据他的分析数据，亨利·哈特在译次上属于领先译者的第一阵营，指出哈特"先后出版了四部译诗集……几乎每十年一部，最后两部之间相隔 20 年"，"这样长期致力于中国古诗英译的译者值得我们研究"[63]。数据显示了哈特在中诗英译上的勤奋与贡献，然而目前中国学界对他的研究几乎一片空白——这无论如何是亟需改善的。

　　另外，还需特别提及哈特在中国古籍搜集与保存上的贡献：20 世纪 90 年代以来，英语世界兴起了以女性主义视角重新审视中国诗史中女性诗人地位及作用的研究热潮，而原始文献是一切研究的基础，根据这波热潮中的代表性人物方秀洁（Grace S. Fong）的说法，"致力于明清女性研究的学者们在哈佛燕京图书馆的'哈特藏书'（Hart Collection）中发现了宝藏。哈佛燕京图书馆的中国古代妇女著作由'哈特藏书'中的 53 种明清妇女著作和另外四十种普通古籍组成。这些收藏，使得哈佛燕京图书馆成为西方大学图书馆中拥有中国古代妇女著作最为丰富的机构。即使在中国，除少数例外，一般的大学图书馆也难与之相比"[64]——她所提及的"哈特藏书"即为亨利·哈特 1946 年捐赠给哈佛燕京图书馆的近三百种中国珍本。哈特对于中国明清妇女著作的刻意搜罗，不但对于英语世界半个世纪后的汉学研究热潮埋下了"伏笔"，还直接对他本人的中国诗歌译介事业起到了塑造作用，笔者将在下边谈及此点。

　　从整体上来看，亨利·哈特的四部译诗集对中国各个朝代的诗歌作品都有译及，尤其是《百姓》、《牡丹园》两书，皆按照朝代顺序设计章目，显示了译者意欲用译笔为英语世界的读者呈现出中国完整诗史的勃勃雄心；这种雄心没有足够的热爱是绝难实现的，亨利·哈特真挚地将中国称为"Mother China"，并表示，"中国诗歌是用最柔软的笔写在最薄的纸上的，但是最为汉族人民生活与文化的记录，这些诗篇却要比雕刻在石碑或青铜之上的更为不

Poetry of the Chinese. Norman: University of Oklahoma Press, 1974.

63　彭发胜，中国古诗英译文献篇目信息统计与分析[J]，外国语，2017，40（05）：44-56。

64　[加]方秀洁，[美]魏爱莲，跨越闺门：明清女性作家论[M]，北京：北京大学出版社，2014 年，第 6-7 页。

朽"[65]。在具体的选译篇目上，亨利·哈特的诸种译集在选译清代诗歌的数量上要远远超出同时代的其他译集，清诗在亨利·哈特的译介体系中成了仅次于唐诗的又一"高峰"：《百姓》中唐诗占了 52 页的篇幅，清诗仅次于唐诗，占了 44 页的篇幅，而此书中宋、元、明诗加起来不过只有 32 页；《牡丹亭》中唐诗占了 55 页的篇幅，清诗占了 43 页的篇幅，而汉代到唐以前的诗歌只有 25 页，唐以后到清以前的诗歌只有 27 页。对于清诗的这种偏爱是哈特了解到当时中诗英译状况后的主动选择，他清醒地意识到，"流传至今的成千上万首中国诗歌里，仅有一千余首被翻译成为外语，大部分译作都在重复性地翻译唐代最著名的几位诗人的作品。许多优美的中国诗歌至今仍不为西方人所知。……唐代以前、宋代之后的诗人们在西方世界中大多都默默无名。除了个别诗人被重视外，明清两代大部分诗人都被轻蔑地忽略了"[66]。有鉴于此，哈特在具体的译介实践中就有意地向清代诗歌倾斜。

除此之外，哈特还涉足到了中诗英译的另外一个少有人触及的领域——女性诗歌。他认为，"中国女性曾创作了这个民族最优美的诗行，无论是多简略的中国诗史，倘未提及她们，就很难称得上完整"，表示"从子夜到席佩兰，中国女性写下了不朽的篇章……在某种意义上，她们比中国历史上最伟大的诗人更能生动地叙述家庭亲密关系，更能深入地表现中国人的心灵"[67]，或许正是基于如此的观念，亨利·哈特才能成为英语世界女性诗歌别集的重要搜集者，才会为英语世界的读者大量译介了中国女性诗人的作品——由于现存女性诗歌别集大都出自明清，这两个朝代的女诗人自然是这类译介的主体。《西畴山庄》中译有 7 位清代诗人的 8 首诗作，这 7 位诗人无一例外全是女性[68]；《百姓》中译有 38 位清代诗人的 48 首诗作，其中收有 25 位女性诗人[69]的 33 首作品；《牡丹园》中译有 23 位清代诗人的 35 首诗作，其中收有 12 位

---

65 Hart, Henry H. *A Garden of Peonies: Translations of Chinese Poems into English Verse*. San Francisco: Stanford University Press, 1938, p.xxxi.

66 Hart, Henry H. *The Hundred Names: A Short Introduction to the Study of Chinese Poetry with Illustrative Translations*. Berkeley: University of California Press, 1933, p.1.

67 Hart, Henry H. *The Hundred Names: A Short Introduction to the Study of Chinese Poetry with Illustrative Translations*. p. 20-22.

68 王薇、朱柔则、许韵兰、何佩玉、许秀贞、骆绮兰等。

69 赵慈、李兰韵、方芷斋、黄婉璩、顾若璞、孔祥淑、林以宁、孙云凤、吴宗爱、葛宜、百保友兰等。

女性诗人[70]的 17 首作品。可以说，凭借着对于清代诗歌以及女性诗歌的关注，亨利·哈特不仅是这一时期英语世界翻译清诗最多的译者，还成为了英语世界译介、研究中国女性诗歌的先行者。

亨利·哈特拥有自己独特的译诗理念。他对于当时英语世界的两种译诗倾向——"以诗译诗"与"自由体译诗"——都不满意，指出"以诗译诗"有碍于翻译的忠实度，"遵循这种译法越久，译者就越需要借来普罗克汝斯忒斯之床（the bed of Procrustes）[71]"，为了符合英诗形制与韵律，"字句不得不被压缩或被添加"，这往往会"牺牲原诗的简洁、清晰、气势以及直率"；同时还认为，和"以诗译诗"相比，"自由体译诗"不过是走向了另外一个极端而已，这类译文"通常难以体现原诗的含蓄与优美"，同时还"很容易就完全扭曲的原文文本的形式"。哈特使用的格律诗在形式上是相对灵活的，他试图在"以诗译诗"与"自由体译诗"之间取得一种大致平衡；相较于形式，他更重视对于原文的忠实度，用他自己的话来讲就是，"形式或许可变，但对原文的忠实却是不变的"[72]。不过，从他的具体译文来看，我们有足够的理由对这种"忠实"表示怀疑。以哈特所译的许兰韵的《西畴山庄》为例：

《西畴山庄》

陌头缓缓筍舆游，水面瓜皮小小舟。

恰是卖花声过后，菱歌清唱杂渔讴。

A CHINESE MARKET

In the market, by the river,

The fresh-fruit sellers cry their wares.

From their boats, upcurved like melons,

They shout "young bamboo shoots!" and "pears!"

Joining in the noise and clamour,

The flower-vendors sing and call.

---

70 陈芸、季兰韵、席佩兰、甘立媃、郭润玉、孙云凤、王倩、吴绡、吴芸华、杨蕴辉、姚益敬等。

71 普罗克汝斯忒斯是古希腊神话中的一名强盗，他把游客置于自己床上，为使其适合于床的大小而要么把人的四肢拉长，要么砍短四肢，后被忒修斯（Theseus）用同样的方法杀死。

72 Hart, Henry H. *The Hundred Names: A Short Introduction to the Study of Chinese Poetry with Illustrative Translations*. Berkeley: University of California Press, 1933, p.29-30.

Loud above both shouts and singing

Comes the fisher's lusty bawl.[73]

许兰韵为此诗提供观察视角的"缓缓筍舆游"一句在哈特的译文中完全被删去，而"fresh-fruit sellers"以及他们所叫卖的"young bamboo shoots"以及"pears"在原诗中并未出现。细味其诗，许兰韵本意是想以"卖花声"、"清唱"、"渔讴"之"闹"来反衬幽阒寂静的西畴山庄，然而却在哈特译文的一删一增之间，变异成了一副熙熙攘攘的市集模样。同样的情况在哈特的译诗中还有不少，如哈特所译的席佩兰的《思亲》一诗（"十五年无一日离／那堪暌隔两旬期／昨宵枕上思亲泪／犹梦牵衣泣别时"）：

A WIFE TO A HUSBAND

For fifteen years we've never been

A Single day apart.

How can I bear to think that now

A score of days—eternity—

Must lie between us two?

Last night I cried myself to sleep,

And in a restless dream

I saw you leave, clung to your arm,

Awoke—and wept again.[74]

哈特的译文所传达的夫妻深情虽令人动容，但原诗本为席佩兰思念父母而作，诗中的"十五年"、"两旬期"、"思亲泪"皆为明证。亨利·哈特的《牡丹园》1938 年出版后，吴经熊很快就在《天下》月刊的第 8 卷第三期上发表了一篇书评[75]，对哈特在译文中的这种严重误译的情况相当大度，表示"阅读这本讨人喜爱的集子的最好方式，就是要忘掉它是一本译诗集"。然而，不得不指出，哈特的四本译诗集中普遍存在着的对原文的扭曲、变形的倾向，背离了他试图忠实原文的初衷，进而也削弱到了他的中诗英译在中国本土以及

73 Hart, Henry H.A *Chinese Market: Lyrics from the Chinese in English Verse.* Peking: The French Bookstore, 1931, p.24.

74 Hart, Henry H. *The Hundred Names: A Short Introduction to the Study of Chinese Poetry with Illustrative Translations.* Berkeley: University of California Press, 1933, p.191.

75 Li, Teresa. "Review of *A Garden of Peonies: Translations of Chinese Poems.* By Henry H. Hart." *T'ien Hsia Monthly*, Vol. 8, No. 3, pp. 277-283.

英语世界的影响力。

除了李爱伦、亨利·哈特的译本外，这一时期的原创译集还有初大告的《中华隽词》和白英的《白驹集：中国诗选》两书。前者是英语世界第一本专门翻译中国古典词的译集，在中词英译史上具有里程碑的意义，不过初大告在此书中译介的重点在宋代，清代部分只选译了一首清初僧正岩的《点绛唇》[76]，此词艺术性一般，作者亦名不见经传，显然无法反映有清一代在词体上的创作成就；后者乃是白英与西南联大的师生们合作翻译[77]而成的中国诗词英译集，所译诗词上起周代、下迄民国，其中，清代部分译有纳兰性德的三首词作，分别为《金缕曲·赠梁汾》、《菩萨蛮》（"白日惊飚冬已半"）、《采桑子》（"明月多情应笑我"），译者为熊婷（Hsiung Ting，音译），这三首词吴经熊都已在《天下》月刊中翻译过，与之相比，《白驹集》所译纳兰词在文学性与流畅度上都略输一筹，有时还有一些不必要的误译——比如将"金缕曲"译为"Song of the Golden Pavilion"等，因此，它们在英语世界中的传播效果并不理想。

（2）转译诗集

法国女诗人朱迪特·戈蒂埃（Judith Gautier，又名俞第德、鄂狄叶）的《白玉诗书》（*Le livre de Jade*）[78]以一种优美清新的散文式的语言译介了多首中国诗词，不但在欧洲大受欢迎、风靡一时，而且还在英语世界成为了诸多转译诗集的主要来源之一，像詹姆斯·怀特尔（James Whitall）的《玉书选》（*Chinese Lyrics from the Book of Jade*）以及爱德华·鲍伊斯·马瑟斯（Edward Powys Mathers）的《彩星集：亚洲情诗50首》（*Coloured Stars：Fifty Asiatic Love Lyrics*）、《清水园：亚洲情诗120首》（*The Garden of Bright Waters: One Hundred and Twenty Asiatic Love Poems*）即属此类作品。

朱迪特·戈蒂埃的"颜厚于甲，胆大过身"的中文教师丁墩龄（Ting-Tung-

76　原词内容如下："往来烟波，此生自号西湖长；轻风小桨，荡出芦花港。得意高歌，夜静声偏朗；无人赏，自家拍掌，唱得千山响。"

77　白英在《白驹集》的"导言"中指出，"我请中国学者翻译那些他们从自己的经验和研究出发认为最适宜翻译的作品，他们的译文由我修改，修改后再呈递给他们，直到最后达成一致的意见"，"我的职责仅仅是一个编者和修订者，因为我的中文知识不足以裁决如何去翻译中文诗歌的那些微妙之处"。（*The White Pony*, p.xxviii）

78　Walter, Judith. *Le Livre de Jade*. Paris: Alphonse Lemerre, 1867. 此书1867年初版时，中文题名为《白玉诗书》；后来再版时，中文题名改为《玉书》。

Ling）"不仅冒充举人，亦且冒充诗人，俨若与杜少陵、李太白、苏东坡、李易安辈把臂入林，取己恶诗多篇，俾戈女译而蝨其间"[79]之事，已经成为中法文学交流史上的一桩著名公案。丁墩龄虽主要生活在海外，但其作品仍应算为清代文学的一部分；即使他的这些诗"未识原文作底文字，想尚不及《东阳夜怪录》中敬去文、苗介立辈赋咏"[80]，它们还是凭借着《白玉诗书》的巨大影响力，被多次转译到了英语世界当中。例如，怀特尔在《玉书选》中将其《去往 Tchi-Li 之路》（"On the Road to Tchi-Li"）转译为英语[81]；又如，马瑟斯在《彩星集》中将其《橘叶之影》（"Shade of the Orange Leaves"）转译为英语[82]。由于《白玉诗书》中并未给出原文，也并没有任何注解，再加上戈蒂埃在译文中"天马行空"的自由发挥，欲找出丁墩龄的原诗对比译诗的质量，几乎成了不可能的事情。

1902 年，《白玉诗书》再版[83]，除中文题名被改为《玉书》外，这一版还增添了多首新的译诗。在这些新增译诗中，最引人注目的是几位清人的作品，分别为：裕庚题诗[84]、李鸿章的《无岸之海》（"la mer sans rivages"）、勋龄的《勿忘我》（"ne m'oubliez pas"）和《清晨玫瑰》（"rosé matinale"）、馨龄的《别离》（"separation"）。裕庚题诗的影印件，专门被置于全书正文之前，其后还配有戈蒂埃对它的翻译；在落款中，裕庚交代了这一题诗的源起，"鄂狄叶诗人见索俚句，率成博粲"。既然裕庚已"投之以桃"，戈蒂埃就顺势"报之以李"，将裕庚子女——勋龄、馨龄——的诗作放到了《玉书》1902 年版之中。其中，勋龄的《清晨玫瑰》一诗被马瑟斯 1920 年在《清水园》中转译为英语：

THE MORNING SHOWER

The young lady shows like a thing of light

In the shadowy deeps of a fair window

79　钱锺书，谈艺录[M]，北京：生活．读书．新知三联书店，2007 年，第 126-127 页。

80　钱锺书，谈艺录[M]，北京：生活．读书．第 126-127 页。

81　Whitall, James. *Chinese Lyrics from the Book of Jade*. New York: B. W. Huebsch, 1918, pp. 23-24.

82　Mathers, Edward Powys. *Coloured Stars : Fifty Asiatic Love Lyrics*. Oxford: Basil Blackwell, 1920, p.13.

83　Guitier, Judith. *Le Livre de Jade*. Paris: Felin Juven, 1902.

84　笔者所见版本，字迹较为模糊，无法辨别裕庚之诗中的个别字词，付之阙如。其诗云："巴黎奉使历重瀛，热海苏河取次行。两度频来如有约，世年□□不胜情。犹馀持节乘槎意，惯听湖□鼓瑟声。堪喜诗人能抱古，手持一卷话平生。"

Grown round with flowers.

She is naked and leans forward, and her flesh like frost

Gathers the light beyond the stone brim.

Only the hair made ready for the day

Suggests the charm of modern clothing,

Her blond eyebrows are the shape of very young moons,

The showers bright water overflows

In a pure rain.

She lifts one arm into an urgent line,

Cooling her rose fingers

On the grey metal of the spray.

If I could choose my service, I would be the shower

Dashing over her in the sunlight.[85]

与丁墩龄之诗一样，这首诗和《勿忘我》以及馨龄的《别离》亦难以找
到对应原诗，只能记述在此。此外，怀特尔在《玉书选》中还曾将上面提到的
李鸿章之诗转译为英语：

THE SHORELESS SEA

OH dragon,

You who rule the shoreless sea of death,

Steal away my loved one

While bending over her in passionate musing,

I drink in her breath,

bear her away on your ghostly ship,

and take me with her

so we may sail together always,

drunk with love.[86]

根据译文来看，此诗风格绮艳，吐语沉痛，应为李鸿章所作的悼亡诗或

---

85 Mathers, Edward Powys. *The Garden of Bright Waters: One Hundred and Twenty Asiatic Love Poems*. Oxford: Basil Blackwell, 1920, p.70.

86 Whitall, James. *Chinese Lyrics from the Book of Jade*. New York: B. W. Huebsch, 1918, p.30.

闺怨诗，然而遍览今人所编的《李鸿章全集》，并未有诗与此译文相契合，虽不知其原文如何，但或为李鸿章集外散佚之诗，应具有一定的文献价值。

　　除《玉书》外，法国人图桑（Franz Toussaint）所译的《玉笛》（*La Flûte de Jade : Poésies Chinoises*）也在 1929 年被乔里苏（Gertrude L. Joerissen）转译为英语，题为《失笛记》（*The Lost Flute, and Other Chinese Lyrics*）[87]，亦算作是这一时期很有特色的一个转译本。书中译有袁枚、乾隆以及丁墩龄等多位清人[88]的诗作，不过皆未附原文，亦没有任何注解，作者的生卒年还常被标错[89]，以至于很难识别出译者到底所译究竟为何人何诗。据乔里苏在"前言"中的解释，图桑之所以这么做，是因为他"知道真正的诗歌爱好者阅读此书，不是为了获取知识，而是为了获取纯粹的欢愉"[90]。不过，笔者还是根据极为有限的信息，找到了书中所译袁枚之诗的出处：

> WINTER
>
> The wind from the north has been raging for a month, and the water in the river is as hard as a stone. I hear the silken noise of the little waves no longer. One is forced to believe that the Lord of Heaven is amusing himself by vexing humanity.
>
> Like a boat frozen in the water I sit in my kiosk of glass. I meditate, I warm myself, and I wait for the appearance of the red line in the east which announces the return of the sun.

　　此乃译者自《过丹阳船冻不行闷而有作》一诗中节译而出："北风吹水水成石，波涛无声两桨直。天公欺人行不得，将船封入水晶域。……望见东方

---

87 赵毅衡在《诗神远游：中国如何改变了美国现代诗》（四川文艺出版社，2013 年）中指出："1923 年乔里苏（Joerissen）的《失去的笛》（Lost Flute）亦系《玉书》之转译。"（141 页）这段表述有三处错误：（一）此书封面有中文书名，应为《失笛记》，而非《失去的笛》；（二）《失笛记》乃图桑《玉笛》之转译本，而非《玉书》之转译；（三）《失笛记》首次出版当在 1929 年，而非 1923 年。

88 除袁枚、乾隆和丁墩龄外，尚有"Chang-Wou-Kien"、"Li-Chuang-Kia"、"Ouei-Fong-Tsai"等多位清人的作品被转译成英语，不过缺少必要的信息，殊难将其人其作识别出来。

89 例如，丁墩龄本为清人，其生卒年却被写为 772-845；又如，乾隆的生卒年本为 1711-1799，却被标为 1770-1774；再如，袁枚的生卒年本为 1716-1798，却被写为 1761-1782。

90 Joerissen, Gertrude L. "Preface." *The Lost Flute and Other Chinese Lyrics*. New York: The Elf Publishers, 1929.

一角红，知有朝阳来救我。"倘将译文与原文两相对照，我们不难注意到译者采用了散文体来译介此诗，虽在诗意传达上大致准确，但却缺乏必要的文学魅力，恐怕很难为它的读者提供所谓的"纯粹的欢愉"。或许正因如此，这个转译本在中诗英译史上并无太大的影响力。

（3）译诗选集

这一时期的译诗选集包括以下作品：尤尼丝·狄任斯（Eunice Tietjens）编选的《东方诗集》（*Poetry of the Orient：An Anthology of the Classic Secular Poetry of the Major Eastern Nations*）、约瑟夫·路易斯·弗兰奇（Joseph Lewis French）编选的《荷与菊：中日诗选》（*Lotus and Chrysanthemum: An Anthology of Chinese and Japanese Poetry*）以及彼得·保佩尔出版社（The Peter Pauper Press）编辑出版了《中国情诗：上古到现代》（*Chinese Love Poems: From Most Ancient to Modern Times*）。

尤尼丝·狄任斯是美国新诗运动的主将之一，曾长期担任《诗刊》（*Poetry*）这一著名刊物的副主编，由她所编选的《东方诗集》自然是这一时期最值得关注的一部译诗选集。狄任斯能与中国结缘，与她的姐姐郝路易（Louis Strong Hammond）有密不可分的关系：郝路易隶属于美国圣公会，1913 年开始在中国传教；1916 年，狄任斯和她的家人亦随之来到中国，同郝路易一起，在无锡居住了一年的时间。后来，狄任斯根据这一年在中国的所见所闻，创作了《中国剪影》（*Profiles from China*）这一诗歌集，并以此奠定了她在新诗运动中的重要地位。1926 年，在向阿瑟·韦利回忆起这段十年前的往事时，狄任斯深情地表示："我到中国去，跟我的姐姐路易斯·哈蒙德一起在无锡住了一年，从此以后，我的心就与你一样，紧紧地被东方抓住。"[91]

"为了简单、连贯地向西方读者展示东方诗人的杰出作品"，狄任斯在1928 年纂辑了这本《东方诗集》，分别择取了英语世界已有的中国、印度、日本、波斯、阿拉伯这五个亚洲国家/文明的各个时代诗歌的译文。虽然深知"经由翻译来到我们面前的诗人，不可避免地有所损失"，但是狄任斯相信通过她的择选，呈现在此书中的都是当时能找到的最佳译本，并且按照

---

91 Eunice Tiejens to Arthur Waley, Oct.1, 1926, *Tietjens Papers*, Newberry Library. 译文转引自赵毅衡的《诗神远游》（四川文艺出版社，2013）一书。

她的标准，这些翻译不仅仅只是翻译，而皆是"用英语写就的诗歌"[92]。在
为中国部分所写的导言中，狄任斯注意到，"若不甚懂诗的话，此人也许当
不上任何官——即使是像北京市警察局长这样的无关职位"，作为一个诗
人，狄任斯由衷地对中国这一人人可以为诗的现象表示赞赏；狄任斯对于
中国诗史的认识，似乎继承自翟理斯：她认为"唐诗毋庸置疑是世界诗史的
一座高峰"，而在唐代之后，除了宋诗可圈可点外，余下朝代的诗歌质量就
在一路下滑（in decreasing ratio）；不过，她接着补充说，清代的袁枚倒是
"近来最流行的作家"。在《东方诗集》的中国部分，唐宋诗歌牢牢占据了
主体；清代诗歌方面，狄任斯选取了克兰默·宾所译的 2 首袁枚诗（《答人
问随园》其九、其十六）以及李爱伦所译的郑板桥《道情》组诗中的一首
（"老头陀/古庙中"），上文皆有论及，不再赘述。另外，狄任斯还在导言中
还充满信心预测到，"就像过去我们的诗歌曾深受波斯、阿拉伯诗歌影响一
样，下一代的英语诗歌必将染上中国诗的浓重色彩"[93]——她本人所置身其
中的新诗运动的实绩以及后来的"旧金山文艺复兴运动"一再地验证了这
一预言的准确性。

　　这一时期值得一提的译诗选集，还有约瑟夫·路易斯·弗兰奇的《荷与
菊》以及彼得·保佩尔出版社的《中国情诗》两书。前者将择诗范围缩小到了
中日两国，根据译者在书前导言中的表述，此书的编选亦是新诗运动波及的
结果，书中完整转录有克兰默·宾在《灯节》中所译的 9 首袁枚诗；后者虽
未解释自己以"情诗"为主题的编选动机，但似是对当时英语世界认为"中
国无情诗"[94]这一观念的反驳，转录有多首清人诗词，其中有吴经熊所译的 4
首纳兰词。这两本译诗选集连同狄任斯的《东方诗集》，一起为我们揭示了如
下事实：凭借着克兰默·宾与吴经熊的优美译笔，袁枚、纳兰性德是这一时
期英语世界的读者最为熟知的两位清代作家。

92　Tiejens, Eunice, ed. *Poetry of the Orient: An Anthology of the Classic Secular Poetry of the Major Eastern Nations.* New York: Alfred A. knopf, 1928, pp. xv-xxi.

93　Tiejens, Eunice, ed. *Poetry of the Orient: An Anthology of the Classic Secular Poetry of the Major Eastern Nations.* pp. 181-186.

94　亚瑟．韦利在《中国诗 170 首》（*A Hundred and Seventy Chinese Poems*）中认为，欧洲诗人"乐以情人的面目示人"，而中国诗人更倾向"以朋友而非情人的身份来标榜自己"；狄任斯在《东方诗集》中引用了韦利的说法，并进而表示，"除了早期朝代外，中国诗歌中有关男女之爱的诗歌几乎是完全缺席的"。

（二）工具书及其他

除了大量涌现的专门的中国诗词译集外，这一时期还有其他一些书籍有清代诗词的零散译介和研究。重点在此评述以下两本书：怀履光的《中国墨竹书画册》（*An Album of Chinese Bamboos*）[95]、恒慕义主编的《清代名人传略》[96]。

怀履光隶属于加拿大圣公会（Anglican Church of Canada），1897年开始在中国传教，并1910年前后成为河南教区的首任主教。在华居住40余年间，除了进行传教活动外，怀履光还在河南及其周边地区盗掘、倒卖了大量的中国珍贵文物，加拿大皇家安大略省博物馆（Royal Ontario Museum）现有的中国藏品，大部分都来自怀履光的个人收藏。围绕着这些文物，怀履光出版了一系列在西方颇有影响力的著述，包括《中国壁画》（*Chinese Temple Frescoes*）[97]、《中国古墓砖图考》（*Tomb Tile Pictures of Ancient China*）[98]、《中国犹太人》（*Chinese Jews*）[99]以及接下来要论及的《中国墨竹书画册》等。

据怀履光在此书前言中的自述，这十二幅由乾隆时期著名画家陈霖（字雨人，号晚霞老人）创作的墨竹立轴画，1928年为他所购得；鉴于竹子在中国文学、艺术及历史上的重要地位，他动念创作了此书。《中国墨竹书画册》全书分为两部分。第一部分"文本"（"Text"）列有十一个章节：（一）引论；（二）竹与中国家庭生活；（三）文中之竹；（四）李衎之《竹谱详录》；（五）竹之传说；《诗中之竹》；（六）竹与艺术；（七）竹之画家；（八）陈霖；（九）陈霖印章研究；（十一）陈霖作品研究。不但系统展示了竹子在中国文化中的影响和意义，还将画家陈霖初步地介绍到了英语世界之中。第二部分"画、章与书法"（"Plates, Seals and Script"）将陈霖所作的分别对应十二个月的十二幅画完整影印了出来，并一一将画中题诗、对联及印章等文字译出——这

95　White, William C. *An Album of Chinese Bamboos: A Study of a Set of Ink-Bamboo Drawings*. Toronto: The University of Toronto Press, 1939.

96　Hummel, Arthur W. ed. *Eminent Chinese of the Ch'ing Period (1644-1912)*. Washington: U. S. Government Printing Office, 1943; 1944.

97　White, William C. *Chinese Temple Frescoes: A Study of Three Wall-Paintings of the Thirteenth Century*. Toronto: The University of Toronto Press, 1940.

98　White, William C. *Tomb Tile Pictures of Ancient China: An Archaeological Study of Pottery Tiles from Tombs of Western Honan, Dating About the Third Century B. C.* Toronto: The University of Toronto Press, 1939.

99　White, William C. *Chinese Jews: A Compilation of Matters Relating to the Jews of K'ai-Fêng Fu*. New York: Paragon Book Reprint Corp, 1966.

其中就有陈霖的多首诗作以及由他所抄录两首郑板桥的诗作。例如，第一幅之板桥诗：

> 江南鲜笋趁鲥鱼，烂煮春风三月初。
>
> 分付厨人休斫尽，清光留此照摊书。
>
> South of the River fresh sprouts and lake fish are found;
>
> Good cooking is had in spring, early in the third month.
>
> Order the kitchen people not to slice them all up,
>
> For this twilight still remains to enlighten them for my drawing.

又如，第五幅之陈霖诗：

> 翠佩瑶环昨夜风，渚云飞尽楚王宫。
>
> 青娥舞罢婆娑曲，人在空山明月中。
>
> Last night's wind sighing through the green,
>
> made tinkling sounds of girdle-worn gems;
>
> The thick clouds flying
>
> filled the palace of Ch'u Wang.
>
> The young ladies of the Court
>
> had finished the dance of the P'o So Melody;
>
> I was left alone in the empty mountain,
>
> with the bright moon.

近人浦江清认为此书"装潢之优美，图版之精良，皆可引起读者之美感"，并指出"其中新译中国诗文关于竹之作品颇多，似可作文学书读"，不过，他对此书的译诗质量颇有微词，"夫以西人治中国文学，自难免于隔膜，诗文之偶有误译，岂可苛责求之，惟差讹太甚则不可恕耳"[100]，像上引两诗中将"鲥鱼"译为"lake fish"、"清光"译为"twilight"、"飞尽楚王宫"译为"flying filled the palace of Ch'u Wang"以及"婆娑曲"译为"P'o So Melody"等，皆属于"不可恕"之处。

《清代名人传略》是由时任美国国会图书馆东方部主任的恒慕义召集中美学者通力合作完成的，全书共有两卷，分别在1943年和1944年出版。编选、出版该书的初衷与当时正在进行的全世界范围内的反法西斯战争有密切

---

100 浦江清著；浦汉明编，浦江清文史杂文集[M]，北京：清华大学出版社，1993年，第108页。

关系："不难看到——东亚发生的事件所造成的压力现已明白无疑——如果再不去了解中国的名人、旧事及文学的话，我们西方人可能再也没有机会去充分理解中国人了。"[101]从具体内容来看，此书无疑是帮助英语世界的读者"充分理解中国人"——特别是清代人——的合格工具书：编者择取了清代800余位最具影响力的人物，一一对他们进行了列传介绍，涉及到政治、军事、文学、宗教等各个领域，基本上能满足读者了解清代的一般需要。其中，清代诗词领域最重要的诗人、词人基本上都被囊括在这八百多人的名单之中。

　　书中这些清代诗人、词人的条目都撰写得颇为用心，其优点主要体现在以下三方面：（一）内容全面，体例完备。论及文学人物的条目，一般都会列出传主的字号、生卒、事迹等，难能可贵的是，该书对于重要作家还会列出其主要著述的版本流变、编辑校注等情况，具有很高的参考价值。例如"吴伟业"一条指出，"评注吴伟业诗词的版本至少有三种：靳荣藩诠注的《吴诗集览》十九卷，1775年印出；吴翌凤诠注的《吴梅村诗集笺注》十八卷，1814年印出；程穆衡诠注的《吴梅村编年诗》十二卷，1829年印出"，这些书目信息极大地便利了英语世界研究者进行更为深入的研究。（二）点评准确，阐发深入。除了生平、著述等基本信息的罗列外，条目的撰写者有时还会就诗人/词人的诗词风格和创作理念进行准确、深入的点评。例如，谈及纳兰性德时，该书指出，"性德是清代大诗人之一。其词直追五代此风，尤为可贵，让的诗词悲凉感人，充满激情。这些特色加上他的早逝，使人将他比之为唐代诗人李贺和英国诗人济慈"；又如，"王士禛"这一条目，还较为详细分析了这位清初诗坛盟主的"神韵"说的基本内涵，"依王士禛所见，诗之精髓在于一种神秘的精神和谐（他称之为'神韵'），它藏在文字之后，言辞之外。显然，他将诗词的魅力归于想象与情感，而非理性……对诗的创作提出了四项准则：（1）'典'，运用经典作品中的词句；（2）'远'，选词用句不可直言明指，而应'从远处'暗示隐喻；（3）'谐音律'，作诗要特别讲究韵律节奏；（4）'丽以则'，在遵守格律的基础上，要尽可能写出美来"——这类对清代诗学的深入阐发在当时的英语世界时十分罕见的。（三）充分利用学界最新的研究成果。

---

101 Hummel, Arthur W. ed. *Eminent Chinese of the Ch'ing Period (1644-1912)*. Washington: U. S. Government Printing Office, 1943; 1944, p.viii. 此书已被译为中文，1990年由青海人民出版社分三卷出版。下引译文，如无特别说明，皆出自中译本。

根据撰写者在每一条目末尾处所附之参考资料显示，该书对于学界最新研究成果的吸收是非常充分的。例如，"袁枚"条目参考了杨鸿烈在 1927 年出版的《大思想家袁枚评传》（商务印书馆）一书，又如"吴历"条目参考了我们上文已提及的陈垣 1936 年发表的《吴渔山先生年谱》一文——从这点来讲，《清代名人传略》不仅是中美学者合作的产物，更是中美学者最新研究的一次集中呈现。凭借着以上诸优点，此书后来成为英语世界研究清代历史、政治、经济以及文学领域的学者征引最为频繁的权威工具书之一，诚如黄维廉在 1947 年《申报》上发表的书评中所总结的那样，"溯自十九世纪末，中国《四书》、《五经》之有英译本（James Legge's *Chinese Classics*）以来，这两本新出版的英文《清代名人传略》，可说是一部沟通中西文化的一大巨著。其文笔之雅，收罗之富，记载之详，以及参考之广，胜过任何一种表扬文化的独立工作，亦可说是近五十年来对于西方学者研究中国文化书中的伟大著述"[102]。

通过上述对 20 世纪上半叶英语世界期刊与书籍中的清代诗词译介和研究情况的简要回顾，我们不难发现这一时期越来越明显的中西"双向互动"的态势：外国侨民怀着不同目的踏上这篇古老的土地，或以偏见或以热爱向西方世界讲述中国故事；而在清末留学热潮中四散至海外的中国人，逐渐摆脱任人阐释的被动地位和失语状态，开始主动向外部世界输出中国文化。倘无动荡时代中的种种限制，中西世界本能对彼此有更深入的理解；随着二战结束后长久和平的到来，包括中诗英译在内的汉学研究事业的真正繁荣才得以到来。

---

102 黄维廉，评《清代名人传略》[N]，申报，1947 年 5 月 8 日，第 9 版。